KB024776

DADDY-LONG-LEGS

마음과 마음이 닿는 문장
미니 키다리 아저씨

발행일   2021년 7월 15일

지은이 진 웹스터
옮긴이 최주언
그린이 구예주
펴낸이 장재열

펴낸곳 단한권의책 | 출판등록 제25100-2017-000072호(2012년 9월 14일)
주소 서울시 은평구 서오릉로 20길 10-6
팩스 070-4850-8021 | 이메일 jjy5342@naver.com
블로그 http://blog.naver.com/only1book

ISBN 978-89-98697-99-0 00840 값 7,000원

미니

키다리 아저씨

진 웹스터 지음 | 최주언 옮김 | 구예주 그림

단한권의책

제루샤(주디) 애벗 총명하고 똑똑하며 천성이 밝은 소녀 제루샤 애벗은
태어난 후 18년 동안 존 그리에의 집에서 지내다가, 어느 날 부유한 후
원인이 그녀를 대학에 보내주기로 했다는 소식을 원장에게 듣는다.

존 스미스(키다리 아저씨) 주디가 작가가 될 수 있도록 대학 교육비를 후
원해주는 익명의 후원인. 그는 주디가 교육을 잘 받고 있는지 알 수
있도록 한 달에 한 번 그에게 편지를 보낸다는 조건으로 주디에게 교
육비와 후한 용돈을 지원한다. 하지만 자신의 정체를 결코 드러내지
않을 것이며 편지에 답장도 하지 않겠다고 전한다. 이 정체를 알 수 없
는 후원인의 그림자를 뒤에서 언뜻 보았던 주디는 그가 키 크고 다리
가 긴 남자라는 것을 알고 있다. 그래서 농담 삼아 그를 '키다리 아저
씨'라고 부른다.

샐리 맥브라이드 주디가 대학교에서 가장 친하게 지내며 방을 함께 쓰
는 친구. 샐리는 다정하고 수줍음이 많은 친구로, 주디는 유쾌한 샐리
네 대가족과 크리스마스 방학을 함께 보낸다.

줄리아 펜들턴 주디의 또 다른 대학 친구로, 매우 부유하고 다소 고상한 체한다. 처음에는 주디와 잘 어울리지 못하다가 주디의 숨겨진 배경을 계속 캐내려고 한다.

지미 맥브라이드 샐리의 잘생긴 오빠. 지미는 주디에게 큰 호감이 있고 주디도 지미와 함께 있는 걸 즐기는데, 주디가 지미를 비롯한 맥브라이드가 가족에게 여름방학을 함께 보내자고 초대받았을 때 키다리 아저씨가 이를 허락하지 않는다.

저비스 펜들턴(저비 삼촌) 줄리아 펜들턴의 잘생기고, 젊고, 부유한 삼촌. 늘 주디에게 자상하게 대해주던 그가 남몰래 주디를 사랑하고 있었다는 사실이 결국 밝혀진다.

레오노라 펜튼 텍사스에서 온 주디의 동급생.

리펫 원장 주디가 태어나서 첫 18년을 보낸 존 그리에의 집의 엄격한 원장.

프리처드 양 학교 이사회, 존 그리에의 집 시찰위원. 주디가 학교생활을 잘 할 수 있도록 돌봐준다.

셈플 부인 주디가 방학 때마다 가서 머무르는 락 윌로우 농장의 옛 가정부이자 현재 주인. 이 농장이 원래는 저비스 펜들턴 씨의 소유였으나, 이제는 그의 어릴 적 보모, 즉 저비 도련님을 돌보던 보모인 셈플 부인의 것이 되었다는 사실이 밝혀진다.

• 차 례 •

우울한 수요일

매달 첫 번째 수요일은 '정말 끔찍한 날'이었다. 조마조마해
하면서 기다리다가, 간신히 용기 내어 견디고, 서둘러 잊어버려
야 하는 날이었다. 바닥에는 티끌 하나 없어야 하고, 의자에는
먼지 한 톨 없어야 하며, 침대보는 주름 하나 잡히지 않아야 했
다. 작은 몸을 배배 꼬는 아흔일곱 명의 고아들이 몸을 박박 문
질러 씻고 머리를 빗으며 빳빳하게 풀을 먹인 깅엄체크무늬 옷
을 입고 단추까지 잘 잠가야 했다. 아흔일곱 명의 아이들 모두
후원인이 말할 때마다 예의바르게 "예, 그렇습니다." 또는 "아닙
니다."라고 대답해야 한다고 교육받았다.

　괴로운 시간이었다. 그중 나이가 가장 많은 가엾은 제루샤 애
벗이 가장 괴로울 수밖에 없었다. 하지만 아무리 시간이 느릿느

11

릿 흘러도 첫 번째 수요일도 여느 날처럼 결국 끝이 났다. 제루
샤는 고아원을 찾은 손님을 위해 내내 창고에서 샌드위치를 만
들다가 빠져나와, 늘 하던 일을 하러 위층으로 올라갔다. 제루
샤가 특히 신경써야 하는 곳인 F방은 네 살에서 일곱 살배기
쬐그만 아이들 열한 명이 일렬로 늘어선 자그마한 침대 열한
개를 차지한 곳이었다. 제루샤는 아이들을 불러 모아 구겨진
예복의 매무새를 정리해주고, 콧물을 닦아주고, 식당으로 향하
는 줄을 세웠다. 빵과 우유, 자두 푸딩을 먹을 수 있는 축복받
은 30분을 기다렸던 모양인지 아이들은 알아서 질서정연하게
줄을 섰다.

일을 마친 후 제루샤는 창가 자리에 털썩 주저앉아 고동치는
관자놀이를 차가운 유리창에 기댔다. 새벽 다섯 시부터 원장에
게 재촉당하고 혼나가며 이 사람 저 사람의 심부름을 하느라
하루 종일 서 있었던 터였다. 이 모든 것을 뒤에서 진두지휘하
는 리펫 원장은 평소에 후원인과 귀부인 손님을 대할 때는 있
는 척하며 침착하게 위엄을 갖췄지만 위엄을 잃고 긴장할 때도
있었다. 제루샤의 눈길은 넓게 뻗어나간 언 잔디밭을 가로질러,
고아원의 경계를 표시하는 높다란 철제 말뚝 울타리를 지나,
국유지가 곳곳에 깔린 들쭉날쭉한 산등성이를 따라, 벌거숭이
나무들 한가운데에 우뚝 솟은 마을 첨탑에 닿았다.

하루가 지났다. 제루샤가 알기로는 꽤 성공적이었다. 후원인
과 위원회 무리는 원내를 한 바퀴 둘러본 후 보고서를 읽고 차

를 마신 다음 집으로 서둘러 가고 있었다. 집으로 간 뒤 저마다 활기찬 난롯가에 앉아 달마다 돌아오는 성가시고 시시콜콜한 고아원 방문 따위는 잊어버릴 것이다. 제루샤는 앞으로 몸을 기울이고 호기심 어린 눈으로, 조금은 아쉬운 눈으로 대문을 빠져나가는 마차와 자동차 행렬을 바라보았다. 상상 속에서 이 마차 저 마차를 타고 산 중턱에 드문드문 자리 잡은 대저택으로 향했다. 털 달린 외투를 입고 깃털로 장식한 벨벳 모자를 쓴 그녀는 마차 뒷자석에 몸을 편히 기대고는 무심코 웅얼거리듯 말했다.

"집으로."

하지만 문턱에 이르면 상상 속 장면은 흐릿해졌다.

제루샤는 상상에 빠지곤 했다. 리펫 원장이 말하기를, 조심하지 않으면 곤란에 빠질 만한 상상이었다. 하지만 제아무리 또렷한 상상 속에서도 현관문 안으로는 들어갈 수 없었다. 열정적이고 모험심 많은 가엾은 제루샤는 태어나 17년 동안 평범한 집에 한 발짝도 들어가본 적이 없던 탓이다. 고아에게 방해받지 않고 삶을 누리는 사람들의 일과는 도무지 그려지지 않았다.

제루샤 애버-엇

원장실에서

널 부르신다

서두르는 게

좋을 거야!

일찍이 성가대에 합류한 토미 딜런이 계단을 오르고 복도를 내려오며 노래를 불렀다. 그 애가 F방에 가까워질수록 노랫소리가 커졌다. 제루샤는 창가에서 몸을 홱 비틀어 골칫거리투성이인 삶을 다시 마주했다.

"누가 부르시는데?"

제루샤가 걱정스런 마음에 날카로운 목소리로 토미의 노래를 끊었다.

리펫 원장님이 원장실에서
화나신 것 같아
아아멘!

토미는 기도드리는 말투로 읊조렸지만, 악의가 깃든 건 아니었다. 제아무리 삶에 찌든 고아라 해도 친구가 잘못을 저질러서 원장실에 불려가 짜증난 원장을 상대해야 하는데 딱한 마음이 생기지 않는 것은 아니었다. 가끔 제루샤가 토미의 팔을 홱 잡아당기고 코를 닦아줄 때는 문질러 없앨 기세이긴 하지만 그래도 토미는 제루샤가 좋았다.

제루샤는 아무런 말 없이 원장실로 향했지만, 이마에 주름이 두 줄 나란히 생겼다. 뭔가 잘못된 걸까 하고 의아했다. 샌드위치가 조금 두꺼웠나? 호두 케이크에 껍데기가 들어갔나? 방문했던 귀부인이 수지 호손의 스타킹에 난 구멍을 본 걸까? 그것도 아니라면, F방에 있는 천사 같은 아이들이 후원인에게 '말대꾸'라도 한 걸까? 끔찍해라!

기다란 아래층 복도는 불이 꺼져 있었고, 제루샤가 내려갔을 때 마침 자리를 뜨지 않은 후원인 한 명이 마차를 대는 곳으로 이어지는 문간에서 막 출발하려던 참이었다. 제루샤는 그를 아주 언뜻 보았는데, 키가 크다는 생각밖에 들지 않았다. 그는 굽은 진입로에서 대기하는 자동차를 향해 손을 크게 흔들고 있었다. 차가 순식간에 정면으로 다가와 전조등이 비치면서 서 있던 후원인의 그림자가 안쪽 벽에 선명하게 드리워졌다. 바닥에서부터 복도 벽을 타고 오르는 다리와 팔의 그림자가 기괴하리만치 기다랬다. 그 모습이 꼭 거대하게 너울거리는 키다리 각다귀 같았다.

긴장이 되어 인상을 찌푸렸던 제루샤는 순간 웃음을 터트리고 말았다. 천성이 밝은 제루샤는 즐겁기만 하다면 아무리 작은 구실도 놓치는 법이 없었다. 후원인이 있으면 숨 막힐 법도 한데 그런 상황에서 일말의 즐거움이라도 이끌어낼 수 있다니, 생각지도 못한 수확이었다. 제루샤는 이 사소한 일로 긴장이 한껏 풀렸고, 원장실에 들어가서는 리펫 원장을 웃는 얼굴로 마주했다. 놀랍게도 원장은 미소까지는 아니지만 누가 봐도 사근사근한 표정을 짓고 있었다. 내방객들에게만 지어 보이는 기

분 좋은 표정에 가까웠다.

"앉으렴, 제루샤. 할 말이 있구나."

제루샤는 가장 가까이 놓인 의자에 털썩 앉아 숨도 제대로 쉬지 못한 채 가만히 기다렸다. 자동차 불빛이 창문을 지나쳤다. 리펫 원장이 그 뒤를 흘끗 쳐다봤다.

"방금 나간 신사분을 봤니?"

"뒷모습만 봤어요."

"우리 후원인 중에 가장 부유한 분이란다. 지금껏 이 고아원을 돕겠다고 큰돈을 내놓으셨어. 그분 성함은 말해줄 수가 없구나. 이름을 말해주지 않는다는 조건을 완고하게 내세우셔서 말이지."

제루샤의 눈이 휘둥그레졌다. 원장실에 불려가 후원인의 특이사항에 대해 원장과 이야기하는 일에는 익숙하지 않았기 때문이다.

"그 신사분은 우리 고아원의 남자아이들을 여러 명 후원하셨단다. 찰스 벤튼과 헨리 프라이즈를 기억하니? 둘 다 그 신사분에게 후한 도움을 받아서 대학 공부를 마쳤고, 열심히 일해서 성공하는 것으로 보답하고 있단다. 다른 대가는 바라지 않으신단다. 지금까지는 오로지 남자아이들에게만 기부금을 내놓으셨어. 생각을 바꿔보시도록 애써봤지만, 아무리 후원을 받을 자격이 있어도 여자아이에게는 전혀 관심을 갖지 않으셨지. 아마 여자아이를 좋아하지 않으시는 것 같더구나."

"네, 원장님."

이쯤에서 무슨 말이라도 해야 할 것 같아서 제루샤가 얼버무리듯 대답했다.

"오늘 정기 회의에서 너의 장래 문제 대한 이야기가 오갔단다."

리펫 원장은 잠시 가만히 침묵을 지키다가 이내 느긋하고 차분하게 입을 열었는데, 듣는 이의 입장에서는 갑작스러운 상황에 잔뜩 긴장해야 하는 게 여간 괴로운 일이 아니었다.

"너도 알다시피 열여섯 살이 지나도록 고아원에 남는 아이는 없단다. 너는 특별히 남아 있게 해준 거지. 네가 열네 살 때 우리 원내 수업 과정을 마쳤고 공부에서 꽤 두각을 나타냈잖니. 분명히 말해두겠는데 행실이 늘 바르지는 않았지만 말이다. 너를 마을 고등학교에 보내야겠다는 결정이 내려졌고 이제 네가 고등학교를 마칠 때가 되었는데, 우리는 더 이상 너를 지원해줄 수 없단다. 지금까지만 해도 너는 2년이나 더 지원을 받은 거야."

리펫 원장은 제루샤가 그 2년 동안 밥값이라도 하려고 열심히 일했다는 것과 늘 고아원이 우선이고 제루샤의 공부는 그보다 뒷전이었다는 것, 오늘 같은 날에는 학교에 가지 않고 고아원을 박박 문질러 청소했다는 것을 잊고 있었다.

"그래서 말인데 네 장래 문제가 거론된 김에 네 기록을 검토했단다. 아주 철저하게 말이지."

리펫 원장은 법정 피고석에 선 수감자에게 비난조의 눈빛을 보냈고, 수감자는 죄스러운 표정을 지어 보였다. 자기가 빨간 줄이 그어질 만한 행동을 한 게 떠올라서가 아니라 그저 그래야 할 것 같았기 때문이다.

"물론 보통 네 처지라면 일자리를 마련해주는 게 마땅하겠지만, 네가 특정 분야에서는 성적이 꽤 좋았더구나. 그중에서도 영문학은 아주 뛰어났고. 우리 시찰위원회 소속인 프리처드 양이 마침 학교 위원회에 몸담고 있어서 네 수사학 선생님과 종종 이야기를 나눴는데, 어제 회의에서 너를 좋게 말해주더구나. 네가 썼다는 '우울한 수요일'이라는 수필도 낭독해줬어."

제루샤는 또 죄를 지은 표정을 지었다. 이번에는 그럴 만했다.

"너에게 참 많은 것을 베풀어준 우리 고아원을 조롱거리로 만든 걸 보니 너는 조금도 감사함을 못 느끼나 보더구나. 재미있는 글이 아니었다면 용서받을 수 없었겠지. 하지만 다행히 방금 떠나신 그 신사분이 유머 감각이 꽤 특이하신 것 같구나. 그 무례한 수필을 읽어보시더니 너를 대학에 보내자고 얘기하셨어."

"대학이요?"

제루샤의 눈이 휘둥그레졌다.

리펫 원장이 고개를 끄덕였다.

"몇 가지 조건을 의논하려고 늦게까지 계셨던 거야. 조건이 특이하단다. 아무래도 엉뚱한 분인 것 같아. 네가 독창적이라면서 교육을 받게 해서 작가로 키우겠다는 계획을 갖고 계셔."

"작가요?"

제루샤는 머릿속이 멍해져서 리펫 원장이 하는 말을 따라할 뿐이었다.

"그게 그분의 바람이란다. 일이 어떻게 될지는 시간이 지나면 알 수 있겠지. 그분은 네게 아주 후한 용돈을 주기로 하셨다. 한 번도 돈을 가져본 적이 없는 여자아이에게 주는 용돈치고는 너무 후한 금액이지. 하지만 그분이 워낙 계획을 자세히 세워놓으셔서 나로서는 다른 제안을 할 수 없었단다. 너는 여름에는 이곳에서 지내기로 되어 있고, 친절하게도 프리처드 양이 네 의상을 관리해주겠다고 자청했어. 기숙사비와 등록금은 바로 대학교에 송금되고, 네가 그곳에서 지낼 4년 동안 한 달에 용돈 35달러가 주어질 거다. 그 정도면 네가 다른 학생들과 동등한 시작점에 설 수 있어. 그분의 개인비서가 한 달에 한 번 너에게 돈을 부칠 거고, 너는 보답으로 한 달에 한 번 감사편지를 쓰면 된다. 내 말은, 후원금에 대해서 감사하라는 게 아니다. 어차피 그분은 감사인사를 듣고 안 듣고는 신경쓰지 않으셔. 다만 공부에 얼마나 진척이 있는지, 일상생활은 어떤지를 자세히 쓰면 된단다. 네 부모님이 살아 계신다 생각하고 부모님에게 보낼 법한 편지를 쓰면 돼.

네가 쓴 편지는 '존 스미스'라는 이름 앞으로, 비서의 관리하에 부쳐질 거야. 익명으로 남기를 원해서 그 이름을 쓰시는 것이지, 그분의 성함이 존 스미스인 건 아니란다. 너한테 그분은 존 스미스 씨일 뿐인 거야. 그분이 편지를 보내라고 하는 이유는 편지만큼 글 표현에 도움이 되는 연습이 없다고 생각하시기 때문이다. 네가 편지를 주고받을 가족이 없으니 이렇게라도 편지를 쓰기를 바라신 거지. 글이 얼마나 늘었는지도 알 수 있고 말이다. 그분은 네 편지에 답장을 하지 않으실 거고, 아마 조금도 신경쓰지 않으실 거다. 편지 쓰기를 혐오하시기도 하고 너때문에 부담을 느끼기 싫어하시거든. 답장을 보내줘야만 하는 상황이 생긴다면, 이를테면 이런 일은 없으리라고 믿는다만 네가 퇴학을 당한다든지 하면, 그분의 비서인 그릭스 씨와 편지를 하면 된다. 너는 반드시 달마다 편지를 보내야 해. 그게 스미스 씨가 유일하게 바라는 대가인 만큼 진짜로 돈을 갚듯이 꼼꼼히 챙겨야 한다. 항상 공손한 말투로, 네가 교육을 잘 받고 있다는 게 드러나게끔 쓰기를 바란다. 네가 편지를 보내는 대상이 존 그리에의 집의 후원인이라는 걸 명심하거라."

제루샤의 눈길이 간절히 출구를 찾았다. 그녀는 머릿속에 흥분의 소용돌이가 몰아쳤고, 진부한 말만 늘어놓는 리펫 원장에게서 탈출해 혼자서 생각할 시간이 오기만을 바랐다. 자리에서 일어나 머뭇머뭇거리며 뒷걸음질했다. 리펫 원장은 손짓으로 제루샤에게 멈추라고 했다. 또 한 번 일장연설을 늘어놓을 수 있는 기회를 놓칠 리가 없었다.

"네게 주어진 정말이지 드문 이 행운에 감사하고 있는 거겠지? 네 처지에 놓인 여자아이들 중에서 세상에 나아갈 기회를 가져보는 아이들이 많지 않단다. 항상 명심해라."

"제가… 네, 원장님. 감사합니다. 말씀 다 하셨으면 가서 프레디 퍼킨스의 바지를 꿰매야 할 것 같아요."

방을 빠져나온 제루샤 뒤로 문이 닫혔고, 끝마치지 못한 일 장연설이 공중에 맺힌 가운데 리펫 원장이 입을 떡 벌리고 있었다.

제루샤 애벗 양이
키다리 아저씨 스미스 씨에게
보내는 편지들

9월 24일

고아들을 대학에 보내주시는 친절한 후원인께

도착했어요! 어제 기차를 네 시간이나 탔지 뭐예요. 웃긴 일이에요, 그렇죠? 전에는 기차를 타본 적도 없던 애가.

대학은 제일 크고, 또 가장 얼빠지는 곳이네요. 글쎄 기숙사 방을 나설 때마다 길을 잃는다니까요. 나중에 좀 정리가 되면 학교에 대해 설명해드릴게요. 수업 얘기도 해드릴 거고요. 월요일 아침부터 수업이 시작된대요. 지금은 토요일 밤이고요. 그래도 먼저 편지로 아저씨랑 인사하고 싶었어요.

모르는 사람한테 편지를 쓰기란 여간 이상한 일이 아니군요. 저한테는 편지를 쓰는 것 자체가 낯설답니다. 살면서 서너 번밖

27

에 써본 적이 없거든요. 그러니 제 편지가 본보기가 될 만큼 훌륭하지 못하더라도 부디 눈감아주세요.

어제 아침에 고아원을 나서기 전에 리펫 원장님과 아주 진지하게 대화를 나눴어요. 원장님은 제가 남은 평생 동안 어떻게 행동해야 하는지, 특히 제게 이토록 많은 것을 베풀어주시는 친절한 신사분께 어떻게 행동해야 하는지 설명해주셨어요. 원장님은 제가 '존경하는 마음'을 가져야 한대요.

하지만 어떻게 존 스미스라고 불리기를 원하는 사람을 존경할 수 있죠? 조금이라도 개성이 있는 이름을 고르지 그러셨어요? 차라리 말 매는 기둥님, 빨랫줄 기둥님에게 편지를 쓰는 게 낫겠어요.

올여름에 아저씨 생각을 아주 많이 했답니다. 그 세월을 다 지나 이제야 내게 신경써주는 누군가가 생기다니, 가족이라도 찾은 기분이 들어요. 이제 저도 누군가에게 소속된 것 같고, 이런 상황이 저는 아주 편안해요. 하지만 굳이 말씀드리자면 제가 아저씨를 생각하려고 해도 별로 상상력을 발휘할 구석이 없답니다. 제가 아는 거라고는 세 가지뿐이거든요.

첫째, 아저씨는 키가 크다.
둘째, 아저씨는 돈이 많다.
셋째, 아저씨는 여자아이를 싫어한다.

'여자아이를 싫어하는 분'이라고 부를까 했는데, 그건 저에게
모욕이 되더군요. '돈 많은 분'이라고 부를까 했지만, 그러면 중
요한 특징이라고는 돈밖에 없어 보여서 아저씨에게 모욕이 될
거 같고요. 게다가 부자라는 건 너무 외적인 특징이잖아요. 아
저씨가 평생 돈이 많을지는 모르는 거고요. 월스트리트에 사는
똑똑한 아저씨들도 많이들 망하니까요. 하지만 아저씨의 키는
적어도 평생 줄어들 일이 없을 거예요! 그래서 저는 아저씨를
'키다리 아저씨'라고 부르기로 했어요. 싫어하지 않으셨으면 좋
겠어요. 사적인 애칭일 뿐이니까요. 리펫 원장님께는 알리지 않
을 거잖아요.

2분 후에 열 시 종이 울려요. 여기서는 하루가 종소리로 구
분돼요. 종소리에 맞춰 밥을 먹고, 잠을 자고, 공부를 하죠. 아
주 활기차고 좋아요. 하루 종일 소방차 끄는 말이 된 기분이에
요. 종이 울리네요! 불이 꺼져요. 좋은 밤 보내세요.

제가 얼마나 칼같이 규칙을 지키는지 보세요. 다 존 그리에
의 집에서 훈련받은 덕분이랍니다.

아저씨를 가장 존경해 마지않는

제루샤 애벗 올림

10월 1일

키다리 아저씨께

학교가 너무 좋고 이런 학교에 저를 보내주신 아저씨도 너무 좋아요. 정말정말 행복하고, 매 순간 너무 신이 나서 잠도 못 이룰 지경이랍니다. 존 그리어 집이랑은 얼마나 다른지 상상 도 못하실 거예요. 세상에 이런 곳이 있는지 꿈에도 몰랐어요. 여학생이 아니어서 이 대학교에 오지 못하는 사람들이 너무 안 됐어요. 아저씨가 젊었을 적 다닌 대학교도 이렇게 좋지는 않 았을 거예요.

제 방은 새로 양호실을 짓기 전에 전염병 병동이었던 탑에 있 답니다. 탑의 같은 층에는 저 말고 학생 세 명이 있어요. 매일 조금만 더 조용히 해줄 수 없냐고 물어보는 안경 낀 4학년 선 배 한 명, 샐리 맥브라이드랑 줄리아 러틀리지 펜들턴이라는 신 입생 두 명이에요. 샐리는 들창코에 머리카락이 붉고 성격이 꽤 상냥해요. 줄리아는 뉴욕에서 알아주는 가문 출신인데 아직 저한테 아는 체를 안 해요. 그 두 명이서 방을 같이 쓰고 4학 년 선배랑 저는 1인실을 써요. 보통 신입생은 1인실을 쓰지 못 해요. 방이 정말 귀하거든요. 그런데 저는 부탁하지도 않았는 데 1인실을 쓰게 됐어요. 교무과장님 입장에서는 좋은 환경에

31

서 자란 학생에게 버려진 애랑 방을 같이 써달라고 부탁하기가 곤란했나 봐요. 고아라는 게 장점도 있답니다!

제 방은 북서쪽 모퉁이에 있고 창문 두 개가 달려서 밖이 잘 보여요. 한 방에서 스무 명의 아이들이랑 18년을 지내다보면, 혼자 있는 게 참 편안하답니다. 처음으로 제루샤 애벗과 친해질 기회가 생겼어요. 그 애가 마음에 들 것 같아요.

아저씨도 제루샤 애벗이 마음에 드시나요?

화요일

신입생 농구팀을 꾸리고 있는데 제가 들어갈 수 있을 것 같아요. 물론 저는 키는 작지만 무시무시하게 날렵하고 강단 있고 강인하거든요. 다른 선수들이 위에서 풀쩍풀쩍 뛰고 있을 때 제가 그 애들 발 밑으로 요리조리 피해다니면서 공을 잡을 수 있지요. 연습하는 거 진짜 재미있어요. 오후에 운동장에서 온통 울긋불긋한 나무들에 둘러싸여, 잎사귀 타는 냄새를 한껏 맡으면서 사람들이 웃고 떠드는 소리를 듣는 일이란! 이곳 친구들은 제가 본 중에서 가장 행복한 애들이에요. 저는 그중에서도 가장 행복하고요!

제가 배운 걸 전부 편지로 알려드리고 싶은데 (아저씨가 궁금해 하신다고 리펫 원장님이 얘기하셨거든요) 7교시 종이 방금 울렸어요. 10분 안에 체육복으로 갈아입고 운동장에 나가야 해요.

제가 농구팀이 되면 좋을 것 같지 않으세요?

언제나 친애하는 제루샤 애벗 올림

추신(9시).

샐리 맥브라이드가 제 방 문 안으로 고개를 빼꼼하게 들이밀고 이렇게 말하더군요.

"집이 너무 그리워서 견딜 수가 없어. 너도 그러니?"

저는 조금 웃어 보이며 아니라고, 견딜 수 있을 것 같다고 대답했어요. 집이 그리운 것만큼은 제가 겪지 않을 감정이에요! 고아원이 그립다는 말을 들어본 적은 없거든요, 그렇죠?

10월 10일

키다리 아저씨께

아저씨는 미카엘 안젤로(미켈란젤로, 이탈리아 화가이자 조각가, 시인)라고 들어보신 적 있으세요? 중세시대 때 이탈리아에 살았던 유명한 화가래요. 영문학 시간에 제가 미카엘 대천사 아니냐고 했더니 다들 웃는 거 보면 모두 그 화가를 아는 모양이에요. 이름이 미카엘 대천사랑 비슷하잖아요, 그렇죠? 대학교에서 문제는 한 번도 배운 적 없는 걸 많이도 알고 있어야 한다는 거예요. 가끔은 정말이지 창피하답니다. 하지만 이제 제가 들어본 적이 없는 얘기를 애들이 하고 있으면 가만히 있다가 백

과사전에서 찾아본답니다.

제가 첫날 끔찍한 실수를 저질렀어요. 누군가 모리스 마테를 링크(벨기에 작가. 『파랑새』의 저자) 얘기를 꺼냈는데 제가 신입생을 말하는 거냐고 물어봤거든요. 그 한심한 얘기가 학교 전체에 퍼졌답니다. 그래도 저는 수업시간에 다른 애들에 뒤지지 않게 총명하답니다! 몇몇 애들보다는 제가 더 총명하구요.

제 방을 어떻게 꾸몄는지 궁금하지 않으신가요? 갈색과 노란색이 참 잘 어우러졌답니다. 벽이 누런 빛이길래 노란 데님 커튼과 쿠션을 사고, 적갈색 책상(중고로 3달러), 등나무 의자, 가운데에 잉크 자국이 있는 갈색 깔개를 샀어요. 잉크 자국 위에 의자를 놓았지요.

창문은 높은 곳에 달려 있어요. 그냥 서서는 밖을 내다볼 수 없지요. 그래서 제가 화장대 뒤쪽에서 나사를 풀어 거울을 떼어버리고 화장대 윗부분을 천으로 덮어씌운 다음 창가에 붙였답니다. 창밖을 바라보기에 딱 알맞은 높이예요. 서랍을 빼서 계단처럼 만들어 올라가면 돼요. 진짜 편해요!

졸업생 경매에서 물건 고르는 걸 샐리 맥브라이드가 도와줬어요. 그 애는 평생을 집이란 곳에서 살아서 집 안 꾸미는 걸 좀 알아요. 물건을 살 때 진짜 5달러짜리 지폐를 내고 잔돈을 거슬러 받는 게 얼마나 재미있는지 상상도 못하실 거예요. 평생 동전 한 닢 가져본 적 없다면 더더욱이요. 친애하는 아저씨, 제게 용돈을 주셔서 정말 감사하다는 말씀을 꼭 드리고 싶어요.

샐리는 이 세상에서 가장 재미있는 아이예요. 줄리아 러틀리지 펜들턴은 정반대고요. 어쩜 교무과장님도 그런 둘이 같은 방을 쓰게 하셨는지 참 이상한 일이에요. 샐리는 모든 걸 웃기다고 생각해요. 과목에서 낙제를 당해도 그게 재미있대요. 줄리아는 무슨 일에도 감흥이 없어요. 쾌활해지려고 요만큼도 노력하지 않는답니다. 펜들턴 집안 사람이라면 그 이유만으로 다른 건 볼 필요도 없이 천국에 갈 수 있다고 믿는 애예요. 줄리아랑 저는 태생부터 극과 극이죠.

아저씨는 이제나저제나 제가 뭘 배우고 있는지 듣기만을 기다리셨겠죠?

I. 라틴어 : 2차 포에니 전쟁. 한니발이 이끄는 군대가 지난밤 트라시메노 호수에 진을 치며 매복하고 로마인을 공격할 준비를 했어요. 오늘 아침에 네 번째로 순찰을 돌다가 전투가 일어났어요. 로마인이 퇴각했고요.

II. 프랑스어 : 『삼총사』 24쪽 진도를 나갔고, 3인칭 활용형과 불규칙 동사를 배웠어요.

III. 기하학 : 원통형을 끝냈고 지금은 원뿔을 배워요.

IV. 영어 : 설명문을 배우고 있어요. 제 문제가 나날이 깔끔하고 간결해지고 있답니다.

V. 생체학 : 소화기 계통에 들어갔어요. 다음 시간에는 담즙과 췌장을 배워요.

지식인으로 거듭나고 있는 제루샤 애벗 올림

추신.
아저씨는 술에는 손도 대지 않으시겠죠? 술은 간에 치명적이랍
니다.

수요일
친애하는 키다리 아저씨께
제 이름을 바꿨어요.
서류상으로는 여전히 제루샤지만 실제로는 어디서든 '주디'로
불려요. 살면서 딱 하나 있던 애칭을 정식 이름으로 삼아야 한
다니 정말 안됐지요? 그래도 주디라는 이름을 제가 지은 건 아
니랍니다. 프레디 퍼킨스가 편하게 말하기 전에 저를 부르던 이
름이에요.
리펫 원장님이 새로 들어오는 아기들 이름을 고를 때 조금이
라도 더 독창성을 발휘하셨으면 좋겠어요. 그냥 전화번호부에
서 성을 찾으시거든요 ─ 애벗은 첫 쪽에 있답니다. 그리고 아
무 데서나 세례명을 따오세요. 제루샤는 묘비에서 발견한 이름
이래요. 저는 항상 그 이름이 싫었어요. 하지만 주디는 좋아요.
유치한 이름이기는 하죠. 저다운 이름이 아니에요. 온 가족에
게 사랑받으며 응석받이로 자라서 별다른 고민 없고 거칠 것

없이 살아가는, 푸른 눈을 가진 상냥한 애에게나 어울리는 이름이죠. 그런 삶을 살면 좋지 않겠어요? 어떤 결점이 있더라도, 가족에게 응석부리며 자랐다고 비난할 사람은 없으니까요! 그렇게 자란 척하는 것도 꽤 재미있답니다. 앞으로는 꼭 저를 '주디'라고 불러주세요.

그거 아세요? 저는 염소가죽 장갑이 세 켤레 있답니다. 염소가죽으로 된 벙어리장갑을 크리스마스트리에서 가져와본 적은 있지만 다섯 손가락이 달린 진짜 장갑은 아니었거든요. 새로 생긴 장갑을 틈날 때마다 꺼내어 껴보고 있답니다. 장갑을 끼고 수업에 가는 것만은 겨우 참고 있어요.

(저녁식사 종이 울리네요. 그럼 안녕히)

금요일

어떻게 생각하세요, 아저씨? 영어 교수님께서 지난번에 제출한 제 글이 특출 나게 독창적이라고 말씀하셨어요. 진짜로요. 교수님이 그렇게 말씀하셨다니까요. 제가 18년 동안 교육받은 걸 생각해보면 그게 가능한 걸까요? (아저씨도 틀림없이 알고 계시고 기꺼이 인정하시겠지만) 존 그리에의 집의 목표는 아흔일곱 명의 고아를 아흔일곱 쌍둥이로 만드는 거예요.

제 유별난 미적 능력은 어릴 때 장작을 보관하는 헛간 문에 리펫 원장님을 분필로 그리면서 발달한 것이랍니다.

제가 유년시절에 지냈던 곳을 비난한다고 해서 기분 상하신 건 아니죠? 아시다시피 아저씨는 제가 너무 버릇없이 군다 싶으면 언제든 후원을 중단하실 수 있으니 우위에 계시잖아요. 정중한 말은 아니지만, 제가 예의 있는 사람이길 바랄 수는 없으실 거예요. 버려진 애들을 거두는 고아원은 교양 있는 여학생들이 다니는 신부 학교가 아니까요.

있지요 아저씨, 대학교에서 힘든 건 공부가 아니랍니다. 무엇보다 힘든 건 애들끼리 주고받는 농담이에요. 저는 애들이 하

뒷모습   앞모습

고아들은 죄다 이렇게 생겼어요.

는 말의 절반을 못 알아들어요. 저만 빼고 다 아는 옛날이야기를 주고받는 모양이에요. 그 세계에서 저는 이방인이고 언어도 이해할 수 없어요. 비참한 기분이 들어요. 평생 느낀 기분이죠. 고등학교에서는 여자아이들이 모여서 저를 빤히 쳐다봤어요. 저는 이상하고 다른 아이였고, 모두 그걸 알고 있었거든요. '존 그리에의 집'이라고 제 얼굴에 쓰어 있기라도 한 것 같았어요. 그럴 때면 남을 돕기 좋아하는 애들 몇 명이 꼭 다가와서는 예의상 몇 마디를 해요. 저는 그 애들이 다 싫었어요. 특히 돕겠다고 나서는 애들이 제일로요.

여기서는 아무도 제가 고아원 출신이라는 걸 몰라요. 샐리 맥브라이드에게는 어머니와 아버지가 돌아가셨고 어느 친절한 신사분이 저를 대학교에 보내줬다고만 말했어요. 어쨌든 전부 사실이잖아요. 제가 겁쟁이라고 생각하지는 않으셨으면 해요. 저는 다른 애들처럼 되고 싶은데, 단 하나 커다란 차이점이 있다면 제 어린시절을 어렴풋이 지배하는 그 끔찍한 고아원뿐이잖아요. 저만 그 기억에 등 돌리고 입 닫으면 다른 애들처럼 호감 가는 사람이 될 수 있을 것 같아요. 사실 깊은 구석을 보면 저나 다른 애들이 별 다를 것도 없잖아요. 그렇지 않은가요?

어쨌든, 샐리 맥브라이드가 저를 마음에 들어한답니다!

언제나 친애하는 주디 애벗(구칭 제루샤)

토요일 아침

제가 쓴 편지를 방금 읽어봤는데 그다지 활기차지는 않네요. 그렇지만 제가 월요일 아침까지 특집총론을 써야 하고 기하학 복습도 해야 하는데, 감기에 걸리는 바람에 마냥 재채기가 나와요. 그런 게 티 나지 않나요?

일요일

어제 편지를 부친다는 걸 깜박 잊어서 분노의 추신을 덧붙일게요. 오늘 아침에 주교님이 글쎄 뭐라고 말씀하셨는지 아세요?

"성경에서 우리에게 주어진 가장 자애로운 약속은 바로 이 말씀입니다. '가난한 자들은 너희와 항상 함께 있거니와' 우리가 너그러운 성품을 유지할 수 있도록 가난한 자들이 이 세상에 보내졌다는 말씀이지요."

잘 보세요, 가난한 사람들을 쓸모 있는 가축으로 취급하는 거라고요. 제가 이토록 완벽하게 교양을 갖추지 않았더라면 예배가 끝난 후에 가서 제 생각을 말씀드렸을 거예요.

10월 25일

키다리 아저씨께

농구팀에 들어갔는데 제 왼쪽 어깨에 난 멍을 보셔야 해요.
퍼렇고 붉은 멍에 주홍빛으로 실금이 여러 개 나 있어요. 줄리
아 펜들턴도 들어오고 싶어 했는데 떨어졌어요. 야호! 제 심보
가 얼마나 못됐는지 아시겠죠.

학교생활은 점점 좋아지고 있어요. 친구들도, 교수님도, 수업
도, 캠퍼스도, 식사도 좋아요. 일주일에 두 번 아이스크림이 나
오고, 옥수수가루로 만든 죽 같은 건 찾아볼 수도 없답니다.

농구하는 주디

한 달에 한 번만 편지를 쓰라고 하셨지요? 그런데 제가 며칠이 멀다 하고 편지를 보내고 있네요! 이 모든 새로운 모험에 너무 신이 나서 누구한테라도 말하지 않고는 못 배기겠어요. 그런데 제가 아는 사람은 아저씨가 유일하잖아요. 제가 유난을 떨어도 이해해주세요. 금방 진정될 거예요. 제 편지가 지루하면 언제든 쓰레기통에 버려서도 돼요. 11월 중순까지는 편지를 안 쓰겠다고 약속드릴게요.

둘째가라면 서럽게 말이 많은 주디 애벗 올림

11월 15일

키다리 아저씨께

제가 오늘 뭘 배웠는지 들어보세요.

정각뿔의 절단 면적은 밑면의 둘레의 합에 옆면의 높이를 곱한 걸 절반으로 나눈 값이랍니다.

거짓말 같아도 사실이에요. 증명할 수도 있다구요!

제 옷 이야기는 못 들어보셨지요, 아저씨? 다 아름다운 새 것에, 누군가에게 물려받은 게 아니라 오롯이 저만을 위한 옷이 여섯 벌 있답니다. 고아인 제가 인생의 정점을 누리고 있다는 걸 아시나요? 아저씨 덕분이랍니다. 정말, 정말, 정말로 많이 감사드려요. 교육을 받는다는 건 좋은 일이에요.

하지만 새 옷 여섯 벌을 갖는 아찔한 경험에는 비할 게 아니랍니다. 옷은 존 그리에의 집 시찰위원인 프리처드 양이 골라 주었어요. 리펫 원장님이 아니라 천만다행이지 뭐예요. 실크에 분홍 면사를 덧댄 이브닝 드레스 한 벌(이걸 입은 제 모습이 어찌 나 아름다운지 몰라요), 교회 갈 때 입는 파란 원피스, 동양적인 장식이 달린 저녁식사용 빨간 원피스(이걸 입으면 집시 같아 보여 요), 장밋빛 샬리천 원피스, 편하게 입는 회색 옷, 수업에 입고 가는 평상복이 있지요. 줄리아 러틀리지 펜들턴이 보기에는 그 다지 큰 옷장이 아닐 수도 있겠지만, 제루샤 애벗이 보기에는 요, 와우 이게 말이 돼!

제루샤 애벗이 얼마나 경박하고 얄팍한 여자아이인지, 이런 애를 가르치는 데 돈을 쓰다니 이게 무슨 낭비인가 생각하고 계시겠죠?

하지만 아저씨, 평생 깅엄체크무늬 옷만 입고 살아보면 제 마음을 이해하실 거예요. 고등학교에 들어가고 나서는 깅엄체크 무늬보다 훨씬 더 끔찍한 시기에 접어들었죠.

수거함이요.

그 초라한 수거함 옷을 입고 학교에 가기가 얼마나 진절머리 났는지 아저씨는 모르실 거예요. 제가 입은 옷의 원래 주인인 아이 옆에서 수업시간에 비웃음당할 게 뻔했고, 그 애는 다른 애들한테 제 옷을 가리키면서 속닥대고 키득거렸지요. 사이가 안 좋은 애가 내다 버린 옷을 입는 날엔 영혼을 갉아먹을 정도 로 비통했답니다. 제가 남은 평생 동안 실크 스타킹을 신는다고 해도 그 상처를 지울 수 있을는지 모르겠어요.

전투 현장에서 온 속보입니다!

11월 13일 목요일에 한니발이 네 번째 순찰을 돌다가 로마 첨병대를 뒤쫓아, 카르타고 군을 이끌고 산을 넘어 카실리눔 평야에 진입했습니다. 가볍게 무장한 누미디아 소규모 부대가 퀸투스 파비우스 막시무스 보병대와 전투를 벌였습니다(카르타고는 인구가 적은 도시형 국가여서 시민군을 동원할 수 없었다. 대신 자본이 풍부했기에 주변국에서 용병을 고용했고 따라서 카르타고 군은 리비아, 이베리아, 켈트 등 다양한 국적으로 이루어져 있었다 - 옮긴이). 두 번의 전투와 작은 접전이 있었습니다. 로마인이 큰 손실을 입고 퇴각했습니다.

지금까지, 아저씨께 속보를 전할 수 있어
영광인 특파원이었습니다.
전선에서 주디 애벗 올림

추신.

답신을 하시라고 기대하면 안 된다는 걸 알아요. 이것저것 물어보며 아저씨를 귀찮게 하지 말라고 경고도 받았고요. 하지만 아저씨, 이번 한 번만 말씀해주세요. 아저씨는 많이 늙었나요,

아니면 조금만 늙었어요? 그리고 머리가 완전히 벗겨졌나요, 아니면 조금 벗겨졌나요? 아저씨의 모습을 기하학 정리처럼 추상적으로 생각하려니 참 어렵네요.

여자아이를 싫어하지만 꽤나 버릇없는 여자아이 한 명에게는 굉장히 관대한 키 큰 부자 아저씨, 그런 사람은 어떻게 생겼을까요?

회신 부탁드립니다.

12월 19일

키다리 아저씨께,

제 질문에 대답을 안 해주셨네요. 중요한 문제였는데.

아저씨는 머리가 벗겨지셨나요?

아저씨의 외모를 정확히 그려보고 있었는데 아주 만족스러웠어요. 그런데 머리 부분으로 가니까 막혔어요. 아저씨 머리가 백발인지 흑발인지, 아니면 희끗희끗한지, 그것도 아니면 아예 없는지를 못 정하겠어요.

여기, 아저씨의 초상화예요.

머리를 그릴 것인가? 그게 문제랍니다.

눈 색깔을 어떻게 그렸는지 알고 싶으세요? 눈은 회색이고
요, 눈썹은 현관 지붕처럼 튀어나왔고(소설에서는 '돌출형'이라고
부르죠) 입은 직선으로 뻗다가 끝으로 가면 처지게 그렸어요.
아, 있잖아요, 이제 알겠어요! 아저씨는 성미가 보통이 아닌 떽
떽거리는 영감님이로군요!

(교회 종이 울리네요)

오후 9시 45분

규칙을 하나 세워 절대 어기지 않기로 했어요. 아무리 다음 날 아침에 쓸 보고서가 많다고 해도 절대로, 절대로 밤에는 공부하지 않는 거예요. 대신, 그냥 책을 읽기로 했답니다. 아시잖아요, 제가 메워야 할 시간이 자그마치 18년이랍니다. 아저씨, 제 무지함이 얼마나 깊은 수렁 같은지 모르실 거예요. 저도 이제야 제 무지의 깊이를 알아가고 있거든요. 좋은 집에서 태어난 애들이 가족과 친구와 어울려 지내고 도서관에 드나들며 배운 것을 저는 들어본 적도 없답니다. 이를테면 저는 『마더구스』나 『데이비드 카퍼필드(영국 작가 찰스 디킨스 소설)』, 『아이반호(스코틀랜드 작가 월터 스콧의 소설)』, 『신데렐라』, 『푸른 수염의 사나이(샤를 페로의 동화)』, 『로빈슨 크루소(영국 소설가 대니얼 디포의 소설)』, 『제인 에어(영국 소설가 샬롯 브론테의 1847년작 소설)』, 『이상한 나라의 앨리스』는 물론이거니와 러디어드 키플링(『정글 북』을 비롯한 많은 단편소설을 쓴 영국 소설가 겸 시인)의 저서를 단한 줄도 읽어본 적이 없습니다. 헨리 8세(1509~1547년까지 영국을 통치했고 여섯 번 결혼했다)가 한 번 이상 결혼한 사실이나 셸리(퍼시 비시 셸리, 영국 낭만주의 시인)가 시인이라는 것도 몰랐지요. 사람이 원래는 원숭이였다는 것이랑 에덴동산이 아름다운 신화에 불과하다는 것도 몰랐고요. R. L. S가 로버트 루이스 스티븐슨(스코틀랜드 태생 작가)을 뜻한다는 것, 조지 엘리엇(영국 소설가 매리 앤 에반스의 필명)이 여성이라는 것도 몰랐어요. 「모나리자」라는 그림은 본 적도 없고요, (이제 할 말은 믿기 힘드시겠지만 사실이랍니다) 셜록 홈즈라는 이름도 모르고 살았어요.

이제는 이런 것들 외에도 많은 걸 알게 됐지만, 제가 얼마나 많이 따라잡아야 하는지 아시겠죠. 아, 그런데 재미있어요! 하루 종일 저녁때가 되기를 손꼽아 기다렸다가 방문에 '공부 중'이라는 팻말을 걸어놓고요, 빨간색 예쁜 목욕가운을 걸치고 털 달린 슬리퍼를 신고, 소파에 쿠션을 잔뜩 쌓아두고 기대어 팔꿈치 언저리에 놋쇠로 된 독서 등을 켜고서 책을 읽고, 읽고, 또 읽어요. 한 권으로는 성에 안 차요. 앉은 자리에서 네 권을 내리 읽는답니다. 지금은 테니슨(알프레드 테니슨 경, 영국의 계관 시인) 시집이랑 『허영의 시장(영국 소설가 윌리엄 M. 새커리의 나폴레옹 전쟁을 배경으로 한 소설)』, 키플링의 『산중야화』, 그리고 웃지 마세요―『작은 아씨들(미국 작가 루이자 메이 올콧의 소설)』을 읽는답니다. 자라면서 『작은 아씨들』을 안 읽어본 애는 학교에 저밖에 없더라고요. 그렇지만 아무한테도 말하지는 않았어요(이상한 애라고 낙인찍힐 테니까요). 그냥 조용히 가서 지난달에 받은 용돈에서 1달러 12센트를 내고 책을 한 권 샀지요. 다음에는 누가 절인 라임(『작은 아씨들』에서 소녀들이 라임과 소금으로 만든 절인 라임을 우정의 상징으로 교환한다) 얘기를 하면 무슨 말을 하는지 알아들을 수 있어요!

(열 시 종이 울려요. 이번 편지를 쓰면서는 방해를 많이 받네요)

토요일

후원인님,

기하학 분야에서 새로이 탐구한 것을 기록할 수 있게 되어 영광입니다. 금요일에 원래 배우던 평행육면체를 잠시 접어두고 깎은 기둥으로 넘어갔어요. 학생들은 이 길이 참 험난하고 가파르다고 생각한답니다.

일요일

다음 주부터 크리스마스 방학이라 여행 가방이 많아졌어요. 지나가기도 힘들 정도로 복도가 꽉 차 있고, 다들 벅차올라서 공부는 점점 뒷전이 되고 있어요. 저도 방학 때 아주 좋은 시간을 보낼 거예요. 텍사스에서 온 신입생 한 명도 학교에 남을 거래요. 그래서 같이 산책을 한참 할 계획이에요. 얼음이 있으면 스케이트 타는 법도 익히고요. 그리고 읽을 책도 산더미처럼 있답니다. 3주 동안이나 마음껏 책을 읽을 수 있다니!

이만 마칠게요, 아저씨. 아저씨도 저처럼 행복하시길 바라요.

언제나 친애하는 주디가

추신.

제 질문에 답하는 거 잊지 마세요. 글로 쓰기 귀찮으시면 비서를 통해 전보를 부치세요. 그냥 이렇게만 보내시면 돼요.

'스미스 씨는 머리가 꽤 벗겨졌다'라든지

'스미스 씨는 머리가 벗겨지지 않았다'라든지

'스미스 씨는 백발이다'.

그리고 제 용돈에서 25센트는 공제하셔도 돼요.

1월까지 잘 지내세요, 크리스마스도 잘 보내시고요!

크리스마스 방학의 끝을 달려가며

정확한 날짜 모름.

키다리 아저씨께,

아저씨가 계시는 곳에도 눈이 내리나요? 제가 지내는 탑에서 보는 세상은 온통 하얀색 장막에 휩감겨 있고 팝콘만큼 큼지막한 눈송이가 내리고 있답니다. 지금은 늦은 오후, 해가 (차가운 노란빛으로) 지고 있고 그 앞으로 더 차가운 보랏빛 언덕이 보여요. 저는 창가 자리에 올라와 마지막 햇빛을 조명 삼아 아저씨께 편지를 쓰고 있어요.

보내주신 금화 다섯 개는 깜짝 선물이었네요! 크리스마스 선물을 받는 게 익숙하지 않거든요. 이미 많은 걸, 아시다시피 제가 지금 가진 모든 걸 주셨는데 뭔가를 더 받아도 되는지 모르겠어요. 하지만 좋기는 마찬가지랍니다. 용돈으로 제가 뭘 샀는지 알려드릴까요?

I. 손목에 차고 다니면 수업에 제때 갈 수 있는, 가죽 케이스에 담긴 은시계.

II. 매튜 아놀드(영국 시인이자 비평가) 시집.

III. 뜨거운 물을 담을 수 있는 물병.

IV. 무릎담요(저희 탑이 춥거든요).

V. 노란 원고지 800장(곧 작가 활동을 할 거랍니다).

VI. 동의어 사전(작가로서 어휘력을 기르기 위해서예요).

VII. (마지막 물품은 밝히고 싶지 않지만, 말씀드릴게요)
실크 스타킹 한 켤레.

그러니 아저씨, 제가 뭘 숨겼다고 하지는 마세요!

군이 아셔야겠다면 사실 실크 스타킹을 사기로 한 건 아주 저급한 이유 때문이랍니다. 줄리아 펜들턴이 기하학 과제를 하러 제 방에 오는데, 매일 밤 실크 스타킹을 신고 와서는 소파에 다리를 꼬고 앉아요. 그렇지만 두고 보라지요. 그 애가 학교로 돌아오기만 하면 저도 보란 듯이 실크 스타킹을 신고 가서 그 애 소파에 앉을 거예요. 아저씨, 제가 얼마나 한심한 생명체인지 아시겠죠. 그렇지만 적어도 솔직하잖아요. 그리고 고아원 기록을 보셨으니 제가 완벽하지 않다는 건 이미 알고 계셨잖아요?

개요를 말하자면(영문학 교수님이 항상 이런 말로 문장을 시작하세요) 일곱 가지 선물에 정말로 많이 감사드립니다. 캘리포니

아에 있는 제 가족이 소포로 보낸 선물이라고 생각하고 있답니다. 시계는 아버지가, 담요는 어머니가, 물병은 제가 이 날씨에 혹여나 감기라도 걸릴까 노상 걱정하시는 할머니가, 원고지는 남동생 해리가 준 것이라고요. 언니 이소벨은 실크 스타킹을 보내주었고, 수잔 이모는 매튜 아놀드 시집을 보냈고요. 해리 삼촌(남동생 해리가 삼촌 이름을 물려받은 거예요)은 사전을 보내주셨고요. 원래 초콜릿을 보내고 싶어 하셨는데 제가 동의어 사전을 고집했지요.

짜깁기 가족의 일원이 되신 것에 이의가 있지는 않으시죠?

이제 방학 얘기를 해드릴까요, 아니면 교육 이야기 자체에만 관심이 있으신가요? '자체'에 담긴 정확한 속뜻을 이해하셨으면 좋겠어요. 제가 가장 최근에 배운 어휘거든요.

텍사스에서 온 친구가 있는데 이름이 레오노라 펜튼이에요. (제루샤에 버금가게 웃긴 이름이죠?) 그 애가 좋기는 하지만 샐리 맥브라이드만큼은 아니에요. 샐리만큼 좋은 애는 없어요. 물론 아저씨 외의 사람들 중에서요. 제 가족을 전부 합치면 아저씨인데, 당연히 아저씨를 최고로 좋아해야지요. 레오노라랑 2학년 선배 두 명이랑 저까지 함께 학교 주변을 거닐고 탐색하며 하루하루 즐겁게 보냈어요. 짧은 치마랑 니트 재킷을 입고 모자를 쓰고 광이 나는 지팡이를 가지고서 주변에 있는 것들을 건드리고 다녔답니다. 6킬로미터쯤 걸어서 마을에 도착하면 우리 학교 애들이 저녁을 먹으러 가는 식당이 있는데 저희도 들렀어요. 삶은 바닷가재(35센트)를 먹고, 디저트로는 메밀 케이크와 단풍 시럽(15센트)을 먹었지요. 영양가도 있고 저렴해요.

정말 즐거웠어요! 특히 저는, 존 그리에의 집에서 지낼 때와는 달라도 너무 달라서 정말 즐거웠답니다. 학교를 벗어날 때마다 꼭 탈출한 죄수가 된 것 같아요. 생각도 하기 전에 자꾸만 제가 원래 어떤 생활을 했었는지 입에서 튀어나오려고 했지 뭐예요. 남모를 비밀이 새어 나오려는 순간, 그 끄트머리를 간신히 잡아서 집어넣었어요. 제가 아는 전부를 말하지 않으려니 지독하게 힘드네요. 저는 천성적으로 비밀을 잘 털어놓는 사람인가 봐요. 아저씨라도 없었다면 입이 근질거리다 못해 터졌을 거예요.

지난 금요일 저녁에는 퍼거슨홀의 양호 선생님께서 학교에 남은 학생들에게 당밀 사탕을 주셔서 다 같이 한입 했답니다. 신입생이고, 2학년, 3학년, 4학년이고 할 것 없이 전부 모여서 화기애애하게 어울렸어요. 커다란 부엌의 돌벽에 구리 냄비랑 주전자가 줄지어 걸려 있어요. 그중에서 제일 작은 찌개냄비가 큰 솥 만했답니다. 퍼거슨홀에 학생 사백 명이 살고 있으니 그럴 만도 하지요. 하얀 모자를 쓰고 앞치마를 두른 요리사님이 하얀 모자랑 앞치마를 스물두 벌씩 가져다주셨어요. 어디서 그렇게 많이 구했는지 몰라요. 덕분에 저희 모두 요리사가 되었답니다.

사탕 맛이 최고라고 할 수는 없었지만 정말 재미있었어요.

마침내 완성했을 때는 저희 몸이며 부엌이며 문 손잡이가 온통 끈적해졌는데, 주방 모자랑 앞치마도 벗지 않은 채 각자 커다란 포크나 숟가락, 프라이팬을 들고서 행진을 했어요. 텅 빈 복도를 지나 교수 휴게실로 가보니 교수님 대여섯 분이 평온한 저녁을 보내고 계셨어요. 그분들께 교가를 불러드리고 사탕을 내어드렸지요. 교수님들은 예의상 받기는 하셨지만 미심쩍어 하시더라고요. 할 말을 잃고 앉아 끈적이는 손으로 당밀 사탕을 드시는 교수님들을 뒤로 하고 나왔답니다.

그러니 아저씨, 제가 얼마나 교육을 잘 받고 있는지 아시겠죠!

제가 작가보다는 화가가 되어야 한다고 생각하지 않으세요?

이틀 후 개학날이 되면 친구들을 다시 보니 기쁠 거예요. 지금은 제가 지내는 탑이 조금 쓸쓸할 뿐이랍니다. 사백 명이 지내라고 지은 건물에서 아홉 명이 지내려니 조금 횅하지 뭐예요.

열한 쪽이라니, 아저씨도 이걸 다 읽느라 피곤하시겠네요! 짧은 감사 편지를 쓸 생각이었는데, 한번 글을 쓰기 시작하면 술술 써지는 모양이에요.

이만 줄일게요. 저를 생각해주셔서 감사해요. 티끌 하나 없이 행복해야 마땅하겠지만 조금 위협적인 구름 한 점이 다가오고 있답니다. 2월에 시험이 있거든요.

사랑을 담아, 주디가

추신.

사랑을 보내는 게 적절치 못한 것일까요? 그렇다고 해도 이해해주세요. 누군가에게 사랑을 보내야만 하는데 제가 고를 수 있는 사람은 아저씨랑 리펫 원장님뿐이거든요. 친애하는 아저씨, 도저히 원장님을 사랑할 수는 없는 노릇이니 아저씨가 참아주셔야겠어요.

크리스마스 이브에

키다리 아저씨께,

이 학교가 어떻게 공부를 시키는지 보셔야 해요! 방학을 했었는지도 잊어버릴 지경이에요. 지난 나흘 동안 불규칙 동사 쉰일곱 개를 머릿속에 집어넣었답니다. 시험이 끝나고 나서도 남아 있기를 바랄 뿐이에요.

어떤 학생들은 교과서를 다 보면 팔려고 내놓던데, 저는 가지고 있으려고요. 제가 공부한 모든 책을 책장에 일렬로 꽂아두면, 졸업한 후에 자세히 알아야 할 게 있을 때 추호도 망설이지 않고 꺼내볼 수 있겠지요. 전부 잊어버리지 않느라 애쓰기보다는 이게 훨씬 쉽고 정확하잖아요.

줄리아 펜들턴이 오늘 저녁에 예의상 들러서는 꼬박 한 시간을 있었답니다. 그 애가 가족 얘기를 꺼냈는데 어쩌나 열을 올리던지 화제를 바꿀 수가 없더라고요. 제 어머니의 처녀 시절 성이 궁금하대요. 고아원 출신에게 이런 무례한 질문이 어디에 있나요? 차마 모르겠다고 할 수 없어서 급한 대로 떠오르는 이름을 덥석 말해버렸는데 그게 몽고메리였어요. 대답을 했더니 이번에는 메사추세츠 몽고메리 가문인지 버지니아 몽고메리 가문인지 알고 싶대요.

그 애의 어머니는 러더포드 가문이래요. 그 가문은 평저선(밑바닥이 평평한 배)을 타고 바다를 건너왔는데 헨리 8세 집안이랑 결혼으로 맺어졌대요. 아버지 가문은 아담보다 더 먼 조상으로부터 유래하고요. 그 애네 가문 족보의 맨 위에는 털이 비단결처럼 곱고 꼬리가 유난히 긴, 종자가 우등한 원숭이가 있대요.

오늘밤에는 활기차고 재미난 편지를 쓰려고 했는데 너무 졸리네요. 무섭기도 하고요. 신입생의 운명은 행복한 게 아니네요.

곧 시험을 치를 주디 애벗이

일요일

친애해 마지않는 키다리 아저씨께,

끔찍, 끔찍, 또 끔찍한 소식을 전하게 되었지만, 그걸로 서문을 열지는 않을래요. 일단 아저씨를 기분 좋게 해드리려고요.

제루샤 애벗이 작가로서 활동을 개시했답니다. 제가 쓴 시 '내 탑에서'가 교내 월간지 2월호 첫 쪽에 실릴 거고, 이건 신입생한테는 아주 큰 영광이에요. 지난밤에 예배당에서 나오는 길에 영문학 교수님이 저를 불러 세우고 말씀하시기를, 음보를 너무 많이 나눈 여섯째 줄만 빼고는 매력적인 작품이라고 하셨어요. 아저씨가 읽고 싶어 하실 수도 있으니 한 부 보내드릴게요.

또 즐거운 일을 말씀드릴 게 없나 생각해볼게요. 음, 아! 스케이트를 배우고 있는데, 혼자서도 꽤 우아하게 활주할 수 있답니다. 체육관 지붕에서 밧줄을 타고 미끄러져 내려오는 법도 배웠고, 1미터에 이르는 봉을 뛰어넘을 수도 있어요. 조만간 1미터 20센티미터를 넘고 싶어요.

오늘 아침에 앨라배마 주교님께서 아주 인상적인 설교를 하셨답니다. '비난받지 아니 하려거든 비난하지 말라(마태복음 7장 1절)'라는 구절이었어요. 타인이 실수를 해도 혹독한 비난으로 사기를 떨어트릴 게 아니라 눈감아줘야 한다는 내용이었어요. 아저씨가 이 구절을 들어보셨기를 바라요.

눈이 부시게 화창하고 해가 내리쬐는, 전나무에 고드름이 맺히고 묵직한 눈덩이에 온 세상이 휘청거리는 겨울 오후랍니다.

저만은, 눈덩이가 아닌 묵직한 슬픔에 휘청거리고 있지만요.

이제 말할 차례네요. 용기를 내, 주디! 말해야지.

아저씨, 기분 좋으신 거 맞죠? 제가 수학이랑 라틴어 산문에서 낙제하고 말았답니다. 개인 교습을 받고 있고, 다음 달에 다시 시험을 치러요. 실망하셨다면 죄송해요. 그렇지만 아저씨만 실망하시지 않는다면 저는 수업 계획서에 나오지 않은 걸 아주 많이 배웠기 때문에 시험 결과에는 조금도 신경 쓰지 않아요. 소설을 열일곱 편 읽고 시를 뒷박은 읽었어요. 『허영의 시장』이나 리처드 페버릴(영국 소설가 조지 메레디스의 작품 『리처드 페버릴의 시련』을 뜻한다), 『이상한 나라의 앨리스』 같은 필독 소설이요. 에머슨의 『수필(미국 시인이자 수필가인 랄프 왈도 에머슨의 강의를 바탕으로 한 수필)』이랑 록하트의 『스콧경의 생애(생애 이력을 영어로 기록한 것 중에 가장 깊은 인상을 남긴 작품으로 평가받음)』, 기번의 로마 제국(영국 역사가 에드워드 기번의 『로마 제국의 흥망성쇠』를 말함) 1권에 이어 벤베누토 첼리니의 『생(이탈리아 예술가인 첼리니(1500~1571)가 남긴 자서전)』을 절반은 읽었어요. 그나저나 첼리니는 재미있는 사람 아닌가요? 아침도 먹기 전에 밖을 거닐다가 별 생각 없이 사람을 죽이곤 했대요.

그러니 아저씨, 제가 라틴어만 붙잡고 있었다면 이렇게 총명해지지 않았겠죠? 다시는 낙제하지 않겠다고 약속드릴 테니 이번 한 번만 용서해주시겠어요?

회한에 잠긴 주디가

이 달의 소식

스케이트 타는 법을
배우는 주디

(다리를 넘기는 게
무척 어렵답니다.)

봉을 뛰어넘고

밧줄을 타고
내려오는 법을
배워요.

하지만 열심히 공부하기로
약속해요.

주디는 두 개 과목에서
낙제를 받고
눈물을 흘려요.

키다리 아저씨께,

아직 한 달이 지나지 않았지만 오늘 밤은 조금 외로워서 편지를 추가로 써요. 눈보라가 심하게 휘몰아치며 제가 지내는 탑 외벽을 때리고 있어요. 교내의 모든 불빛이 꺼졌지만, 저는 커피를 마셔서인지 잠들 수가 없네요.

오늘 저녁에 샐리, 줄리아, 레오노라 펜튼이랑 함께 저녁식사를 했어요. 정어리, 구운 머핀, 샐러드, 퍼지 사탕, 커피였죠. 줄리아는 좋은 시간이었다고 말만 했지만 샐리는 남아서 설거지를 도와줬어요.

지금 라틴어를 공부하면 정말 유용한 시간이 되겠지만, 확실한 건 제가 라틴어 공부에 열의가 없다는 거예요. 수업시간에는 리비우스(로마 역사가)랑 『노년에 관하여』를 끝내고 『우정에 관하여('맴 이시티아'라고 발음해요)』를 배우고 있어요.

아저씨가 잠깐만이라도 제 할머니인 척 해주시면 안 될까요? 샐리도 할머니가 한 명 있고 줄리아랑 레오노라는 두 명이나 있어서 오늘 서로의 할머니가 어떤 분인지 비교하더라고요. 다른 건 가지고 싶지도 않아요. 하지만 할머니와 손녀의 관계는 정말 좋아 보여요. 그러니 아저씨가 너무 싫지만 않으시다면, 사실 제가 어제 시내에 나갔다가 라벤더색 리본으로 둘러싼 정말 예쁜 클뤼니 레이스 모자를 봤거든요. 할머니의 여든세 살 생신에 그걸 선물로 드리려고 해요.

!!!!!!!!!!!!!!!

예배탑 시계가 열두 시를 알리네요. 편지까지 썼으니 잠이 좀 왔으면 좋겠어요.

안녕히 주무세요, 할머니.

많이 사랑해요. 주디가

3월의 이데스

키저씨께,

라틴어 작문을 공부하고 있어요. 계속 이걸 공부하고 있어요. 나중에도 공부하고 있겠지요. 계속 계속 공부하고 있겠지요. 다음 주 화요일 7교시에 재시험을 치르는데, 통과하지 못하면 '파멸'하는 거예요. 다음번에 제게 편지를 받으실 때면 어떤 걸림돌도 없이 온전하고 행복한 주디를 보시거나 산산조각 난 주디를 보게 되실 거예요.

시험이 끝나면 편지다운 편지를 쓸게요. 오늘 밤에는 급하게 탈격 독립어구를 공부해야 해서요.

어서 가봐야 하는 J. A.

3월 26일

키다리 스미스 아저씨께,

후원인님, 제 질문에 대답을 안 하시는군요. 제가 뭘 하든 조금도 관심이 없으신가 봐요. 후원인들이 끔찍하기는 하지만 아저씨가 최고로 끔찍한 것 같네요. 아저씨가 제게 교육비를 후원하시는 건 저를 조금이라도 신경써서가 아니라 의무감 때문이신가 보네요.

저는 아저씨에 대해 아는 게 단 하나도 없습니다. 이름도 모르지요. 개성 없는 사물에게 편지를 쓰니 시시할 수밖에요. 아저씨가 제 편지를 읽지도 않고 쓰레기통에 버리신다고밖에는 생각이 들지 않네요. 지금부터는 저도 학업에 관한 소식만 전해드리려고 합니다.

라틴어와 기하학 재시험을 지난주에 치렀습니다. 둘 다 통과해서 이제는 공부할 게 없습니다.

제루샤 애벗 올림

4월 2일

키다리 아저씨께,

전 짐승만도 못해요.

제가 지난주에 보낸 끔찍한 편지는 잊어주세요. 그 편지를 쓴 날 밤에 저는 지독하게 외롭고 비참해서 목구멍이 얼얼할 정도

63

였답니다. 몰랐는데 편도선염이니 독감이니 여러 가지 병에 걸렸더라고요. 지금은 양호실에서 지내고 있어요. 엿새째랍니다. 처음으로 일어나 앉아서 펜을 잡을 수 있게 해줬어요. 수간호사가 아주 독단적이에요. 그건 그렇고 계속 편지 생각만 하고 있답니다. 아저씨가 용서해주실 때까지는 낫지 않을 거예요.

이게 지금 제 모습이에요. 붕대를 토끼 귀 모양으로 감고 있죠.

동정심이 일지 않으시나요? 혀 밑 샘이 부었어요. 1년 내내 생리학을 공부했지만 혀 밑 샘이란 건 들어보지도 못했는데 말이죠. 교육이란 얼마나 덧없는 것인지!

편지를 이만 마쳐야 할 것 같아요. 너무 오래 앉아 있으면 몸이 떨린답니다. 감사할 줄 모르고 버릇없이 굴었던 저를 부디 용서해주세요. 저는 형편없이 자란 아이예요.

사랑을 담아, 주디 애벗 드림

4월 4일

친애해 마지않는 키다리 아저씨께,

어제 어스름이 깔릴 무렵, 침대에 일어나 앉아 비가 오는 바깥을 쳐다보면서 양호실 생활이 지독하게도 지루하다고 생각하고 있는데 간호사 선생님이 기다랗고 하얀 상자를 가지고 오셨어요. 제 이름 앞으로 온 상자에는 너무나 사랑스러운 분홍 장미꽃잎이 가득 담겨 있었지요. 그뿐인 줄 아세요? 살짝 왼쪽 위로 기울어진 우스꽝스러운 필체(개성을 아주 잘 드러내는 필체죠)로 쓰인 아주 정중한 카드가 담겨 있었답니다. 고마워요, 아저씨. 천 번을 말해도 모자랄 거예요. 아저씨가 보내주신 꽃은 제가 살면서 처음으로 받아본 진정한 선물이에요. 제가 얼마나 아기 같냐면, 너무 기뻐서 드러누워 울었답니다.

아저씨가 제 편지를 읽으신다는 게 확실해졌으니 훨씬 더 재미있게 쓰도록 할게요. 빨간 테이프로 묶어 금고에 보관할 가치가 있게끔요. 그 끔찍한 편지 한 통은 꼭 빼서 태워버리세요. 아저씨가 그 편지를 또 읽으실 거라는 생각만 해도 견딜 수가 없으니까요.

몸이 아파서 언짢고 참담한 신입생에게 활기를 주셔서 감사합니다. 아저씨는 사랑하는 가족과 친구가 많으실 테니 외롭다

65

는 게 어떤 기분인지 모르시겠죠. 전 잘 안답니다.

 이만 마칠게요. 이제 아저씨가 진짜 사람이라는 걸 알았으니 다시는 흉측하게 굴지 않을게요. 그리고 이런저런 질문으로 귀찮게 굴지도 않겠다고 약속해요.

 아직도 여자아이들을 싫어하시나요?

언제나 친애하는 주디가

월요일 8고시

키다리 아저씨께,

 아저씨가 두꺼비를 깔고 앉았던 후원인은 아니겠죠? 두꺼비가 꽤 큰 소리를 내며 터졌다고 들었으니 아마 뚱뚱한 분이 깔고 앉았겠죠.

 존 그리에의 집 세탁실 창문 옆에 쇠창살이 위에 달린 움푹 팬 작은 공간이 있는 걸 기억하시나요? 매년 봄마다 두꺼비 철이 오면 애들이랑 두꺼비를 모아서 그 구멍에 보관했답니다. 가끔 흘러넘쳐서 세탁물에 들어가기라도 하면 빨래하는 날 아주 유쾌한 소란이 일어났지요. 그런 짓을 하면 심하게 혼이 났지만, 아무리 혼나도 두꺼비는 쌓여갔답니다.

 너무 자세히 말해서 아저씨를 귀찮게 해드리고 싶지는 않지만 하루는 그중에서 가장 살이 많고, 몸집이 크고, 군침 도는 두꺼비 한 마리가 어떻게 해서 후원인실에 있는 커다란 가죽

팔걸이의자에 올라간 거예요. 하필 그날 오후에 후원인 모임이 있었고요. 물론 아저씨도 모임에 계셨을 테니 그 뒤에 무슨 일이 벌어졌는지 기억하시겠죠?

어느 정도 시간이 지나고 돌이켜보니 그때 받은 벌은 마땅하기도 하고, 제 기억이 맞다면 적절했던 것 같아요.

왜 이렇게 그때 봄날이 생각나는지 모르겠지만, 두꺼비 철만 되면 예전에 두꺼비를 냅다 모으던 본능이 깨어난답니다. 그런데 실행에 옮기지 않는 유일한 이유는 두꺼비 수집을 반대하는 규칙이 없기 때문이에요.

목요일, 예배가 끝나고

제가 어떤 책을 제일 좋아할 것 같다고 생각하세요? 사흘마다 바뀌기는 하지만 일단 지금은 『폭풍의 언덕』이에요. 이 소설을 집필했을 때 에밀리 브론테는 꽤 어린 나이였는데 하워스 교회 구내를 벗어나보지도 않았대요. 그때까지 살면서 알고 지낸 남자도 없고요. 그런데 어떻게 히스클리프 같은 남자를 그려낼 수 있었을까요?

저는 그렇게 못했잖아요. 저도 어리고 존 그리에의 집을 벗어난 적이 없으니 기회는 똑같이 주어졌는데도 말이에요. 가끔은 제가 천재가 아니면 어쩌나 하는 두려움이 몰려와서 무서워요. 아저씨, 제가 알고보니 위대한 작가가 아니라면 크게 실망하실 건가요? 모든 게 아름답고 푸르고 싹 트는 봄이 되니, 수업을 뒤로 하고 도망가서 날씨와 더불어 노닐고 싶은 마음이 들어요. 바깥 들판에는 모험할 곳이 얼마나 많다고요! 책을 쓰기보다는 책대로 사는 게 훨씬 재미있잖아요.

으악!!!!!!

이 비명소리에 샐리랑 줄리아가 달려왔고 복도 건너편에서 지내는 선배도 (넌더리를 내며 금방 돌아가기는 했지만) 왔었답니다. 이렇게 생긴 지네 때문이었어요.

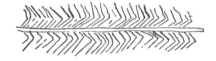

직접 보면 더 징그러워요. 마지막 문장을 다 쓰고 이제 다음으로 뭘 쓸지 생각하고 있는데 툭! 천장에서 제 옆으로 떨어졌어요. 피하려다가 탁자에서 차를 두 잔 쏟아버렸고요. 샐리가 제 머리빗 등으로 벌레를 후려쳐서 (다시는 그 빗을 쓰지 않을 거예요) 앞쪽은 죽였는데, 뒤쪽에 달린 다리 50개가 책상 밑으로 빠져나가 탈출했지 뭐예요.

이 기숙사는 낡기도 했고 벽이 담쟁이덩굴로 뒤덮여서 지네가 그득하답니다. 징그러운 생명체죠. 호랑이가 침대 밑에서 나오는 게 차라리 나을 것 같아요.

금요일 오후 9시 30분

참으로 탈 많은 하루였답니다! 오늘 아침에 기상 종소리를 못들어서 급하게 옷을 입느라 신발끈이 풀어지고 깃에 달린 단추도 목 아래로 늘어트리고 갔지요. 아침식사는 물론이고 1교시에도 늦었답니다. 압지를 챙기는 걸 잊었는데 엎친 데 덮친 격으로 만년필이 새더라고요. 삼각법 시간에는 로그를 논하는데 교수님과 제가 약간 의견 차이가 있었어요. 찾아보니까 교수님 말씀이 맞더라고요. 점심으로는 양고기 스튜와 식용 대황('대황'의 구식 이름)이 나왔답니다, 둘 다 제가 싫어하는 음식이죠. 고아원 맛이 나거든요. 제 우편함에는 청구서뿐이네요(다른 건 받아본 적도 없지만요. 제 가족은 편지를 쓰는 사람들이 아니거든요). 오늘 오후에 영문학 수업에서는 예상치도 못했던 글을 배웠답니다.

달리 부탁한 바 없으니
달리 거절당한 것도 없다.
이것을 받는 대신 내 존재를 바치겠다 하니,
전지전능한 상인이 미소를 지었다.

70

브라질이요? 그가 내 쪽으로 눈길 한 번 주지 않고
단추만 돌려 꼬았다.
그런데 손님, 오늘 다른 건
구경하고 싶은 게 없으신가 봐요?

저게 시랍니다(에밀리 디킨슨의 시 「1부 : 인생」의 일부). 누가 썼
는지, 무슨 의미를 담은지도 모르겠어요. 도착해보니 칠판에 적
혀 있었고 읽고 나서 생각을 말해보라고 하실 뿐이었어요. 1연
을 읽었을 때는 알 것 같았어요. '전지전능한 상인'이란 선행에
대한 대가로 축복을 나눠주시는 신을 뜻한다고 생각했어요. 그
런데 상인이 단추를 돌려 꼬는 2연을 읽고보니 제가 처음에 불
경스러운 추측을 한 것 같아 성급히 생각을 바꿨지요. 다른 학
생들도 같은 곤경에 처했답니다. 그렇게 우리는 남은 45분 동안
텅 빈 머리로 텅 빈 종이를 두고 앉아 있었어요. 교육이란 지독
히도 지치는 과정이에요!
　하지만 이걸로 끝이 아니랍니다. 점점 더 심해지지요.
　비가 와서 골프를 못 치고 체육관에 가야 했어요. 제 옆에 있
던 여자아이가 인디언클럽(곤봉)을 휘두르다 제 팔꿈치를 치고
말았어요. 방에 돌아와보니 새로 산 파란색 봄옷이 소포로 도
착해 있었는데 치마가 너무 꽉 끼어서 앉을 수가 없었어요. 금
요일이 대청소날인데 청소부가 제 책상에 있는 자료들을 뒤죽
박죽으로 섞어놨고요. 디저트로 툼스톤을 먹었답니다(바닐라

로 맛을 낸 우유랑 젤라틴이에요). 여성스러운 여성에 대한 연설을 듣느라 예배당에 평소보다 20분이나 오래 있었고요. 드디어 편히 있을 수 있겠다며 숨을 푹 내쉬고 앉아 『여인의 초상(미국 태생 작가 헨리 제임스의 1881년작 소설)』을 읽으려는데 애컬리라는 여자아이가, 얼굴은 푸석푸석하니 늘 대답도 없이 멍청한 애인데 이름이 A로 시작해서 라틴어 시간에 제 옆에 앉거든요(리펫 원장님이 제 이름을 Z로 시작하도록 지어줬으면 좋았을 거예요), 월요일 수업이 69쪽부터 시작하는지 70쪽부터 시작하는지를 물어보러 와서는 '한 시간'을 내리 있다 갔답니다. 방금 갔어요.

이렇게나 힘 빠지는 일들이 연달아 일어나다니 놀랍지 않은가요? 살면서 인격이 필요한 건 의외로 큰 곤경에 처했을 때가 아니랍니다. 큰 위기에 처했을 때 잘 대처하고 참담한 비극이 일어났을 때 용감하게 맞서는 건 누구나 할 수 있지요. 하지만 하루를 지내며 별 것 아닌 사건을 마주했을 때 웃어넘길 줄 아는 사람, 이런 사람이야말로 기개 있는 사람이죠.

저도 이런 사람이 되려고 해요. 인생을 최대한 능숙하고 정당하게 임해야 하는 게임 한 판인 척 생각하려고요. 지더라도 어깨 한번 으쓱하고 웃어넘기는 거죠. 이기더라도 마찬가지고요.

어쨌든, 저는 대범해질 거예요. 아저씨, 이제는 줄리아가 실크 스타킹을 신었다거나 지네가 벽에서 떨어졌다고 불평하는 일은 없을 거예요.

언제나 친애하는 주디가

조만간 답장 주세요.

5월 27일

키다리 아저씨님,

안녕하십니까, 저는 리펫 원장님에게서 편지를 받았습니다. 제가 행실을 바로 하고 공부를 열심히 하고 있기를 바라신다네요. 이번 여름에 제가 갈 곳이 없으니, 개학하기 전까지 고아원에서 일을 도우며 숙식할 수 있게 해주신답니다.

저는 정말이지 존 그리에의 집이 싫습니다.

돌아가느니 죽고 말겠어요.

진심을 담아,
제루샤 애벗 올림

키다리 아저씨께,

'아저씨는' 참 든든한 분이세요!

'살면서' 농장에 가본 적이 *'한 번도 없는 데다'* 존 그리에의 *'집에 돌아가서' '여름 내내'* 설거지를 하기는 싫기 때문에, 농장에 간다는 생각을 하니 *'정말로 행복해요'. '끔찍한 일이'* 일어날 위험도 있기는 해요. *'제가 예전의 겸허함을 버린 터라'*, *'어느 날 아침에'* 탈출해버릴 수도 있고 *'집에 있는'* 잔과 받침을 전부 깨부술까 *'걱정이 되거든요'.*

편지가 *'짧아서 죄송해요'.* 지금 프랑스어 수업을 *'듣고 있는 데' '갑자기' '교수님이'* 저를 찾으실 수도 있으니 *'새로 쓴 편지를'* 부치러 *'갈 수 없어요'.*

마침 방금 부르셨네요!

'또 봬요',

'많이 사랑하는' 주디가

(*주디가 수업시간에 배운 프랑스어로 쓴 편지. 프랑스어와 영어를 섞어서 썼으므로 프랑스어 부분을 '이탤릭체'로 표시했다. _옮긴이)

5월 30일

키다리 아저씨께,

저희 학교를 보신 적이 있나요? (아무 뜻 없이 하는 질문이랍니다. 귀찮게 생각하지 않으셔도 돼요) 5월을 맞은 저희 학교는 천국 같답니다. 모든 관목에 꽃이 피었고 나무는 싱그러운 초록잎이 돋아나 사랑스러워요. 늙은 소나무조차 파릇하고 싱싱하죠. 노란 민들레가 잔디밭에 점점이 피어났고 그 위로 파란색, 하얀색, 분홍색 옷을 입은 여학생 수백 명이 지나다닌답니다. 곧 방학이기에 모두가 즐겁고 걱정이 없어요. 방학을 손꼽아 기다리느라 시험이 다가와도 별 걱정이 없지요.

이런 기분이면 정말 행복하겠지요? 아, 아저씨! 저는 그중에서도 가장 행복하답니다! 이제 고아원에 가지 않아도 되기 때문이에요. 누구를 돌볼 필요도, 타자를 칠 필요도, 장부를 쓸 필요도 없답니다(아시겠지만 아저씨가 아니었다면 그렇게 지내야 했을 거예요).

과거에 못되게 굴었던 게 이제야 후회돼요.

리펫 원장님에게 늘 버릇없이 굴어서 후회돼요.

프레디 퍼킨스를 때려서 후회가 되고요.

항상 설탕 그릇에 소금을 채워놔서 후회돼요.

후원인들 등에 대고 웃긴 표정을 지어서 후회가 되고요.

이제는 많이 행복해졌으니 모두에게 상냥하고 친절하게 대할 거예요. 그리고 이번 여름에는 글을 쓰고, 쓰고, 또 써서 위대한 작가로서 첫 발을 내디디려고 해요. 제 태도가 아주 의기양양하지 않나요? 아, 저는 훌륭한 인격을 갖춰가고 있답니다! 인격이란 서리가 끼는 추위에서는 아래로 처지지만, 해가 뜨면 빠르게 무성해지기 마련이지요.

누구나 그렇답니다. 역경과 슬픔을 겪고 실망해야만 도덕적으로 강해진다는 이론에 저는 반대해요. 행복한 사람들이야말로 친절함으로 넘쳐나지요. 저는 인간 혐오를 믿지 않아요. (멋진 단어죠! 얼마 전에 배웠답니다) 아저씨는 인간 혐오자가 아니시죠?

아까 학교 풍경이 어떤지 말씀드렸는데요. 아저씨가 잠깐 오시면 제가 구경시켜드리고 좋을 것 같아요.

"저기가 도서관이랍니다. 이건 서양백선이고요, 아저씨. 왼쪽에 있는 고딕 건물은 체육관이고, 그 옆에 튜더 왕가의 로마네스크 양식으로 지은 건물에 양호실이 들어섰답니다."

아, 사람들을 구경시켜주는 거라면 자신 있어요. 고아원에서 평생 해온 일이거든요. 여기에서도 하루 종일 하고 있고요. 정말로요.

그러고 보니 남자도요!

아주 좋은 경험이에요. 전에는 한 번도 남자랑 대화를 나눠본 적이 없거든요 (가끔 후원인들을 상대한 적은 있지만, 그건 치지 않을래요). 죄송해요, 아저씨. 아저씨의 기분을 상하게 해드리려고 후원인들을 험담하는 건 아니에요. 아저씨가 그 무리에 속한다고 생각하지 않거든요. 아저씨는 어쩌다 후원하게 되었을 뿐이시죠. 보통 후원인은 뚱뚱하고, 거만하고, 아주 자애로우시잖아요. 금시곗줄을 차고서 고아원 아이의 머리를 토닥여주는 사람이죠.

왕풍뎅이처럼 생겼지만 아저씨를 제외한 여느 후원인의 초상을 그린 거예요.

어쨌든, 원래 하던 얘기를 마저 해드릴게요.

어떤 남자분이랑 같이 거닐고 얘기를 나누고 차를 마셨답니다. 아주 뛰어난 분이지요. 줄리아네 집안의 저비스 펜들턴 씨거든요. 한마디로 줄리아의 삼촌이에요(한마디로 그치지 않고 여러 마디를 하자면 아저씨만큼이나 키가 크답니다). 일이 있어서 시내에 온 김에 학교에 들러 조카를 보기로 마음먹었대요. 펜들턴 씨는 줄리아 아버지의 막내 동생인데, 둘이 그리 친한 사이는 아닌가 봐요. 줄리아가 아기였을 때 펜들턴 씨가 슬쩍 보고는 호감이 가지 않아서 그 후로 신경도 안 쓴 모양이에요.

어쨌든 그분이 응접실에서 단정하게 모자와 지팡이, 장갑을

옆에 두고 앉아 있었어요. 줄리아랑 샐리는 7교시 수업에 빠질 수가 없었죠. 그래서 줄리아가 제 방으로 달려와서 자기 삼촌에게 학교를 구경시켜주고, 7교시가 끝나면 자기한테 데려와달라고 사정을 했어요. 그래야 할 것 같아서 알겠다고 대답은 했지만 썩 내키지는 않았어요. 펜들턴 가문을 그다지 좋아하지 않으니까요.

하지만 그분은 알고보니 흙 속의 진주였어요. 사람다운 사람이었죠. 전혀 펜들턴 가문 같지 않았어요. 정말 좋은 시간을 보냈답니다. 그 후로 내내 저에게도 삼촌이 있기를 바라고 있어요. 아저씨가 제 삼촌인 척 해주시겠어요? 삼촌이 할머니보다 좋은 것 같아요.

펜들턴 씨를 보고 있자니 아저씨가 생각났답니다. 20년 전의 아저씨 말이에요. 만나본 적은 없지만 제가 아저씨를 참 잘 알고 있죠?

그분은 키가 크고, 말랐고, 낯빛이 어두운 얼굴에 온통 주름이 졌고요, 미소를 지을 때 입을 활짝 펼치지 않고 입 꼬리만 살짝 주름이 지는 게 가장 웃기답니다. 함께 있으면 꼭 오래도록 알고 지낸 사이처럼 느껴지는 구석이 있어요. 친구가 되기에 참 좋은 분이에요.

우리는 안뜰부터 운동장까지 학교 구석구석을 걸어다녔어요. 마침 펜들턴 씨가 피곤하니 차를 마셔야겠다며 찻집에 가자고 하셨어요. 학교 바로 밖 소나무 산책로 옆에 있는 곳이랍니다. 줄리아와 샐리를 만나러 돌아가야 한다고 했더니, 조카가 차를 너무 많이 마시면 안 된다고 하시더라고요. 차를 많이 마시면 긴장한다고요. 그래서 그길로 나가서 발코니에 있는 멋진 작은 탁자에 앉아 차를 마시며 머핀, 마멀레이드, 아이스크림, 케이크를 먹었답니다. 월말이라 다들 용돈이 떨어질 때여서 그런지 찻집에 손님이 많지 않고 한적했지요.

정말이지 즐거운 시간을 보냈답니다! 하지만 펜들턴 씨는 학교에 돌아오자마자 줄리아를 제대로 보지도 못하고 기차를 타러 급히 가셨어요. 왜 삼촌을 보냈느냐며 줄리아가 저에게 불같이 화를 내더라고요. 그분이 유별나게 돈이 많아서 뺏기고 싶지 않은 삼촌인가 봐요. 그분이 부유하다는 걸 알고 어찌나 안심했던지요. 찻집에서 먹고 마신 것이 하나에 60센트나 했거든요.

오늘 아침(지금은 월요일이랍니다)에 줄리아와 샐리, 제 앞으로 초콜릿 세 상자가 속달로 왔답니다. 어떻게 생각하세요? 남자한테 초콜릿을 받다니!

이제 제가 고아가 아니라 여학생처럼 느껴져요.

아저씨도 언젠가 오셔서 차를 드시면 좋겠어요. 제가 아저씨를 좋아할지 한번 보게요. 하지만 만나보니 아저씨가 좋지 않으면 끔찍하지 않을까요? 뭐, 제게 선택의 여지가 없다는 건 알고 있어요.

'좋아요!' 듣기 좋은 말 해드릴까요?

"절대로 당신을 잊지 않겠습니다."

주디

추신.

오늘 아침에 거울을 봤는데 생전 처음 보는 보조개가 생겼더라
고요. 참 신기한 일이에요. 어디서 생겼다고 생각하세요?

6월 9일

키다리 아저씨께,

행복한 하루예요! 마지막 시험이 방금 끝났어요. 생리학이
요. 이제 남은 건 바로 농장에서 보낼 3개월이랍니다!

농장이란 게 뭔지 모르겠어요. 살면서 한 번도 가보지 않았
거든요. (차창으로 내다봤을 때를 제외하고는) 제대로 본 적도 없
어요. 하지만 분명히 그곳을 좋아할 거예요. 자유의 몸으로 지
낸다니 너무나 좋을 거예요.

아직 존 그리에의 집을 벗어났다는 사실에도 적응을 못했답
니다. 그곳을 벗어났다는 생각만 하면 신나는 마음에 작은 전
율이 등줄기를 타고 오르락내리락하지요. 리펫 원장님이 저를
다시 데려가려고 팔을 뻗은 채 뒤쫓아 오나 안 오나 자꾸 돌아
보면서 빨리, 더 빨리 달려야 할 것 같은 기분이에요.

올해 여름에는 마음 쓸 필요가 없겠지요?

아저씨가 명목상 권위를 지녔다고 해도 저는 조금도 짜증나지 않는답니다. 권위를 휘두르기에는 너무 멀리 계시잖아요. 저에게 리펫 원장님은 영영 없는 사람이고, 셈플 가족이 제 도덕적 행복을 넘보지는 않을 테고요. 네, 절대 그럴 일은 없을 겁니다. 저는 완전히 다 큰 몸이라고요, 야호!

이제 여행 가방을 꾸리고 찻주전자랑 그릇, 소파 쿠션, 책을 세 상자쯤 챙겨야 하니 가볼게요.

언제나 친애하는 주디가

추신.

생리학 시험지입니다. 아저씨는 통과하실 수 있었을까요?

락 윌로우 농장에서

토요일 밤에

친애해 마지않는 키다리 아저씨께,

이제 막 도착해서 미처 짐을 풀지도 않았지만 이 농장이 얼마나 좋은지 한시라도 빨리 말씀드리고 싶어요. 정말이지 천국에 온 것 같은, 천국이나 다름없는 곳이랍니다! 집은 이렇게 네모지게 생겼어요.

또 낡았고요. 백 년쯤 됐대요. 그림에는 못 담았지만 옆에 발코니가 있고요, 앞에 예쁜 현관이 있습니다. 그림으로 표현이 안 되었는데, 깃털 먼지털이개처럼 생긴 건 단풍나무고요, 진입로를 둘러싼 뾰족한 것들은 사각사각 소리를 내는 소나무와 솔송나무예요. 집이 구릉 꼭대기에 있어서 푸른 목초지 수킬로미터가 펼쳐진 뒤로 또 다른 능선이 보인답니다.

코네티컷은 이렇게 생겼어요. 물결파마를 한 머리 같지요. 락월로우 농장은 그중 한 물결의 꼭대기에 있답니다. 길 건너편에 헛간이 있어 시야를 막았었지만, 하늘에서 친절하게도 번개가 내리쳐 헛간을 태워버렸어요.

셈플 부부, 일하는 여자아이 한 명, 남자 인부 두 명이 농장에서 살고 있어요. 인부들은 부엌에서, 셈플 가족과 주디는 식당에서 식사를 한답니다. 저녁으로 햄과 달걀, 비스킷, 꿀, 젤리 케이크, 파이, 피클에 치즈까지 먹고 차를 마셨답니다. 대화도 아주 많이 곁들였어요. 살면서 그렇게나 즐거웠던 적이 없어요. 제가 하는 한마디 한마디가 재미있나 봐요. 그럴 만도 한게, 시골 마을에 와본 적이 없으니 모르는 것투성이여서 질문을 좀 했거든요.

십자가로 표시된 방은 살인이 벌어졌던 곳이 아니라 제가 쓰는 방이에요. 커다란 정사각형 방은 지금은 주인이 없지만 사랑스러운 옛날식 가구로 꾸며져 있고요, 창문은 막대기 여러 개로 받쳐놔야 하고요, 테두리가 금색으로 둘러진 초록색 차양은 만지면 떨어져요. 그리고 대망의 커다란 정사각형 마호가니 탁자가 있답니다. 여름 내내 여기에 팔꿈치를 대고 소설을 쓸 참이에요.

아, 아저씨, 정말 신나요! 해가 뜨면 빨리 이곳을 탐험하고 싶어요. 이제 여덟 시 반이네요. 촛불을 끄고 잠을 자려고 해요. 여기서는 다섯 시에 기상해요. 이렇게나 재미난 생활이라니요! 이게 진짜 주디의 삶이라니 믿을 수가 없어요. 아저씨와 하느님이 제게 과분하게 베풀어주시는 것 같아요. 정말로 아주 아주 아주 착한 사람이 되어 보답해야겠어요. 그렇게 될 거예요. 두고 보세요.

안녕히 주무세요, 주디가

추신.

개구리가 울고 작은 돼지가 꽥꽥대는 소리를 아저씨도 들어보셔야 하는데. 초승달은 또 어떻고요! 저는 오른쪽 어깨 너머로 봤답니다.

락 윌로우

7월 12일

키다리 아저씨께

아저씨 비서 분이 어떻게 락 윌로우를 아는 거죠? (이건 그냥 하는 질문이 아니랍니다. 너무 알고 싶어서 여쭤보는 거예요) 보세요. 원래 이 농장을 소유했던 사람은 저비스 펜들턴 씨인데 그분이 자기를 돌봐준 늙은 보모인 셈플 부인에게 이 농장을 양도했대요. 이렇게 재미난 우연이 또 있을까요? 셈플 부인은 아직도 팬들턴 씨를 '저비 도련님'이라고 부르시고, 그분이 얼마나 귀여운 아이였는지 얘기하곤 하세요. 팬들턴 씨가 아기일 적 곱슬머리를 아직도 상자에 보관해두고 있는데 빨간색, 아니 빨갛지는 않더라도 붉은 기가 도는 색이에요!

제가 그분과 친분이 있다는 걸 안 뒤로 셈플 부인이 저를 다시 보시더라고요. 펜들턴 가문 출신인 사람을 알고 지내는 게 락 윌로우에서는 제일 알아주는 소개법인가 봐요. 그 가문 중에서도 알짜는 저비 도련님이고요. 줄리아가 그 가문에서 더 낮은 위치에 있다니 기뻐요.

농장 생활은 날이 갈수록 점점 더 재미있어요. 어제는 건초 마차를 타봤답니다. 우리 농장에 커다란 돼지 세 마리랑 아기 돼지 아홉 마리가 있는데요, 그 애들이 먹는 걸 보셔야 해요. 누가 돼지 아니랄까 봐! 병아리며 오리, 칠면조, 뿔닭은 홍수를 이룰 정도로 많답니다. 농장을 등지고 도시에서 살게 된다면 화가 머리끝까지 날 거예요.

달걀을 찾아다니는 게 저의 일과예요. 어제는 헛간 들보에서 떨어졌답니다. 검은 암탉이 훔쳐간 둥지로 기어 올라가려다 그 만 그렇게 됐지 뭐예요. 무릎이 까져서 돌아오니까 셈플 부인이 연고를 바르고 붕대로 묶어주셨는데, 시종 이렇게 중얼거리시 더라고요. "이런, 이런! 저비 도련님이 딱 그 들보에서 떨어져 딱 이쪽 무릎을 다쳐 온 게 엊그제 같은데."

이곳 주변 경치는 완벽할 정도로 아름다워요. 골짜기가 있 고, 강이 있고, 숲이 우거진 언덕이 쭉 솟아 있고, 먼 곳을 바라 보면 입에서 사르르 녹아버리는 커다랗고 푸른 산이 있답니다.

우리는 일주일에 두 번씩 우유를 저어요. 그렇게 얻은 유크림 은 흐르는 시냇물 위로 돌집을 지어 만든 수상 저장소에 보관 하고요. 주변 농부들은 분리기를 쓰지만, 우리는 그런 신식 물 건들을 좋아하지 않아요. 휘저어서 크림을 얻는 방식이 조금 더 힘들지는 몰라도 값은 더 후하게 받지요. 우리 농장에 있는 송아지 여섯 마리 모두에게 제가 이름을 골라주었어요.

1. 실비아, 숲에서 태어났거든요.
2. 레스비아, 카툴루스 작품에 나온 레스비아(로마의 서정 시인 카툴루스는 클로이다라는 여자와 사랑에 빠졌는데 그의 시에서 '레스비아'로 등장함) 이름을 땄어요.
3. 샐리.
4. 줄리아, 별 특징 없는 점박이 송아지.
5. 주디, 제 이름을 땄고요.
6. 키다리 아저씨. 기분 나쁘신 거 아니죠, 아저씨? 저지 순종인 데다 타고나길 아주 착하답니다. 이렇게 생겼어요. 얼마나 딱 어울리는 이름인지 아시겠죠.

시간이 나질 않아 제 불멸의 소설을 시작하지 못했네요. 농장일이 바빠서요.

언제나 친애하는 주디가

추신.

도넛 만드는 법을 배웠답니다.

추신(2). 닭을 키울 생각이 있으시다면 버프 오핑턴을 추천해드릴게요. 이 좋은 솜털이 없거든요.

추신(3). 제가 어제 휘저어 만든 신선한 버터를 한 덩어리 보내드릴 수 있으면 좋을 텐데요. 저는 솜씨 좋은 우유 아가씨랍니다!

추신(4). 장차 훌륭한 작가가 될 제루샤 애벗 양이 소를 집으로 몰고 가는 그림이랍니다.

소는 잘 못 그리겠네요!

일요일

키다리 아저씨께,

웃기지 않나요? 아저씨께 보낼 편지를 어제 오후에 쓰기 시작
했는데 '키다리 아저씨께'까지 쓰고 나니까 저녁거리로 블랙베
리를 좀 따온다고 약속한 게 마침 생각나서, 편지지를 탁자에
올려두고 나갔다가 오늘 돌아와서 보니 편지지 한가운데에 뭐
가 있었는 줄 아세요? 진정한 키다리 아저씨인 키다리 각다귀
가 있었답니다!

각다귀 다리 하나를 잡고 아주 살살 들어올려서 창문 밖으
로 떨어트렸어요. 무슨 일이 있어도 각다귀를 다치게 하는 일
은 없을 거예요. 이 곤충을 보면 늘 아저씨가 떠오르거든요.

오늘 아침에 우리는 교회에 가려고 사륜 짐마차에 올라타 마
을 중심지로 나갔어요. 아담하고 하얀 건물에 첨탑 하나가 딸
렸고, 도리아식(세로로 주름이 나 있으며 기둥머리가 민무늬) 기둥
(아니면 이오니아식(기둥머리 양쪽에 소용돌이무늬가 있음)일 수도 있

어요. 항상 헷갈리거든요) 세 개가 앞을 받치고 있는 교회였어요.

훌륭하지만 졸린 설교에 모두 나른한 듯이 야자잎 부채를 부치고, 목사님 말씀 외에 들리는 소리라고는 바깥 나무 사이에서 우는 귀뚜라미 소리뿐. 졸다가 깨어보니 제가 일어서서 찬송가를 부르고 있더라고요. 설교를 듣지 않은 게 너무나 후회됐어요. 이런 찬송가를 고르는 사람의 심리를 더 알고 싶은데 말이죠.

오라, 네 오락과 지상의 장난감일랑 두고서
나와 함께 천상의 기쁨을 맛보라.
아니면 친구여, 나중에나 만나세.
지금은 자네를 지옥에 가라앉게 놔둘 테니.

셈플 부부랑은 종교 이야기를 피해야 할 것 같아요. 부부가 모시는 '신(머나먼 청교도 조상들로부터 티끌 하나 묻지지 않고 물려받았대요)'은 속 좁고, 비이성적이고, 불공평하고, 못됐고, 복수하기 좋아하고, 편견이 심한 '사람'이거든요. 제가 물려받은 신이 없다는 게 하늘에 감사할 따름이죠! 저는 원하는 대로 '그분'을 만들어낼 수 있으니까요. 제가 모시는 신은 친절하고, 동정심이 많고, 상상력이 풍부한데다, 용서할 줄 알며 이해심이 많은 분이에요. 그리고 유머감각이 있죠.

저는 셈플 가족이 참으로 좋아요. 신의 교리보다 훨씬 뛰어나게 실천을 하거든요. 모시는 '신'보다 그분들이 훨씬 좋은 사람이에요. 이렇게 말씀도 드렸어요. 그랬더니 너무 곤란해 하시더라고요. 제가 불경스러운 모독을 저질렀다고 생각하시나 봐요. 제가 그냥 드린 말씀이 아닌데! 이제 대화할 때 신학 얘기는 하지 않아요.

지금은 일요일 오후예요.

조금 전에 아마사이(인부)가 보라색 넥타이를 매고 밝은 노란색 사슴가죽 장갑을 끼고서 면도를 말끔히 한 얼굴이 벌개져서는 마차를 타고 나갔어요. 빨간 장미로 테두리를 장식한 커다란 모자를 쓰고 하늘하늘한 파란색 원피스를 입고서 머리를 어느 때보다도 촘촘하게 만 캐리(일하는 여자아이)를 데리고요. 아마사이는 아침 내내 마차를 닦았답니다. 캐리는 교회에서 돌아온 후로 저녁을 준비한답시고 집에 있었는데 사실은 원피스를 다리려고 그런 거예요.

저는 이 편지를 끝내고 2분 내로 아까 다락방에서 찾은 책을 읽을 참이에요. 『길 위에서』라는 제목이고 남자애 글씨체로 지렁이처럼 쓴 글귀가 앞면에 있어요.

> 저비스 펜들턴
> 이 책이 싸돌아다니고 있거든
> 귀퉁이 따귀를 올려붙여 집으로 보내주세요.

저비스 씨가 열한 살 때에 크게 아픈 후에 여름을 이곳에서 보냈대요. 그때 『길 위에서』를 두고 간 거지요. 잘 읽은 모양이에요. 조그만 손자국 때가 여기저기에 묻었거든요! 다락방 모퉁이에는 또 물레방아, 바람개비, 활과 화살이 있어요. 샘플 부인이 저비스 씨 얘기를 어쩌나 많이 하는지 진짜로 살아 있는 사람이라고 믿게 되었답니다. 비단 모자를 쓰고 지팡이를 들고 다니는 어른이 아니라, 꾀죄죄하고 머리가 헝클어진 채 다락방에서 우당탕탕 끔찍한 소리를 내며 올라와서 철망 덧문을 열어 두고는 매일 과자만 찾아대는 착한 남자애 말이에요. (제가 아는 샘플 부인이라면 꼭 과자를 줬겠죠!) 모험을 좋아하는 어린 영혼이었던 모양이에요. 용감하고 진실되고요. 그분이 펜들턴 가문이라는 게 참 안타까워요. 더 나은 사람이 될 분이었는데.

우리는 내일부터 귀리를 타작할 거예요. 증기엔진이랑 인부 세 명이 더 들어온대요.

버터컵(뿔 하나 달린 점박이 소. 레스비아의 어미)이 불명예스러운 짓을 했다는 소식을 전하게 되어 몹시 슬프네요. 금요일 저녁에 과수원에 들어가서 나무 밑에 떨어진 사과를 목구멍에 차오를 때까지 먹고 또 먹었지 뭐예요. 버터컵은 이틀 동안 완전히 고주망태로 지냈답니다! 진실을 말씀드리는 거예요. 이렇게 수치스러운 일이 또 어디 있겠어요?

정이 많은 고아가 후원인께 드리는 편지입니다.

주디 애벗이

추신.

제1장에 나오는 원주민들이랑 제2장에 나오는 노상강도 말이죠. 숨죽이고 읽었어요. 제3장에는 어떤 게 나올까요? '붉은 매는 공중으로 6미터를 뛰었건만 헛물만 켰다' 이게 표지 삽화의 제목이에요. 주디와 저비가 재미있는 시간을 보내고 있지요?

9월 15일

아저씨께,

어제 코너스에 있는 잡화점에서 밀가루 다는 저울에 제 몸무게를 달아봤어요. 4킬로그램이 쪘더라고요! 요양을 하고 싶다면 락 윌로우가 제격이에요.

언제나 친애하는 주디가

9월 25일

키다리 아저씨께

짜잔, 이제 2학년입니다! 지난주 금요일에 올라왔어요. 락 윌로우를 떠나게 되어 안타깝지만 다시 학교로 돌아와서 기쁘네요. 친숙한 곳으로 돌아오는 건 정말이지 기분 좋은 일이에요. 이제 학교에 있으면 마음이 편하고 상황을 제가 원하는 대로 통제할 수도 있게 되었어요. 사실 말이죠, 이 세상이 편해지기 시작했어요. 누가 들으면 제가 도움을 받아 이제 막 발을 들인 게 아니라 원래부터 이 세상에 속해 있는 줄 알겠네요.

아저씨는 제가 하려는 말을 조금도 이해하지 못하시죠. 후원인이 될 만큼 귀하신 분이 귀하지 않은 고아의 기분을 이해할 리 없잖아요.

그런데 아저씨, 들어보세요. 제가 누구랑 방을 함께 쓰게요? 샐리 맥브라이드랑 줄리아 러틀리지 펜들턴이에요. 진짜로요. 작은 침실 세 개랑 서재 하나가 있어요. '보시라.'

샐리와 저는 지난 봄에 이미 함께 방을 쓰기로 생각했고, 줄

리아는 샐리와 지내겠다고 마음먹은 터였어요. 아니, 상상이 가질 않네요. 둘은 요만큼도 닮은 구석이 없거든요. 하지만 펜들턴 가문은 원체 보수적이고 변화에 비우호적(고급 어휘죠!)이니까요. 어쨌든, 이렇게 됐네요. 얼마 전까지만 해도 존 그리에의 집에서 지내던 고아인 제루샤 애벗이 펜들턴가 사람이랑 함께 방을 쓴다고 생각해보세요. 민주주의 국가답지요.

샐리가 학년 대표에 출마했고, 이변이 없는 한 당선될 거예요. 얼마나 흥미진진한데요. 완전히 정치인이 다 됐다니까요! 아, 드릴 말씀이 있는데요, 아저씨. 우리 여자들이 권리를 얻을 때 당신네 남자들은 권리를 지키기 위해서 서둘러야 할 거예요. 선거는 다음 주 토요일이고, 누가 이기든지 그날 저녁에 횃불 행진을 할 거예요.

화학을 배우기 시작했는데, 어쩌나 특이한 과목인지 몰라요. 이런 과목은 본 적이 없어요. 분자와 원자가 이 과목에서 쓰이는 자료인데, 다음 달에는 더 명확하게 논할 수 있을 거예요.

논증과 논리 과목도 수강하고 있습니다.

세계 역사도요.

윌리엄 셰익스피어 연극도요.

프랑스어랑요.

이렇게 몇 년 더 하면 꽤 지적인 사람이 되겠지요.

프랑스어 말고 경제학을 선택했어야 하지만 섣불리 그렇게 하지는 못했어요. 프랑스어를 재수강하지 않으면 교수님이 통

과시켜 주시지 않을 것 같아서요. 그때만 해도 6월 시험을 턱
걸이로 통과했거든요. 군이 말씀드리자면 고등학교에서 제대로
준비하지 않았던 탓이에요.

그 수업에 영어만큼이나 프랑스어로 빠르게 재잘대는 여자아
이가 있어요. 어릴 때 부모님과 해외로 가서 수녀원 학교를 3년
동안 다녔대요. 나머지 우리들이랑 비교했을 때 얼마나 총명할
지 짐작이 가시죠. 불규칙 동사를 그냥 가지고 놀아요. 부모님이
어린 저를 고아원 말고 프랑스 수녀원 학교에 내팽개쳤더라면 좋
았을 거예요. 아, 아니다. 그러면 안 되겠네요! 그러면 아저씨를
몰랐을 테니까요. 프랑스어보다는 아저씨를 아는 게 좋아요.

이만 마칠게요, 아저씨. 해리엇 마틴에게 가봐야 해요. 화학
작용에 대해 논한 후에 차기 대통령을 주제로 격식 없이 서로
의 생각이나 들어보려고요.

정치학에 빠진, 주디 애벗이

10월 17일
키다리 아저씨께

체육관에 있는 수영장이 레몬 젤리로 가득 찼다면 그 안에서
수영하는 사람은 위에 떠 있을까요, 아니면 가라앉을까요?

다 같이 디저트로 레몬 젤리를 먹고 있는데 그 질문이 나왔
답니다. 30분 동안 열띤 토론을 벌였는데 아직도 의문이 풀리

지 않았어요. 샐리는 수영할 수 있다고 생각하지만 저는 제아무리 수영을 잘한다 해도 가라앉을 거라고 확신해요. 레몬 젤리에 빠져 죽으면 웃기겠지요?

또 다른 문제 두 가지가 우리 식탁의 관심을 사로잡았답니다.

첫째, 팔각형 집의 방은 무슨 모양인가? 어떤 애들은 정사각형이라는데요, 저는 파이 조각처럼 생겼을 거라고 생각해요. 그렇지 않은가요?

둘째, 거울로 만든 커다란 빈 구체가 있고 그 안에 앉아 있다고 생각해보세요. 어느 지점부터 얼굴의 반사가 멈추고 등이 반사되기 시작할까요? 이 문제는 생각할수록 더 헷갈려요. 저희가 얼마나 깊은 철학적 사유로 여가시간을 채우는지 아시겠죠?

선거 이야기를 해드렸나요? 3주 전에 치렀는데, 워낙 정신없이 살다보니 3주 전이 고대 역사처럼 멀게 느껴지네요. 샐리가 당선되어서, '맥브라이드 영원하라'라는 투명 현수막을 매달고 악기 열네 대(하모니카 세 대랑 빗 열한 개)로 구성된 밴드를 이끌고 횃불 행진을 했답니다.

우리는 이제 '258호'에 사는 아주 중요한 인물이 되었답니다. 줄리아와 제가 굉장한 후광을 누리고 있어요. 학년 대표하고 같은 방을 쓴다는 게 사회적으로 꽤나 압박이더라고요.

'좋은 밤 보내세요', '친애하는' 아저씨.

'제가 남기는 칭찬 말씀을 받아주시기 바라며,

아저씨를 매우 존경하는' 주디가 '올립니다'.

맥브라이드 영원하라

11월 12일

키다리 아저씨께,

어제 우리가 농구 경기에서 1학년을 무찔렀답니다. 물론 기분이 좋지만 아, 3학년을 무찌를 수만 있었더라면! 온통 퍼렇게 멍이 들어 연고를 바르고 압박 붕대를 두른 채 일주일 내내 침대에서 지낼 각오도 돼 있는데.

샐리가 크리스마스 방학을 함께 보내자고 초대했어요. 샐리는 메사추세츠 주 우스터에 살아요. 친절한 아이죠? 정말로 가고 싶답니다. 살면서 일반 가정에 가본 적이 없어요. 물론 락

월로우가 있지만 셈플 부부는 어른이고 늙었으니 치지 않고요. 그런데 맥브라이드가 가족은 아이들이 가득하고(어찌됐든 두세 명은 될 거예요) 어머니, 아버지, 할머니, 앙고라 고양이가 있어요. 온전히 완벽한 가족이죠! 짐 가방을 챙겨서 떠나는 게 정말이지 학교에 남아 있는 것보다 훨씬 신나요. 무지하게 기대되고 신이 나요.

7교시네요. 리허설하러 뛰어가야겠어요. 추수감사절 연극에 참여하게 되었거든요. 노란 곱슬머리에 벨벳 튜닉을 입은, 탑에 사는 왕자로요. 유쾌하지 않나요?

J. A.

토요일

제가 어떻게 생겼는지 알고 싶으신가요? 레오노라 펜튼이 우리 셋을 찍은 사진을 보내드려요.

웃고 있는 쾌활한 아이가 샐리고요, 콧대를 치켜든 키 큰 아이가 줄리아고요, 머리카락이 휘날려 얼굴을 덮은 키 작은 아이가 주디입니다. 원래 저것보다는 훨씬 예쁜데 햇빛에 눈이 부셔서 그래요.

12월 31일

키다리 아저씨께

크리스마스 선물로 수표를 보내주셔서 감사 인사도 드릴 겸
더 일찍 편지를 쓰려고 했는데, 맥브라이드가 가족과의 생활에
푹 빠져서 도무지 1분 이상을 책상에 앉아 있기가 힘들더라고
요.

가운을 새로 장만했답니다. 필요해서가 아니라 가지고 싶어
서 산 거예요. 올해 크리스마스 선물은 키다리 아저씨 가족이
보내주셨네요. 저희 가족은 사랑만 보냈고요.

샐리네 집에서 더할 나위 없이 훌륭한 방학을 보냈어요. 샐리
는 길가에서 멀찍이 떨어졌고 테두리가 하얀 옛날식 커다란 벽
돌집에서 산답니다. 제가 존 그리에의 집에 있을 때 바라보면서
내부는 어떨까 너무나 궁금해하던 딱 그런 집이지요. 그런 제가
이 집에 와 있는 거예요! 모든 게 너무 편안하고, 평화롭고, 내
집 같아요. 방마다 돌아다니고 가구 사이에서 음료도 마시고요.

이곳은 아이들이 자라기에 더할 나위 없이 완벽한 집이에요.
숨바꼭질을 할 수 있는 그늘진 구석이 있고, 팝콘을 튀겨 먹을
열린 화로가 있고, 비 오는 날에 뛰어놀 다락방이 있고, 미끄러
운 계단 난간 맨 밑에는 납작한 손잡이가 달려 편안하고요, 햇

101

살이 들어오는 커다란 부엌이 있고, 이 집에서 13년 동안 일한 인심 좋고 명랑한 뚱뚱한 요리사가 늘 아이들에게 구워주려고 쿠키 반죽을 조금 남겨둔답니다. 그런 집은 보고만 있어도 다시 어린아이가 되고픈 마음이 들지요.

식구들은 또 어떻고요! 그렇게 좋은 사람들일 거라고는 생각도 못했어요. 아버지, 어머니, 할머니, 머리가 곱슬거리는 너무 귀여운 세 살배기 여동생, 맨날 깜박 잊고서 발을 닦지 않는 남동생, 잘생기고 덩치 좋은 지미라는 오빠가 있는데 그 오빠는 프린스턴대 3학년이에요.

식탁에서 우리는 세상 즐거운 시간을 보낸답니다. 모두 와자지껄 웃고, 농담하고, 이야기하고요, 식전 기도를 드리지도 않아요. 무얼 먹을 때마다 매번 '누군가'에게 감사하지 않아도 된다는 게 다행이에요(전 아마 불경스러운 아이인가 봐요. 하지만 아저씨도 저처럼 의무적으로 감사할 일이 많았더라면 그렇게 됐을 거에요).

우리는 정말 많은 일을 했어요. 말할 엄두가 나지 않을 정도로요. 맥브라이드 씨가 공장을 소유하고 있는데, 크리스마스 이브에 직원 자녀들을 위해 나무를 준비했어요. 상록수와 호랑가시나무로 꾸민 기다란 포장실에요. 지미 맥브라이드가 산타클로스로 분장하고, 샐리와 제가 그 오빠를 도와 선물을 나눠 주었지요.

아저씨, 이렇게나 재미있다니요! 존 그리에의 집 후원인처럼 자애로운 사람이 된 것 같았답니다. 얼굴이 끈적거리는 귀여운 남자아이한테 뽀뽀해주었어요. 누구처럼 아이들 머리를 쓰다듬지는 않았고요!

크리스마스 후 이틀이 지나고 아이들이 '저'를 위해 자기네 집에서 무도회를 열어주었어요.

진짜 무도회에는 처음 가봤어요. 여자애들과 춤을 추는 학교 무도회는 치지 않고요. 새로 장만한 하얀 드레스(아저씨가 준 크리스마스 선물이에요, 정말로 감사합니다)를 입고 기다란 흰 장갑을 끼고 하얀 새틴 슬리퍼를 신고 갔지요. 완벽하고 완전하며, 절대적인 제 행복에 유일한 결점이 있다면 제가 지미 맥브라이드와 코티용을 추는 모습을 리펫 원장님이 보지 못했다는 거예요. 다음에 존 그리에 집에 방문하시면 부디 소식을 전해주세요.

언제나 친애하는 주디 애벗 드림

추신.

아저씨, 제가 끝내 위대한 작가가 아니라 평범한 여자아이였다고 밝혀지면 대단히 실망하실 것 같으세요?

토요일 6시 30분

아저씨께

오늘 시내로 막 걸어가려는데, 세상에나! 비가 어찌나 쏟아지던지요. 저는 비가 아니라 눈이 내리는 겨울다운 겨울이 좋아요.

줄리아의 훌륭하신 삼촌이 오늘 오후에 또 들르셨어요. 2킬로그램이 훨씬 넘는 초콜릿 한 상자를 가져오셨지요. 줄리아와 같은 방을 쓰면 어떤 점이 좋은지 아시겠죠.

우리가 별 생각 없이 늘어놓는 실없는 소리가 그분은 재미있는지 우리 서재에서 차를 마시겠다고 기차도 보냈어요. 허락을 구하려고 고생이 이만저만이 아니었어요. 학교에 아버지와 할아버지를 들이기도 힘든데, 삼촌은 더하더라고요. 형제랑 사촌은 불가능하다고 보면 되고요. 줄리아는 공증인 앞에서 이 사람이 자기 삼촌이라고 맹세한 걸로도 모자라, 지역센터 직원이 발급해준 증명서도 제출해야 했어요. (저 제법 법을 많이 알지 않나요?) 그렇게 했는데도 젊고 잘생긴 저비스 삼촌을 학장님이 보기라도 했다면 차를 못 마시지 않았을까 싶어요.

어쨌든, 스위스 치즈를 넣어 만든 통밀빵 샌드위치를 곁들여 차를 마셨답니다. 삼촌은 만드는 걸 도와주고 네 개를 드셨지요. 지난여름에 락 윌로우에서 지냈다고 말씀드렸어요. 그러고 나서 셈플 부부, 말, 소, 닭에 대해 수다를 늘어놓으며 좋은 시간을 보냈지요. 삼촌이 알던 말은 전부 죽고 그로버만 남았어요. 마지막으로 갔을 때 그로버가 수망아지였대요. 그런 그로버가 이제는 너무 늙어서 목초지를 절뚝거리며 겨우 돌아다니기만 한답니다.

저비스 삼촌이 그곳에서는 여전히 도넛을 노란 단지에 담아 파란 접시로 덮어 저장고 맨 밑 선반에 보관하는지 물어봤는데, 여전히 그러고요! 야간 방목장에 가면 돌더미 밑에 마멋 구멍이 있는지도 궁금해 했는데, 여전히 있고요! 올여름에 아마사이가 그 구멍에서 커다랗고 토실토실한 회색 마멋을 잡았어요. 저비 도련님이 어렸을 때 잡은 마멋의 28대손이죠.

제가 면전에 대고 '저비 도련님'이라 불렀는데도 모욕감을 느끼지 않은 것 같았어요. 줄리아가 그러는데 그렇게 친근한 삼촌은 처음 본대요. 원래는 다가가기 쉽지 않다네요. 그런데 그건 줄리아가 약게 굴지 않아서 그래요. 남자들은요, 머리를 잘 굴려서 다뤄야 해요. 알맞은 데를 긁어주면 가르릉대지만 잘못된 데를 긁으면 하악대거든요(그리 우아한 은유는 아니지요. 비유를 들어 말한 거예요).

학교에서 마리 바시키르체프의 『일기(러시아 예술가 마리 콘스탄티노바 바시키르체프(1860~1884)가 열세 살부터 쓰기 시작한 멜로드라마식 일기. 여성 예술가로서 겪는 고생을 담았음)』를 읽고 있어요. 놀랍지 않나요? 들어보세요. '지난밤 절망감이 발언권을 얻는 바람에 내가 신음하며 발작했고, 결국 식당 시계를 바다에 내던지기에 이르렀다.'

이걸 읽으니 제가 천재가 아니었으면 좋겠다는 생각이 들어요. 보아하니 천재성을 지닌 사람은 심신이 많이 지치는 것 같고, 또 괜한 가구만 처참하게 망가지니까요.

이럴 수가! 비가 계속 쏟아지네요. 오늘 밤에는 예배당까지 헤엄쳐 가야겠어요.

언제나 친애하는 주디가

1월 20일

키다리 아저씨께

요람에서 납치당한 귀여운 여자 아기를 아시나요?

아마 제가 그 아기인 것 같아요! 우리가 소설 속 인물이라면 지금이 대단원의 막을 내릴 때겠죠?

내가 누군지를 모른다는 건 정말이지 너무나 이상하지만, 어찌 보면 로맨틱하고 짜릿한 것 같아요. 아주 많은 가능성이 있으니까요. 알고보면 제가 미국인이 아닐 수도 있지요. 그런 사람들이 많잖아요. 고대 로마 직계 혈통일 수도 있고, 바이킹족의 후손이거나, 러시아 추방자의 자식이어서 원래는 시베리아 감옥에 있어야 하는 아이일 수도 있고, 또 어쩌면 집시일 수도 있고요. 아마 전 집시일 것 같아요. 여태껏 상황이 여의치 않았지만 돌아다니는 걸 무척 좋아하거든요.

제 인생에 단 하나 수치스러운 오점이 뭔지 아시나요? 과자를 훔쳐 먹었다고 혼나는 바람에 고아원에서 도망쳐 나왔던 때예요. 후원인들이 마음껏 읽을 수 있게 고아원에서 마련해둔 책자에도 이 사건이 나와 있어요. 그런데 아저씨, 제가 달리 어떻게 할 수 있었겠어요? 식칼의 녹을 벗긴답시고 배고픈 아홉 살 아이를 손 뻗으면 과자 통이 닿는 식료품 저장고에 혼자 내버려두고 가버리면 말이에요. 갑자기 불쑥 돌아왔을 때 그 애가 과자 부스러기를 조금 묻히고 있을 법하지 않은가요? 그걸 보더니 애 팔꿈치를 홱 잡아당겨 뺨을 때리고, 식사 시간에 푸덩이 나오는데 식탁에서 내쫓고는 다른 애들한테 저 애가 도둑 질을 해서 그렇다고 말하면, 그 애가 도망갈 법하지 않은가요?

5킬로미터쯤 뛰었어요. 잡혀서 돌아갔어요. 그 후로 일주일 동안 매일같이 쉬는 시간에 다른 애들이 나가서 놀 때 저는 말 썽쟁이 강아지처럼 뒤뜰 말뚝에 묶여 있었어요.

아, 이런! 예배당 종소리네요. 예배가 끝나고 저는 회의가 있 답니다. 이번에는 정말 재미난 편지를 써드리려고 했는데 죄송 하게 됐어요.

'또 만나요'(독일어)

'사랑하는'(프랑스어) 아저씨

'평화가 있기를!'(라틴어)

주디가

추신.

제가 강하게 확신하는 게 한 가지 있는데요. 저는 절대 중국인 은 아니랍니다.

2월 4일

키다리 아저씨께

지미 맥브라이드가 방의 벽면만 한 프린스턴대 교기를 보내
줬어요. 저를 기억해줘서 대단히 고맙지만 도대체 이 교기를 어
떻게 해야 할지 모르겠어요. 샐리와 줄리가 이걸 걸게 해줄 리
없거든요. 올해에 우리 방을 빨간색으로 꾸몄으니, 주황색과 검
은색을 달면 어때 보일지 아시겠죠. 그렇다고 이렇게 두툼하고
따뜻한 좋은 펠트를 버려둘 수는 없지요. 이걸 목욕 가운으로
만들면 너무 예의에 어긋날까요? 가지고 있는 가운이 빨면서
줄어들었거든요.

오전 여섯 시

일찍 일어나는 새가 욕조를 차지한다.

요즘 들어서는 제가 배우고 있는 걸 빼먹고 말씀드리지 않았네요. 편지로 보면 상상하기 힘드시겠지만 저는 온전히 모든 시간을 공부에 바치고 있답니다. 한 번에 다섯 과목을 공부하다 보니 정신이 혼미할 지경이에요.

화학 교수님은 말씀하세요.

"진정한 학문의 기준은 고통스러울 정도로 열렬히 세부사항을 추구하는 것입니다."

역사 교수님은 말씀하시죠.

"세부사항만 붙들고 있지 않도록 조심하세요. 충분히 멀리 물러서서 전체를 바라봐야 합니다."

화학과 역사 사이에서 얼마나 미세하게 방향을 조정해야 하는지 아시겠죠. 저는 역사학에서 쓰는 방법이 더 좋아요. 정복왕 윌리엄(노르망디 공작인 윌리엄, 1066년에 영국을 침공해 왕좌를 차지하고 윌리엄 1세가 되었다)이 영국에 온 게 1492년이고, 콜럼버스가 미국 대륙을 발견한 게 1100년 혹은 1066년, 뭐 언제든 간에 몇 년도라고 말한다 해도 그런 세부사항은 교수님이 신경 쓰지 않으시죠. 그래서인지 역사 시간에는 마음이 안정되고 편안한 반면, 화학 시간에는 전혀 그렇지 못해요.

6교시 종소리예요. 실험실에 가서 소금이나 알칼리, 산처럼 작은 물질을 들여다봐야 하죠. 염산을 다루다가 실험복 앞쪽에 접시만 한 구멍을 내버렸어요. 이론이 제대로라면 강한 암모니아로 그 구멍을 중화시킬 수 있어야 하는데 말이에요.

다음 주가 시험입니다. 두려울 게 뭐가 있겠어요?

언제나 친애하는 주디가

3월 5일

키다리 아저씨께,

3월의 바람이 불어오고, 하늘 가득 검은 구름이 무겁게 몰려오네요. 소나무에 앉은 까마귀가 어쩌나 요란한 소리를 내는지! 듣다보면 도취되고 들뜨는, 저를 부르는 듯한 소리예요. 책을 덮고 언덕으로 올라가 바람과 경주하고 싶어지죠.

지난 토요일에 술래잡기를 하느라 질퍽질퍽한 땅을 밟으며 거의 10킬로미터를 걸었어요. 여우 팀(학생 세 명과 색종이 조각한 바구니)이 사냥꾼 스물일곱 명보다 30분 먼저 출발했는데, 저는 스물일곱 명 중 하나였죠. 중간에 여덟 명이 죽어서 끝까지 남은 건 열아홉 명이었죠. 색종이 조각이 언덕을 넘어 옥수수 밭을 지나 습지까지 이어졌고, 습지에서 사냥꾼들은 얕은 둔덕 사이를 가볍게 뛰어다녀야 했어요. 사냥꾼 중 절반이 발목까지 땅에 잠긴 건 당연하고요. 자꾸만 흔적을 놓치는 바람에 그 습지에서 25분을 낭비했지 뭐예요. 그 다음에 언덕을 오르며 숲을 지나니 헛간에 다다랐어요! 문은 전부 닫혔고 창문은 꽤 작은 게 높이도 달렸더라고요. 공평하다고 할 수는 없죠, 안 그런가요?

우리 사냥꾼들은 헛간에 들어가는 대신 그 주변을 살펴보고 흔적을 따라 낮은 헛간 지붕을 넘어 울타리 꼭대기에 도착했지요. 여우 팀은 우리를 헛간에 잡아둘 수 있을 거라고 생각했지만 우리가 여우 팀을 속인 거예요. 거기서부터 곧장 3킬로미터 이상 완만한 목초지가 펼쳐졌고, 색종이 조각이 드문드문 있어서 따라가기가 무척 어려웠답니다. 색종이 조각이 1.8미터 이상 떨어지면 안 된다는 게 규칙인데, 무슨 1.8미터가 그렇게 멀던지 말이에요. 두 시간 내내 종종걸음 치며 추적한 끝에 마침내 크리스탈 샘물 농장(우리 학생들이 닭, 와플로 저녁 식사를 하고 싶을 때 봅슬레이나 건초 마차를 타고서 가는 농장이에요) 부엌에 있는 여우 씨를 찾아냈답니다. 여우 세 마리가 얌전히 우유와 꿀을 곁들여 비스킷을 먹고 있더라고요. 우리가 계속 헛간 창문에 고개를 들이밀고 있을 테지 그렇게 멀리까지 쫓아오리라고 생각도 못한 거죠.

두 팀 모두 자기네가 이겼다고 고집해요. 제 생각에는 우리가 이긴 것 같아요, 그렇죠? 학교에 돌아가기 전에 잡았으니까요. 어쨌든 열아홉 명 모두 메뚜기처럼 가구 위에 자리를 잡고 앉아 꿀을 달라고 아우성쳤어요. 꿀이 한 바퀴 돌 만큼 충분하지는 않았지만 크리스탈 샘물 부인(우리끼리 부인을 부르는 애칭이에요. 원래는 존슨 부인이래요)이 지난주에 갓 만든 딸기 잼 한 단지랑 메이플 시럽 한 캔, 통밀빵 세 덩어리를 꺼내왔어요.

우리는 여섯 시 반이 지나서야 학교에 돌아왔어요. 저녁식사에 30분 늦은 시각이었죠. 입맛을 전혀 잃지 않은 터라 옷도 갖춰 입지 않고 곧장 식당에 들어갔습니다! 장화 상태만으로도 핑계는 충분했기에 저녁 예배를 빼먹었고요.

시험 얘기를 안 해드렸죠. 아주 간단하게 모든 과목을 통과했답니다. 이제는 요령을 알았으니 다시는 낙제하는 일이 없을 거예요. 하지만 1학년 때 수강한 그 지긋지긋한 라틴어 산문과 기하학 때문에 수석으로 졸업하지는 못할 거예요. 그래도 상관없어요. 행복하면 그만이지 무어가 중요하겠습니까(대사를 인용한 거예요. 요즘 영국 고전을 읽고 있답니다)? (디온 부시코트의 극 「럭나우의 안도」에 나온 대사-옮긴이)

고전 얘기가 나와서 드리는 말씀인데요, 『햄릿』을 읽어보신 적 있나요? 아직 아니라면 당장 읽어보세요. 정말이지 끝장나는 작품이랍니다. 셰익스피어라는 이름은 평생 들어봤어도 그렇게까지 글을 잘 쓰는 사람인 줄은 몰랐어요. 명성만 자자한 게 아닐까 늘 의심했지요.

오래전 제가 처음으로 읽는 법을 배웠을 때 훌륭한 놀이를 만들어냈는데요. 매일 밤 제가 읽고 있는 책의 등장인물(가장 중요한 인물)인 체하면서 잠이 드는 거예요.

지금 저는 오필리아랍니다. 그것도 아주 분별력 있는 오필리아 말이에요! 햄릿을 항상 기쁘게 해주고, 예뻐해 주다가도 꾸짖고 감기에 걸리면 목을 감싸주죠. 햄릿을 우울감에서 완전히 해방시켜줬고요. 왕과 여왕은 둘 다 죽었어요. 바다에서 사고가 난 탓이죠. 장례식은 필요 없었고요. 그래서 햄릿과 저는 어떠한 방해도 받지 않고 덴마크를 통치하고 있어요. 우리의 통치 하에 왕국은 훌륭하게 굴러가고 있답니다. 햄릿이 나랏일을 돌보고 제가 자선을 돌보지요. 얼마 전에는 일류 고아원을 세웠어요. 아저씨뿐만 아니라 후원인 누구든 가보고 싶으시다면 기쁜 마음으로 구경시켜드릴게요. 대단히 많이 배워 가실 수 있을 거예요.

> 키다리 경에게 자비로운 마음을 담아 보냅니다.
>
> 덴마크 여왕 오필리아 드림

3월 24일, 어쩌면 25일

키다리 아저씨께

저는 천국에 가지 못할 것 같아요. 이미 이곳에서 좋은 것들을 많이 받고 있잖아요. 이 생이 끝난 후에도 혜택을 받는다면 공평하지 않겠죠. 어떤 일이 있었는지 들어보세요.

학교 월간지에서 매년 개최하는 (상금 25달러가 걸린) 단편 소설 대회에서 제루샤 애벗이 우승했답니다. 그것도 2학년이 말이에요! 참가자는 대부분 4학년이거든요. 제 이름이 올라온 걸 보고서 꿈인지 생시인지 믿을 수가 없었어요. 어쩌면 결국에 제가 작가가 될 수도 있겠어요. 리펫 원장님은 제게 왜 이렇게 바보 같은 이름을 지어주신 걸까요. 너무 '어류' 작가 이름 같지 않은가요?

그리고 봄 연극에 참여할 단원으로도 뽑혔어요. 「뜻대로 하세요(1600년쯤 쓰인 셰익스피어의 극)」 야외 상연이에요. 저는 로잘린드의 직계사촌인 실리아 역할이랍니다.

그리고 마지막으로, 줄리아와 샐리, 제가 다음 주 금요일에 뉴욕에 가서 봄맞이 쇼핑을 하고 밤을 샌 다음에 이튿날 '저비 도련님'과 연극을 보러 가기로 했답니다. 저비스 씨가 저희를 초대했어요. 줄리아는 가족이 있는 집에서 묵을 거고, 샐리와 저는 마사 워싱턴 호텔에 묵으려고요. 이렇게 신나는 계획을 들어보신 적 있으세요? 살면서 호텔은 물론이고 연극을 보러 가는 것도 처음이에요. 가톨릭교회에서 축제를 열어 고아들을 초대했을 때 연극을 본 적은 있지만 그건 진짜 연극이라고 할 수 없어요.

저희가 볼 연극이 뭔지 아세요? 「햄릿」이에요. 생각해보세요! 셰익스피어 수업에서 4주 동안 그것만 공부했으니 대사를 다 외우고 있다구요.

이 모든 게 너무 기대돼서 쉽사리 잠들지 못한답니다.

이만 쓸게요, 아저씨.

정말로 재미난 세상이에요.

언제나 친애하는 주디가

추신.

방금 달력을 봤는데요. 28일이네요.

추신 하나 더.

오늘 한쪽 눈은 갈색이고 한쪽 눈은 파란색인 전차 차장을 봤어요. 탐정 소설에 나오는 악당으로 제격이지 않은가요?

4월 7일

키다리 아저씨께,

이럴 수가! 뉴욕은 정말 크지 않나요? 우스터는 아무것도 아니네요. 아저씨는 정말로 이렇게 혼잡한 곳에서 살고 계신 거예요? 그곳에서 이틀을 보내는 사이 저는 너무 어리둥절해져서 다시 정신을 차리려면 몇 달이 걸릴 것 같아요. 믿을 수가 없어요. 놀라운 것들을 너무 많이 봐서 뭐부터 말을 꺼내야 할지 모르겠네요. 아저씨는 그곳에 살고 계시니 이미 아시겠지요.

거리가 정말 재미있지 않나요? 사람들은 또 어떻고요? 상점은요? 상점에 그렇게 사랑스러운 물건이 진열된 광경은 처음 봤어요. 인생을 바쳐서라도 그 옷을 입어보고 싶게 만들더라니까요.

샐리랑 줄리아랑 저는 토요일 아침에 함께 쇼핑을 했어요. 줄리아가 들어간 상점은 벽지가 하얀색, 금색에 바닥에는 파란 양탄자가 깔려 있고 파란 실크 커튼이랑 금빛 의자로 꾸며졌는데,

생전 그렇게 멋진 곳은 처음 봤어요. 완벽에 가깝게 아리따운 금발머리 여성이 바닥에 끌리는 검은색 실크 가운을 걸치고서 함박 미소로 우리를 맞아주었지요. 그때는 인사하러 들른 줄 알고 악수를 했는데 이제 생각해보니 모자를 사러 간 거였어요. 적어도 줄리아는요. 줄리아가 거울 앞에 앉아서 모자를 열댓 개 써봤는데 갈수록 예쁜 모자를 보여줬고, 그중에서 가장 예쁜 두 개를 샀답니다.

거울 앞에 앉아서 가격을 생각하지 않고 원하는 모자를 골라서 살 수 있다니, 이보다 더 큰 기쁨이 있을까요? 한 가지 분명한 게 있는데요, 아저씨. 뉴욕에 있다보면 존 그리에의 집에서 인내하며 쌓은 이 훌륭한 근검절약 정신이 금세 무너질 거예요.

쇼핑을 마친 후에는 셰리스에서 저비 도련님을 만났어요. 아저씨도 셰리스에 가보셨겠죠? 그곳을 그려보세요, 그리고 존 그리에의 집 식당을 그려보세요. 방수포를 깔아둔 식탁, '깨서는 안 되는' 하얀 도자기들, 나무 손잡이가 달린 칼과 포크가 있는 그 식당을. 제 기분이 어땠겠어요!

잘못된 포크로 생선을 먹었는데, 종업원이 어찌나 친절한지 아무도 눈치 채지 못하게 포크를 하나 더 가져다주었답니다.

오찬이 끝난 후에 연극을 보러 갔어요. 아찔하고, 경이롭고, 도무지 믿을 수 없는 연극이었답니다. 매일 밤 그 꿈을 꿔요.

셰익스피어는 참 대단한 작가죠?

「햄릿」은 수업시간에 분석할 때보다 무대에서 상연될 때가 훨씬 좋더라고요. 원래도 높이 사는 작품이었지만, 이제는 세상에나!

아저씨만 괜찮으시다면 제가 작가보다는 배우가 되는 편이 나을 것 같아요. 제가 이 학교를 떠나서 연기 학교에 들어가면 어떨까요? 공연할 때마다 아저씨에게 상자를 보낼 거고, 무대 너머로 미소도 지어 보일 거예요. 단춧구멍에 빨간 장미만 꽂아주세요. 괜한 사람한테 미소를 짓지 않게요. 다른 사람을 아저씨로 착각한다면 얼마나 창피한 실수겠어요.

토요일 밤 돌아오는 길에, 작은 탁자에 분홍색 등이 놓인 열차 칸에서 흑인 종업원이 나르는 음식으로 저녁식사를 했답니다. 그런데 제가 열차에서 식사가 제공된다는 말은 들어본 적이 없다고, 무심코 말해버렸어요.

"넌 도대체 어디서 살았던 거야?"

줄리아가 제게 물었죠.

"조그만 마을에서."

제가 한껏 기가 죽어 대답했어요.

"그래도 여행은 해봤을 것 아냐?"

"우리 학교에 오는 길이 첫 여행이었어. 그래봤자 260킬로미터 남짓이었으니 밥을 먹지 않았고."

줄리아가 저에게 점점 더 많이 관심을 가지는 건 제가 이렇게 웃긴 말을 많이 하기 때문이에요. 안 하려고 무던히 노력하는데도 깜짝 놀랄 때면 웃긴 말이 입에서 튀어나와버려요. 그런데 거의 항상 놀랄 일이 생기거든요. 아저씨, 존 그리에의 집에서 18년을 보내다가 느닷없이 이 '세상'에 떨어진다는 게 여간 어지러운 일이 아니에요.

하지만 점점 적응하고 있어요. 예전처럼 끔찍한 실수는 저지르지 않지요. 더 이상 다른 애들이 불편하지도 않고요. 예전에는 사람들이 저를 쳐다볼 때면 움찔했거든요. 제가 입은 거짓새 옷 사이로 그 밑에 있는 깅엄체크무늬를 들여다보는 것 같아서 말이에요. 하지만 이제는 더 이상 깅엄체크무늬 때문에 괴로워하지 않아요. 어제 일은 어제로 족하리라.

꽃 이야기를 빼먹었군요. 저비 도련님이 우리에게 제비꽃과 은방울꽃으로 만든 커다란 꽃다발을 하나씩 줬어요. 정말 자상하지 않나요? 후원인들을 봐온 터라 남자를 그다지 좋아하는 편이 아니었는데, 이제는 마음이 바뀌려고 해요.

열한 쪽이네요. 편지 맞답니다! 겁먹지 마세요. 이만 마칠 테니까요.

언제나 친애하는 주디

4월 10일

돈 많은 분께

보내주신 50달러짜리 수표를 돌려드립니다. 매우 감사합니다만, 받을 수 없습니다. 용돈만으로도 필요한 모자는 전부 살 수 있어요. 지난번 편지에서 모자 가게에 대해 이러쿵저러쿵 멍청한 말을 늘어놔서 죄송합니다. 생전 처음 보는 광경이라 그랬을 뿐입니다. 돈을 구걸한 게 아니고요! 필요 이상의 도움을 받지 않으려 합니다.

진심을 담아, 제루샤 애벗 올림

4월 11일

사랑하는 아저씨께

어제 보낸 편지는 용서해주시겠어요? 편지를 부치고 나서 마음이 안 좋아 다시 가져오려고 했지만 그 지독한 우편물 담당자가 돌려주지 않더라고요.

지금은 한밤중입니다. 몇 시간째 잠도 못 든 채 제가 얼마나 벌레 같은 애인지 생각하고 있어요. 그것도 다리 천 개 달린 벌레 말이죠. 제가 알고 있는 가장 나쁜 말이랍니다! 줄리아랑 샐리를 깨우지 않으려고 서재로 이어지는 문을 아주 살살 닫고, 침대에서 일어나 앉아 역사 공책에서 뜯어낸 종이에 아저씨께 편지를 쓰는 중입니다.

보내주신 수표에 무례한 반응을 보여서 죄송하다는 말씀을 드리고 싶을 뿐이에요. 좋은 마음으로 보내주셨다는 걸 알아요. 고작 모자 하나 때문에 그렇게 많은 수고를 하시다니 아저씨는 정말 좋은 분이세요. 더 정중하게 돌려드렸어야 하는 건데 죄송해요.

하지만 어떻게든 꼭 돌려드려야 했어요. 저는 다른 애들과 다르답니다. 그 애들은 받는 것을 당연하게 생각하지요. 아버지, 오빠, 여러 친척이 있으니까요. 하지만 저에게는 그런 분들이 없어요. 아저씨가 제 친척이라고 정하고 그걸 재미있어 하지만, 당연히 현실은 다르다는 걸 압니다. 저는 혼자예요, 철저히. 벽에 등을 대고 세상과 싸우지요. 그런 생각을 할 때면 숨이 턱 막힙니다. 그래도 생각을 떨쳐내고 계속 혼자가 아닌 척하지요. 모르시겠나요, 아저씨? 저는 필요 이상의 돈을 받을 수 없어요. 갚아야겠다는 생각이 드는 날이 올 테니까요. 바라는 대로 훌륭한 작가가 된다 하더라도 '눈덩이처럼 불어난' 빚을 감당할 수는 없을 거예요.

예쁜 모자나 이런저런 물건이 가지고 싶기도 하지만, 미래를 저당 잡히면서까지 그래서는 안 되지요.

무례하게 군 저를 용서해주실 거지요? 저는 뭔가 생각이 나면 충동적으로 곧장 편지를 써서 돌이킬 수 없게 부쳐버리는 끔찍한 버릇이 있답니다. 가끔 제가 생각이 없고 감사할 줄 모르는 것처럼 보여도 진짜 속마음은 그렇지 않아요. 마음속으로는 아저씨가 제게 주신 삶과 자유, 독립에 늘 감사해하고 있어요. 제 어린 시절은 그저 길고 음울한 반항의 연속이었지만, 이제는 매 순간 너무 행복해서 꿈인지 생시인지 믿을 수 없을 정도예요. 마치 소설 속 여주인공이 된 기분이에요.

2시 15분이네요. 까치발을 들고 우편함으로 가서 이 편지를 당장 부치려고 해요. 다다음 편으로 받아보실 테니, 곧 저에 대한 나쁜 생각을 거두실 수 있겠지요.

안녕히 주무세요, 아저씨.

늘 아저씨를 사랑하는 주디가

5월 4일

키다리 아저씨께

지난주 토요일에는 체육대회가 열렸습니다. 아주 볼 만한 행사였어요. 모두 하얀 리넨 옷을 입고 행진했는데 4학년은 파란색과 금색으로 된 일본풍 우산을 들었고, 3학년은 하얗고 노란 현수막을 들었지요. 저희 학년은 진홍색 풍선을 들었는데, 느슨하게 매달려 동동 떠다니는 게 특히 정말로 멋졌고요. 신입생들은 기다란 띠가 달린 초록색 휴지 모자를 썼답니다. 시내에서 데려온 푸른색 제복의 밴드도 있었고요. 경기 중간에 심심하지 않게 서커스 광대처럼 웃긴 사람들도 열댓 명 불렀어요.

줄리아는 리넨 걸레와 헐렁한 우산을 들고 구레나룻을 붙여 뚱뚱한 시골 남자로 분장했어요. 키 크고 마른 팻시 모리어티 (진짜 이름은 패트리샤예요. 이런 이름을 들어보신 적 있나요? 리펫 원장님보다 한 수 위죠)가 줄리아 아내로 분장해 우스꽝스러운 초록색 보넷 모자를 한쪽 귀에 걸쳐 썼고요. 행진 내내 그 둘만 지나가면 웃음 물결이 뒤따랐어요. 줄리아가 역할을 정말로 잘 소화했지요. 펜들턴가 사람이 그런 희극 정신을 보일 수 있으리라고는 상상도 못했어요. 저비 도련님이 들으면 기분 상하시려나요. 하지만 저는 아저씨를 진짜 후원인이라고 생각하지 않듯 저비 도련님도 진짜 펜들턴가 사람이 아니라고 생각해요.

샐리와 저는 경기에 참가했기 때문에 행진을 하지 않았어요. 어떻게 되었을까요? 둘 다 우승했답니다! 적어도 한 경기씩이요. 둘 다 도움 닫아 멀리뛰기 종목에서는 순위에 들지 못했지만, 샐리는 장대높이뛰기에서 우승했고(2미터 20) 저는 50미터 질주에서 우승했답니다(8초).

끝에 가서는 숨이 꽤 찼지만, 우리 학년 전부가 풍선을 흔들며 환호하고 소리 지르는 게 참 재미있었어요.

주디 애벗에게 무슨 일이 있대?

아니, 잘하고 있는데.

누가 잘한다고?

주디 애-벗 말이야!

주디, 50미터 질주에서 우승하다.

아저씨, 저게 그냥 하는 응원이 아니었답니다. 끝나고 탈의실로 총총 돌아가서 알코올로 몸을 문질러 닦고 레몬을 빨아먹었지요. 정말 선수 같지 않나요. 학년 대표로 우승한다는 건 참기분 좋은 일이죠. 가장 많은 종목에서 우승한 학년이 우승컵을 가져가거든요. 올해에는 4학년이 일곱 개 종목에서 우승해서 컵을 가져갔어요. 체육회에서는 우승자 전원에게 체육관에서 저녁식사를 대접했어요. 딱지가 연한 게 튀김, 농구공 모양으로 만든 초콜릿 아이스크림을 먹었답니다.

저는 지난밤에 새벽까지 앉아서 『제인 에어(샬롯 브론테의 1847년작 소설)』를 읽었어요. 아저씨는 60년 전의 일을 돌이켜볼게 있을 만큼 나이가 드셨나요? 혹시 그렇다면 그 시절에는 사람들이 정말 그런 말투로 말했나요?

오만한 블랑쉬가 하인에게 말하죠.

"머슴 주제에 입은 그만 놀리고 내 분부나 받들도록 해."

로체스터 씨는 하늘을 일컬어 은빛 창극이라고 하고요. 하이에나처럼 웃으며 침대 커튼에 불을 지르고 신부 베일을 '물어뜯어' 찢는 그 미친 여자를 놓고 보자면, 이 글은 감상적인 통속소설일 뿐이지만 그래도 술술 읽히는 건 마찬가지예요. 어떻게 젊은 여자가 그런 책을 쓸 수 있었는지 모르겠어요. 그것도 교회에서 자란 사람이요. 브론테 자매에게는 저를 매혹시키는 구석이 있어요. 그들이 쓴 책과 삶, 정신은 어디에서 얻은 걸까요? 어린 제인이 빈민학교에 다니며 곤란을 겪는 걸 보면서 머리끝까지 화가 나 도저히 참지 못하고 밖으로 나가 걸었어요. 제인이 어떤 기분이었을지 속속들이 이해가 갔거든요. 리펫 원장님을 잘 알아서 그런지 브로클허스트 씨가 어땠을지 눈에 휜하더라고요.

노여워 마세요, 아저씨. 존 그리에의 집이 로우드 기숙학교 같다는 말은 아니니까요. 우리는 그래도 먹고 입을 것이 많고, 씻을 물이 충분하고, 지하실에 아궁이도 있었거든요. 하지만 치명적인 공통점이 하나 있답니다. 아이들의 삶이 사건 하나 없이 절대적으로 단조로웠다는 거예요. 좋은 일이라고는 일요일마다 나오는 아이스크림뿐이었는데, 그것마저도 규칙적이잖아요. 그곳에서 지낸 18년 내내 모험이라고는 단 한 번 해봤을 뿐이에요. 장작 헛간이 타버렸을 때죠. 밤에 일어나서 숙소 건물에 불이 붙을까 봐 옷을 입어야 했어요. 하지만 불이 붙지 않아 침대로 돌아갔지요.

누구나 가끔 일어나는 놀라운 사건을 좋아하기 마련이죠. 아주 당연한 인간의 욕구예요. 하지만 저에게는 단 한 번도 그런 일이 일어난 적이 없었어요. 리펫 원장님이 사무실로 저를 불러 존 스미스 씨가 저를 대학에 보내주려 한다고 말하기 전까지는요. 그마저도 원장님이 어찌나 차근차근 소식을 전하던지 그다지 충격적이지 않았어요.

있잖아요, 아저씨. 저는 사람에게 가장 필요한 자질은 상상력이라고 생각해요. 상상력이 있으면 다른 사람의 입장에서 생각해볼 수 있지요. 친절하고, 동정심 있고, 이해할 줄 아는 사람이 되고요. 상상력은 어릴 때 일궈야 해요. 하지만 존 그리에의 집에서는 아주 작은 불꽃이라도 깜박거릴라 치면 그 자리에서 밟아버리죠. 그곳에서 장려하는 유일한 덕목은 의무감이에요. 저는 아이들이 그 말의 뜻을 알 필요가 없다고 생각해요. 의무감은 끔찍하고 혐오스러운 거니까요. 아이들은 뭐든지 마음에서 우러나올 때 할 수 있어야 해요.

제가 수장이 될 고아원은 어떨지 보세요! 제가 잠들기 전에 하고 노는 제일 좋아하는 놀이랍니다. 아주 사소한 것까지 생각해요. 식사부터 옷, 공부, 놀이, 벌칙까지. 제가 데리고 있는 고아 중에 아무리 우수한 아이도 어쩌다 한 번은 나쁘게 구니까요.

어쨌든 그 아이들은 행복할 거예요. 어른이 되어서 곤경에 처해도 행복했던 어린 시절을 추억할 수만 있다면 괜찮을 거예요. 제게 자녀가 생긴다면 저는 아무리 불행하더라도 아이들만큼은 어른이 될 때까지 어떤 걱정도 하지 않게 만들 거예요.

(예배당 종소리네요. 나중에 이 편지를 마칠게요)

목요일

오늘 오후에 실험실에서 돌아왔는데 다람쥐 한 마리가 티테이블에 앉아 아몬드를 양껏 먹고 있더라고요. 이제 날씨가 따뜻해져서 창문을 열어놓으니 이런 손님들이 와서 저희에게 대접받는답니다.

"친애하는 지네 부인, 각설탕 한두 알 드시겠어요?"

일요일 아침

다음 날 수업이 없는 금요일 밤이었으니 제가 상금으로 산 스티븐슨(스코틀랜드 작가) 전집을 읽으며 한적하게 좋은 밤을 보냈으리라고 생각하시나요? 그렇다면 아저씨가 여대에 다녀본 적이 없어서 그런 거예요. 친구 여섯 명이 퍼지를 만들겠다고 저희 방에 들렀는데 한 명이 저희 방에서 가장 좋은 깔개 한가운데에 아직 굳지 않은 퍼지를 떨어트렸답니다. 엉망이 된 자리를 절대 치울 수 없을 거예요.

요즘 들어서는 수업에 대해 말씀드리지 않았네요. 여전히 매일 수업을 듣고 있어요. 그래도 수업에 개의치 않고 더 넓은 범위에서 삶을 논할 수 있다는 게 어떻게 보면 다행이에요. 일방적인 토론이기는 하지만, 그건 아저씨 잘못이지요. 내키실 때면 언제든 답장을 주세요.

사흘 동안 이 편지를 썼다 내려놨다 했네요. 지금쯤 '아저씨께서' '많이' 지루해하실까 염려되네요!

이만 마칩니다. 친절한 남자 분께, 주디 드림

키다리 스미스 아저씨께

논증 수업에서 논지를 여러 제목으로 나누는 방법을 다 배운 터라 시간에 다음 형식을 차용하기로 했습니다. 필요한 사실은 전부 들어 있되, 불필요하게 장황하지 않습니다.

I. 이번 주에 필기시험을 봤습니다.

    A. 화학

    B. 역사

II. 기숙사를 새로 짓고 있습니다.

    A. 재료

       (a) 붉은 벽돌

       (b) 회색 돌

    B. 수용 인원

       (a) 학장 한 명, 전임강사 다섯 명

       (b) 학생 이백 명

       (c) 관리인 한 명, 요리사 세 명, 여사환 스무 명,
          청소부 스무 명

III. 오늘 밤 디저트로 응유를 먹었습니다.

IV. 셰익스피어 연극의 근원을 주제로 특집총론을 쓰고
    있습니다.

V. 루 맥마흔이 오늘 오후에 농구를 하다 미끄러져 넘
    어졌습니다. 그 결과,

    A. 어깨가 탈골되었습니다.

    B. 무릎에 타박상을 입었습니다.

VI. 새로 장만한 모자의 장식

    A. 파란색 벨벳 리본

    B. 파란 깃 두 개

      C. 빨간 방울술 세 개

VII.   지금은 아홉 시 반입니다.

VIII. 안녕히 주무십시오.

주디

6월 2일

키다리 아저씨께,

제게 어떤 좋은 일이 생겼는지 절대 못 맞히실 거예요.

맥브라이드가 가족이 애디론댁에서 보낼 여름 캠핑에 저를 초대했답니다! 숲 한가운데에 있는 작고 훌륭한 호수의 캠핑장 회원이래요. 여러 회원들이 숲에 드문드문 지어진 통나무집에서 지내며 호수로 카누를 타러 가고, 다른 캠핑장으로 이어지는 산책로를 따라 오래도록 산책을 하고, 회관에서 일주일에 한 번씩 무도회를 연대요. 지미 맥브라이드가 잠깐 대학 친구를 부른다고 하니까, 함께 춤출 남자가 많겠죠?

저를 초대하시다니 맥브라이드 부인은 참 친절한 분이시죠? 제가 크리스마스에 그 집에서 지낼 때 마음에 드셨나 봐요.

편지가 짧더라도 양해해주세요. 편지가 아니라, 이번 여름에 제가 다른 곳에 간다는 걸 알려드리려고 쓴 글이랍니다.

매우 만족스러운 마음으로 전합니다.

주디가

6월 5일

키다리 아저씨께,

스미스 씨는 제가 맥브라이드 부인의 초대에 응하지 않고 지난여름처럼 락 윌로우에 가기를 원하신다는 편지를 비서 분이 막 보내오셨습니다.

아니, 왜죠, 도대체 왜요, 아저씨?

이해를 못하셨나 봐요. 맥브라이드 부인은 정말 진심으로 제가 오기를 바라세요. 저는 그 집에서 조금도 골칫거리가 아니에요. 오히려 도움을 드리죠. 하인을 많이 두지 않아서 샐리와 제가 톡톡히 도움이 된답니다. 제가 집안일을 배울 수 있는 좋은 기회이기도 하죠. 여자라면 알아둬야 하는데, 저는 고아원에서만 일을 해봤으니까요.

캠핑장에 저희 또래가 없어서 맥브라이드 부인이 샐리가 심심하지 않도록 제가 왔으면 하시는 거예요. 저희는 함께 독서도 많이 할 계획이에요. 내년에 수강할 영문학과 사회학에 대비해 관련 서적을 모조리 읽으려고 해요. 여름에 책을 다 읽어두면 큰 도움이 될 거라고 교수님께서 말씀하셨거든요. 게다가 함께 책을 읽고 얘기를 나누면 내용을 기억하기가 훨씬 쉽지요.

샐리의 어머니와 한 집에서 지내는 것만으로도 좋은 교육이 될 거예요. 부인은 세상에서 가장 재미있고 유쾌하고, 친근하고, 매력적인 분이세요. 모르는 게 없으시죠. 제가 리펫 원장님과 수많은 여름을 보냈으니 차이점이 얼마나 잘 보이겠어요. 저

때문에 그 집이 너무 번잡하지는 않을까 하는 걱정은 붙들어 매서도 돼요. 그 집은 고무로 만들어졌거든요. 사람이 많다 싶으면 숲에 대충 텐트를 펼쳐놓고 남자애들을 내보내면 된답니다. 매 순간 정말이지 몸에 좋은 야외운동을 하게 될 거예요. 지미 맥브라이드가 말 타는 법과 카누 젓는 법, 총 쏘는 법을 알려준다고 했거든요. 아, 제가 알아야 할 게 정말 많죠. 제가 한 번도 겪어본 적 없는 즐겁고 걱정 없는 그런 시간이 될 거예요. 누구나 살면서 한 번쯤은 이런 시간을 누려야 마땅하다고 생각해요. 물론 저는 아저씨가 하라는 대로 하겠지만, 제발, 제발 저를 보내주세요, 아저씨. 뭔가를 이렇게까지 원해본 게 처음이에요.

지금 편지를 쓰는 사람은 장차 훌륭한 작가가 될 제루샤 애벗이 아니랍니다. 한낱 소녀일 뿐인 주디죠.

6월 9일

존 스미스 씨께.

후원인 님의 일곱 번째 지시사항을 받았습니다. 비서 분을 통해 전달받은 지시사항에 따라 여름을 보내러 락 윌로우 농장으로 다가오는 금요일에 떠납니다.

제루샤 애벗 올림

락 윌로우 농장

8월 3일

키다리 아저씨께,

편지를 안 보낸 지 거의 두 달이 되었네요. 잘한 짓이 아니라
는 건 알지만, 이번 여름에는 아저씨가 아주 좋지는 않았어요.
저 참 솔직하죠!

맥브라이드가 가족과의 캠핑을 포기해야 한다는 사실에 얼
마나 실망했는지 모르실 거예요. 아저씨가 제 후견인이기에 모
든 문제를 결정할 때 아저씨의 의견을 참작해야 한다는 사실은
당연히 알고 있지만, 캠핑을 반대하신 이유를 도무지 모르겠어
요. 제게 최고의 사건이 되었을 게 분명하니까요. 제가 아저씨
고 아저씨가 주디였다면 저는 이렇게 말했을 거예요.

"애야, 가서 좋은 시간을 보내렴. 새로운 사람을 마음껏 만나
고 새로운 것을 마음껏 배우려무나. 야외에서 지내며 강인하고
튼튼해지고, 1년 동안 고생했으니 푹 쉬거라."

하지만 웬걸요! 락 윌로우로 가라는 무뚝뚝한 명령만 비서
분께 전달받았을 뿐이죠.

제가 기분이 상한 이유는 아저씨의 명령에 인간미가 없었기
때문이에요. 제가 아저씨를 생각하는 것처럼 아저씨도 저를 아
주 조금만이라도 생각하셨다면 비서 분에게 시켜서 그 지긋지

긋한 타자로 친 쪽지를 보낼 게 아니라 가끔은 손으로 직접 써서 보내주실 법도 하잖아요. 아저씨가 저를 신경쓰신다고 제가 조금이라도 느낀다면 아저씨를 기쁘게 해드리기 위해서 못할 일이 없을 거예요.

편지를 자세히 써서 보내되 답장은 바라지 말아야 한다는 건 알아요. 아저씨는 제게 교육환경을 제공해주시는 것으로 우리 약속에서 아저씨의 몫을 다하고 계신데 저는 제 몫을 다하지 않는다고 생각하시겠죠!

하지만 이 약속은 참 어려워요. 정말로요. 저는 사무치게 외롭거든요. 제가 뭔가를 나눌 수 있는 사람은 아저씨뿐인데 정작 아저씨는 실체가 없잖아요. 제가 만들어낸 상상 속 사람일 뿐이죠. 진짜 아저씨는 제 상상 속 아저씨와 조금도 같은 구석이 없는 사람일 수 있는 거고요. 하지만 제가 아파서 양호실에 있을 때 한 번 쪽지를 보내주셨지요. 그래서 지금도 제가 잊혀가는 느낌이 들 때면 그 쪽지를 꺼내어 다시 한 번 읽어본답니다.

원래 드리려던 말은 전혀 꺼내지도 못한 것 같네요. 제 마음은 이래요.

제멋대로에 독단적이고, 비합리적이고, 눈에 보이지도 않는 전지전능한 신적인 존재에 이끌려 다녀야 하다니, 특히 그 존재가 원래는 친절하고, 관대하고, 사려 깊은 사람이었기에 더욱 상처가 컸지만, 그 사람은 마음만 먹으면 제멋대로에 독단적이고, 비합리적이고, 눈에 보이지도 않는 전지전능한 신적인 존재가 될 권리가 있어요. 그래서 이제 아저씨를 용서하고 다시 힘을 내보려고요. 그래도 샐리가 캠핑장에서 멋진 시간을 보내고 있다며 편지를 보내올 때면 아직 기분이 좋지 않아요!

하지만 이 문제는 이만 덮고 새로 시작하기로 해요.

이번 여름에 저는 글을 쓰고, 또 쓰고 있답니다. 단편소설 네 편을 탈고해 잡지사 네 곳에 보냈어요. 저 작가가 되기 위해 노력하고 있죠? 저비 도련님이 비 오는 날 놀이방으로 삼았던 다락방 한구석을 제 작업실로 정했답니다. 지붕창 두 개가 있어 바람이 잘 들고 시원하고요, 이 구석에 그림자를 드리우는 단풍나무의 구멍은 붉은 다람쥐 가족이 차지해 살고 있답니다.

며칠 내로 너 편지다운 편지를 써서 농장 소식을 다 전해드릴게요.

농장에 비가 내려야 할 텐데요.

언제나 친애하는 주디가

8월 10일

키다리 아저씨께,

후원인님, 지금 저는 목초지 웅덩이 옆에 자리한 버드나무의 두 번째 아귀에서 편지를 쓰고 있습니다. 밑에서는 개구리가 개굴대고, 위에서는 메뚜기가 울고, 작은 새 두 마리가 나무를 타고 쌩쌩 오르락내리락하고요. 한 시간째 앉아 있는 중이에요. 이 아귀는 안 그래도 편한데 소파 쿠션을 두 개 받쳐놓으니 훨씬 편해졌어요. 불멸의 단편 소설을 써볼까 하는 마음에 펜이랑 편지지 첩을 꺼내 들었지만, 여주인공이랑 끔찍하게도 안 풀리네요. 제가 원하는 대로 행동하게끔 조종하지를 못하겠어요. 그래서 잠시 주인공을 버려두고 아저씨에게 편지를 쓰는 거랍니다(딱히 위안이 되지는 않는 게, 아저씨도 제가 원하는 대로 행동하지 않기는 매한가지죠).

그 답답한 뉴욕에 계실 아저씨께 제가 바람이 솔솔 불고, 햇살이 내리쬐는 아름다운 이 광경을 조금이라도 보내드릴 수 있다면 좋겠어요. 일주일 동안 비가 내리고 난 후의 시골 마을은 천국이랍니다.

천국 얘기가 나왔으니 말인데, 제가 지난여름에 말씀드렸던 켈로그 씨를 기억하세요? 코너스에 있는 작고 하얀 교회 소속 목사님이요. 글쎄 그분이 딱하게도 돌아가셨답니다. 지난겨울에 폐렴으로요. 설교를 대여섯 번은 들으러 갔기에 그분의 신학을 아주 잘 알고 있어요. 그 목사님은 처음과 똑같은 믿음을

끝까지 지키셨지요. 47년 동안 생각이 하나도 바뀌지 않고 신념을 지킬 수 있는 사람은 진기한 전시품처럼 보관함에 두어야 마땅할 것 같아요. 그분이 하프와 금 왕관을 받으셨기를 바라요. 꼭 찾게 되리라고 굳게 믿으셨거든요! 아주 전도유망한 젊은 목사가 새로 부임했어요. 신도들, 특히 디컨 커밍스가 이끄는 파벌은 미심쩍어 하더라고요. 교회 신도들이 제대로 갈릴 것 같아요. 이 마을에서는 종교 혁신을 반기지 않거든요.

비가 내리는 동안 저는 다락방에 앉아 한참 독서에 빠졌답니다. 대부분 스티븐슨이지만요. 이 작가는 자기가 쓴 작품의 등장인물보다 훨씬 흥미로운 사람이에요. 아마 이야기에 등장했을 때 괜찮아 보일 법한 주인공처럼 살기로 자처하지 않았을까 싶어요. 부친이 남긴 만 달러를 몽땅 투자해 요트를 한 대 사서 남태평양으로 향했다니 완벽하지 않아요? 모험적 신념에 충실했던 거죠. 저도 아버지에게 만 달러를 물려받았다면 그렇게 했을 거예요. 베일리마를 생각만 해도 흥분을 주체할 수 없어요(작가 로버트 스티븐슨은 남태평양 사모아섬의 베일리마에서 여생을 보냈다—옮긴이). 열대지역을 보고 싶어요. 전 세계를 보고 싶고요. 언젠가 그렇게 할 거랍니다. 진짜로요, 아저씨, 저는 위대한 작가든 예술가, 배우, 극작가, 뭐든 훌륭한 사람이 되고 나면 그렇게 할 거예요. 한곳에 눌러살 성격이 못 되거든요. 지도만 봐도 모자를 쓰고 우산을 챙겨서 나가고 싶은걸요.

"남쪽의 야자나무와 사원은 꼭 보고 죽으리."

목요일 저녁 땅거미가 내리는 때,
문간에 앉아.

이 편지에 소식을 담기가 참 어렵네요! 요새 주디는 철학적인 생각을 많이 하는지라, 일상생활의 사소한 것을 파헤치기보다는 더 큰 관점에서 세상을 논하고 싶답니다. 하지만 굳이 소식을 들으셔야겠다면 여기 있어요.

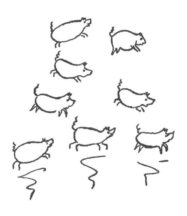

지난주 화요일에 아기 돼지 아홉 마리가 개울을 건너 도망갔다가, 여덟 마리만 돌아왔습니다. 부당하게 누구를 의심하고 싶지는 않지만 미망인 도드 부인이 돼지를 원래보다 한 마리 더 가지고 있는 것 같아요.

위버 씨는 저장고 두 채와 헛간을 밝은 호박색으로 칠했어요. 정말 못난 색이지만 위버 씨는 색이 옅어질 거라고 하더군요.

브루어 가족은 이번 주에 손님을 맞이해요. 브루어 부인의 여동생과 조카 두 명이 오하이오에서 온대요.

로드아일랜드 레드종 한 마리가 알을 열다섯 개 낳아놓고 세 마리만 부화시켰어요. 뭐가 문제인지 짐작조차 가지 않아요. 제 생각에 로드아일랜드 레드는 열등한 품종인 것 같아요. 저는 버프 오핑턴이 더 좋아요.

보니릭 포 코너스의 우체국에 새로 온 직원이 재고로 있던 자메이카 생강즙을 다 마셨다가 발각됐어요. 자그마치 7달러어치를 마셨대요.

아이라 해치 할아버지가 관절염에 걸려 더 이상 일을 하지 못하세요. 벌이가 괜찮을 때 저축을 해두지 않아서 이제 마을의 도움을 받아 살아야 한대요.

다음 주 토요일 저녁에 학교 부속 건물에서 아이스크림 친목회가 있을 예정이에요. 가족들을 데리고 오세요.

우체국에서 25센트를 주고 모자를 샀어요. 이건 가장 최근에 제 모습을 그린 초상화랍니다. 건초를 긁어모으러 가는 길이에요.

어두워서 앞이 안 보이네요. 어차피 전할 소식도 다 떨어졌습니다.

좋은 밤 보내세요.

주디가

금요일

좋은 아침이에요! 새로운 소식이 생겼어요! 뭘까요? 락 윌로우에 누가 올지 절대, 절대, 절대로 못 맞히실 거예요. 펜들턴 씨가 셈플 부인에게 편지를 보내왔습니다. 자동차 여행을 하며 버크셔를 지나고 있는데 이제 지친지라 한적한 농장에서 쉬고 싶대요. 만약 펜들턴 씨가 밤중에 홀연히 문간에 나타난다면 부인은 내어줄 방이 있을까요? 펜들턴 씨가 머무르는 기간이 일주일이 될 수도 있고, 2, 3주가 될 수도 있대요. 일단 오면 여기가 얼마나 좋은 쉼터인지 알 수 있을 거예요.

모두 어쩌나 야단이 났는지요! 집 전체를 쓸고 닦고 커튼을 전부 빨고요. 저는 오늘 아침에 마차를 타고 코너스에 가서 입구에 깔 방수포랑 복도와 뒷계단을 칠할 갈색 페인트 두 통을 사왔답니다. 도드 부인이 내일 와서 창문을 닦아주기로 했고요 (상황이 상황이다 보니 부인이 새끼 돼지를 가져갔다는 의심은 거두려고요). 다들 분주하게 움직인다는 얘기를 듣고서 아저씨는 락 윌로우에선 손님을 맞이할 준비가 안 되어 있었나보다 하고 생각하실지 모르지만, 원래도 집에는 티끌 하나 없었답니다! 셈플 부인이 완벽한 분은 아니어도 살림 하나는 끝내주게 하신다고요!

그건 그렇고 펜들턴 씨는 누가 남자 아니랄까 봐 그러나 몰라요, 아저씨? 오늘 올 건지 2주 후에 올 건지 일말의 언질도 주지 않았거든요. 그분이 올 때까지 우리는 숨 돌릴 틈 없이 살아야 해요. 서둘러 오지 않으면 우리가 청소를 전부 다시 해야 하거든요.

아마사이가 아래에서 사륜 짐마차에 그로버를 묶어두고 대기하고 있네요. 제가 마차를 혼자 몰아요. 그로버가 얼마나 늙었는지 직접 보시면 제 안전을 걱정하실 일은 없을 거예요.

늙은 그로버는 아주 안전합니다.

가슴에 손을 대고 작별인사를 전합니다.

주디가

추신.

끝인사말이 좋지 않은가요? 스티븐슨의 편지에서 인용했어요.

토요일

다시 한 번 좋은 아침이에요! 어제 우체부 아저씨가 오기 전에 이 편지를 봉하지 못해서 조금 더 써서 보내려고요. 하루에 한 번, 12시에 우체부 아저씨가 찾아온답니다. 시골에서 우편배달은 농부들에게 축복이에요! 우체부 아저씨는 편지만 전달하는 게 아니라 5센트씩 받고 읍내에서 필요한 것을 사다 주신답니다. 어제 저는 신발끈이랑 콜드크림 한 병(모자를 마련하기 전에 코가 다 벗겨지고 말았거든요), 폭 넓은 파란색 타이, 검은 도료 한 병을 단돈 10센트에 전달받았어요. 제가 주문한 양에 비하면 말도 안 되는 값이죠.

이뿐인가요, 우체부 아저씨는 더 큰 세상에서 일어나고 있는 일을 알려주신답니다. 일간지를 구독하는 집이 여럿 있는데, 배달하러 가는 길에 가볍게 건너뛰면서 읽으시고는 신문을 구독하지 않는 사람들에게 소식을 전해주시지요. 그러니 미국과 일본 사이에 전쟁이 난다거나, 대통령이 암살당하거나, 록 펠러 씨가 존 그리에의 집에 백만 달러를 남기는 일이 있어도 아저씨께서 굳이 제게 편지로 알려주실 필요 없어요. 저도 다 듣게 되어 있거든요.

아직도 펜들턴 씨는 기별이 없네요. 우리 집이 얼마나 깨끗한지 몰라요. 집에 발을 들여놓을 때마다 얼마나 걱정하며 발을 닦는다고요!

펜들턴 씨가 얼른 오셨으면 좋겠어요. 대화 상대가 간절히 필요하거든요. 솔직히 말씀드리자면, 셈플 부인은 조금 단조로워요. 대화가 쉽게 흘러가게 놔둘 뿐 결코 의견을 피력하는 법이 없죠. 이곳 사람들은 그게 웃겨요. 이들에게는 이곳의 언덕 하나가 세상의 전부랍니다. 이해하실지 모르겠지만 더 넓은 세상을 조금도 바라보지 않아요. 존 그리어의 집과 하나도 다를 게 없지요. 그곳에서 우리의 생각은 사면을 둘러싼 철제 울타리에 가둬졌거든요. 다만 그때는 제가 더 어렸고 지독하게 바빴으니 신경을 쓰지 않았을 뿐이죠. 잠자리를 다 정돈하고 아기들 얼굴을 닦아주고 학교에 갔다가 돌아와서 다시 아기들 얼굴을 닦아주고 스타킹을 꿰매주고 프레디 퍼킨스의 바지까지 수선하고 (이 아이는 하루도 빠짐없이 바지가 찢어졌답니다) 틈틈이 공부를 했지요. 어느새 잠들 준비를 마치고 나면 대화가 부족하다는 건 눈치 채지도 못했어요. 하지만 대학교 같은 대화의 장에서 2년을 지내다보니 정말로 대화를 하고 싶어졌어요. 저와 같은 말을 하는 사람을 만나게 되면 기쁠 거예요.

이제는 정말로 편지를 끝마칠 때가 된 것 같네요, 아저씨. 당장은 제게 달리 일어난 일이 없거든요. 다음에는 더 길게 쓰도록 할게요.

언제나 친애하는 주디가

추신.
올해에는 양상추 농사가 잘되지 않았네요. 추수철이 되기 전에 가물었거든요.

8월 25일

있지요, 아저씨, 저비 도련님이 왔답니다. 우리는 정말 좋은 시간을 보내고 있어요! 적어도 저는 그래요. 도련님도 그럴 거라고 생각해요. 열흘이나 있었는데 떠날 기미가 보이지 않거든요. 셈플 부인이 그분을 애지중지하는 모습이 얼마나 남사스러운지 몰라요. 어릴 때도 그렇게 예쁨만 받았으면서 어떻게 사람이 그렇게 잘 자랐는지 모르겠어요.

우리 둘은 옆 현관에 마련된 작은 탁자에서 밥을 먹어요. 어떨 때는 나무 밑에서 먹기도 하고, 비가 오거나 추울 때면 가장 좋은 응접실에서 먹어요. 도련님이 먹고 싶은 장소를 고르면 캐리가 탁자를 들고 총총 따라와요. 꽤 거추장스럽게 식사를 먼 곳까지 날라야 할 때면 설탕 그릇 밑에 1달러가 놓여 있답니다.

그분은 친구가 되기에 좋은 사람이에요. 지나치다보면 모르실 수도 있어요. 언뜻 봤을 때는 전형적인 펜들턴가 사람처럼 보이거든요. 하지만 조금도 그렇지 않아요. 정말로 소박하고 꾸밈없고 자상한 분이에요. 남자를 이렇게 표현하다니 우스워 보일 수 있지만, 사실인걸요. 주변 농부들을 대할 때도 극진하고요. 일대일로 만나면 상대방을 바로 무장해제해버리는 구석이 있어요. 처음에는 이곳 사람들도 달가워하지 않았어요. 도련님이 입은 옷도 싫어했고요! 옷차림이 좀 멋지거든요. 무릎을 묶어 입는 헐거운 반바지에 주름 잡은 재킷을 입는가 하면, 하얀 플란넬에 풍성한 반바지와 승마복을 입기도 하고요. 도련님이 새 옷이라도 입고 내려오면 셈플 부인은 자랑스럽게 함박미소를 지으며 이리저리 온갖 각도에서 옷을 둘러보고, 앉을 때 조심해야 한다고 신신당부하세요. 먼지라도 타지 않을까, 있는 걱정은 다 하시고요. 펜들턴 씨는 그게 지루한가 봐요. 항상 이렇게 대꾸해요.

"리지, 가서 볼 일이나 보세요. 더 이상 저한테 이래라저래라 하시면 안 되죠. 저도 다 컸다고요."

그렇게나 키 큰 껑다리 청년을 (아저씨만큼이나 키다리예요) 셈플 부인이 무릎에 앉혀놓고 세수시켰다고 생각하면 참말로 웃기답니다! 지금 부인의 무릎을 보면 더욱이요! 이제는 무릎이 두 겹인 데다 턱은 세 겹이거든요. 그래도 펜들턴 씨가 말하기를 부인이 한때는 마르고 단단한 몸에 힘도 팔팔해서 달리기도 자기보다 더 빨랐대요.

우리는 모험을 많이 즐기고 있어요! 몇 킬로미터에 걸쳐 시골 마을을 탐험하고, 깃털로 우스꽝스러운 조그만 낚싯줄을 만들어 낚시하는 법을 배웠어요. 소총과 권총을 쏘는 법이랑 말 타는 법도 배웠고요. 늙은 그로버가 어쩌나 생기가 넘치는지 놀라울 따름이에요. 길을 가다가 송아지를 보고는 지레 겁먹었는데, 사흘 동안 귀리를 먹여서인지 저를 태우고 줄행랑칠 뻔했답니다.

수요일

월요일 오후에 하늘 언덕에 올랐어요. 농장 근처에 있는 산이랍니다. 정상에 눈이 쌓여 있지 않은 걸 보면 무진장 높지는 않은 것 같지만, 꼭대기에 오르면 제법 숨이 차요. 낮은 지대는 숲이 울창하지만 꼭대기는 탁 트인 황야에 바위만 쌓여 있어요. 해넘이를 기다리면서 불을 지피고 저녁을 해 먹었어요. 저비 도련님이 요리를 했답니다. 저보다 요리를 잘한다더니, 진짜 그렇더라고요. 캠핑에 익숙해서 그렇대요. 그러고 나서 달빛을 받으면서 캄캄한 숲길에 이르렀을 때는 도련님이 주머니에 넣어 온전구에 의지해 산을 내려왔어요. 정말 재미있었답니다! 내려오

는 내내 그분이 웃고, 농담하고, 흥미로운 이야기도 해주었어
요. 제가 읽은 책은 물론이고, 그 밖에도 책을 많이 읽었더라고
요. 다양한 것을 얼마나 많이 알던지요.

오늘 아침에는 둘이 정처 없이 거닐다 폭풍우를 만나고 말았
어요. 집에 도착했을 때는 옷이 흠뻑 젖었지만, 우리의 정신만
큼은 보송보송했답니다. 우리가 물을 뚝뚝 흘리며 부엌에 들어
섰을 때 셈플 부인이 지은 표정을 아저씨도 보셨어야 하는 건
데.

"아이고, 저비 도련님, 주디 양! 생쥐 꼴이 됐네요. 이런, 이런!
어쩌면 좋담. 훌륭한 새 외투가 완전히 망가졌네."

부인은 진짜로 웃겼어요. 누가 보면 우리가 열 살배기 아이
들이고 부인은 착잡해하는 어머니인 줄 알았을 거예요. 당분간
잼을 곁든 차 한 잔은 없을 줄 알라고 말하실까 봐 마음 졸였
답니다.

토요일
한참 전에 편지를 쓰기 시작했는데 미처 마무리할 틈이 없었
네요.
스티븐슨의 구절이 참 좋지 않나요?

세상은 수많은 것들로 가득하지

우리 모두 왕이 된 듯 행복하리

맞는 말이에요. 내게 오는 걸 기꺼이 받아들이려고 한다면 세상에는 행복도, 둘러볼 곳도 많지요. 비결은 '유연하게' 살아가는 자세에 있는 거예요. 특히나 시골에는 즐길거리가 아주 많답니다. 만인이 걷는 땅을 걸어볼 수 있고, 만인이 보는 풍경을 바라볼 수 있고, 만인이 즐기는 개울에서 첨벙거릴 수 있지요. 내가 주인인 것처럼 즐기기만 하면 되는 거예요. 세금은 낼 필요가 없어요!

*

지금은 일요일 밤 열한 시쯤 되었으니 원래라면 피부를 위해 진작 잠들었어야 하지만, 오늘은 저녁에 블랙커피를 마셔서 일찍 잠들기는 글렀어요!

오늘 아침에 셈플 부인이 아주 단호한 말투로 펜들턴 씨에게 말했어요.

"교회에 열한 시까지 가려면 여기서 열 시 15분에는 나가야 해요."

"좋아요, 리지. 일단 마차를 대기시켜 놓고 내가 채비를 안 했거든 기다리지 말고 그냥 가요."

"기다려야죠."

"그거야 유모 마음이지만 말들이 고생하니까 너무 오래 세워 놓지는 말아요."

그리고 나서 펜들턴 씨는 부인이 옷을 입는 사이, 캐리에게는 점심을 싸라고 말하고 제게는 서둘러 산책 복장으로 갈아입으라고 말했어요. 준비를 마치고 우리 둘이 뒷길로 빠져나와서 낚시를 하러 갔죠.

덕분에 집안일에 끔찍한 차질이 생겼어요. 락 윌로우에서는 일요일에 저녁을 두 시에 먹거든요. 그런데 펜들턴 씨가 저녁을 일곱 시에 차리라고 했지 뭐예요. 원래도 언제든 원하는 때에 식사를 시켜요. 누가 보면 식당인 줄 알 거예요. 그러는 바람에 캐리랑 아마사이가 마차를 몰고 나가려던 계획을 취소했어요. 그런데 펜들턴 씨는 그 둘이 보호자도 없이 마차를 몰고 나가는 건 위험하니까 훨씬 잘된 일이라고 하더라고요. 그러면서 자기는 마차를 몰고 저를 데리고 나가고 싶어 했어요. 정말 웃긴 일 아닌가요?

가엾은 셈플 부인은 일요일에 낚시하러 가는 사람은 나중에 지글지글 끓는 지옥에 떨어진다고 믿는 분이에요! 저비 도련님이 어려서 자의가 없을 때 더 잘 훈련시킬 수 있었는데 그러지 못했다는 생각에 아주 괴로워하시죠. 그런 이유도 있지만 부인은 사실 교회에서 도련님을 자랑하고 싶었던 거예요.

어쨌든 우리는 낚시를 하고 (펜들턴 씨가 작은 물고기 네 마리를 잡았어요) 잡은 물고기를 점심 삼아 모닥불에 구워 먹었지요.

고기가 자꾸만 꼬챙이에서 떨어져 불에 떨어지는 바람에 탄 맛이 조금 났지만 그래도 다 먹었어요. 네 시에 집에 돌아왔다가 다섯 시에 마차를 타고 나갔고 일곱 시에 저녁을 먹었고, 열 시에 침실로 들어가라고 해서 지금 아저씨께 편지를 쓰고 있는 거예요.

슬슬 졸리긴 하네요.

안녕히 주무세요.

제가 잡은 물고기 그림입니다.

여어어, 키다리 선장!

그만, 그만! 영차, 럼주나 한 병 하세. 제가 뭘 읽고 있게요?
지난 이틀 동안 우리는 뱃사람 말을 써가며 대화했답니다. 『보
물섬(스티븐슨의 1883년작 모험 소설)』은 참 재미있죠? 아저씨도
읽어보셨나요, 아니면 아저씨가 어릴 땐 이 책이 없었나요? 스
티븐슨은 이 책의 연재권으로 고작 30파운드를 받았대요. 좋
은 작가가 되어봤자 벌이가 좋지 못한가 봐요. 저는 나중에 학
교에서 가르치는 일이나 할까 봐요.

편지에 스티븐슨을 너무 많이 언급했더라도 이해해주세요.
지금 제 머릿속은 스티븐슨 생각뿐이거든요. 이 사람의 작품이
라 윌로우의 서재에서 당당하게 한 자리를 차지하고 있어요.

이 편지를 2주째 붙잡고 있네요. 이제 충분히 쓴 것 같아요.
제가 자세히 쓰지 않았다고 말씀하시면 안 돼요, 아저씨. 아저
씨도 이곳에 계시다면 좋았을 거예요. 함께 즐거운 시간을 보
내고 말이죠. 저는 제 친구들이 다 같이 어울리는 게 좋아요.
펜들턴 씨에게 뉴욕에서 아저씨를 알고 지냈느냐고 물어보고
싶었어요. 왠지 그럴 것 같아서요. 두 분 다 똑같이 상류층 사
교 모임에서 활동하실 게 분명하고, 두 분 다 개혁이나 그런 것
에 관심이 있으니까요. 하지만 아저씨의 진짜 이름도 모르니 물
어볼 수 없었어요.

아저씨의 이름을 모르다니 어쩌면 이렇게 우스운 상황이 있
을까요. 아저씨가 별나다고 리펫 원장님이 언질을 주긴 했었죠.

저도 그렇게 생각해요!

애정을 담아, 주디가

추신.

다시 읽어보니 스티븐슨 얘기만 한 건 아니네요. 저비 도련님도 어쩌다 한두 번 등장했으니까요.

9월 10일

아저씨께,

그분이 가버렸어요. 우리 모두 그리워하고 있고요! 사람이나 장소, 삶의 방식에 익숙해졌다 싶을 때 갑자기 휙 사라져버리면, 사무치게 공허하고 가슴이 저리답니다. 새삼 셈플 부인과 나누는 대화가 양념하지 않은 음식 같다는 생각이 들어요.

2주 후에 개학이니 저는 기쁜 마음으로 다시 공부할 생각이랍니다. 이번 여름에도 꽤 많은 걸 했어요. 단편 여섯 편에 시 일곱 편을 썼거든요. 잡지사에 보냈는데 전부 어찌나 예의를 차려 칼같이 돌려보내던지요. 하지만 상관하지 않아요. 좋은 경험이었거든요. 저비 도련님이 제 작품을 읽고는(반환된 우편을 저비 도련님이 받는 바람에 하는 수 없이 보여줬어요) '끔찍하다'고 반응했어요. 무슨 말인지 눈곱만큼도 모르고 글을 썼다는 게 작품에 드러난대요(저비 도련님은 예의 차린답시고 진실을 숨기지 않았어요). 하지만 학교에서 살짝 윤곽만 잡아놓은 글이 있는데, 그 작품은 나쁘지 않댔어요. 도련님이 그 글을 타자로 쳐주었고 제가 잡지사에 보냈답니다. 2주째 잡지사에서 돌려주지를 않네요. 계속 고심하고 있나 봐요.

아저씨가 저 하늘을 보셔야 하는 건데! 기이한 주황빛이 만물을 덮고 있어요. 곧 폭풍이 오려나 봐요.

윗줄을 쓴 순간 마침 동전만 한 빗방울이 떨어지기 시작하더니 온 덧문에 내리쳤어요. 제가 달려가 창문을 닫는 사이에 캐리는 지붕이 새는 곳 밑에 두려고 우유 끓이는 팬을 한아름 들고 다락방으로 날아갔어요. 그리고 다시 편지를 쓰려고 펜을 잡았는데 과수원 나무 밑에 두고 온 쿠션이랑 깔개랑 모자랑 매튜 아놀드 시집이 생각난 거예요. 얼른 달려가봤지만 다 흠뻑 젖었더라고요. 시집은 빨간 표지가 안으로 말려 들어가 있었어요. 「도버 해변(매튜 아놀드의 시)」에 이제는 분홍빛 파도가 밀려오겠죠.

시골에서는 폭풍우가 오면 꽤나 성가시답니다. 야외에 있는 그 많은 물건이 못 쓰게 되지 않을까 항상 염두에 두어야 하니까요.

목요일

아저씨, 아저씨! 그거 아세요? 우체부가 방금 편지 두 통을 전해주고 갔답니다.

첫 번째. 제 이야기가 실린대요. 50달러.

'그렇다면'! 저도 이제 '작가'라고요.

두 번째. 학교 간사에게서 온 편지입니다. 제가 앞으로 2년 동안 기숙사비와 등록금을 지원받게 되었답니다. '영문학에 특출난 재능을 보이며 다른 분야에서도 우수한 학생'에게 동창회에서 제공하는 장학금이에요. 제가 선발된 거고요! 방학이 되기 전에 신청했었는데, 1학년 때 수학이랑 라틴어 성적이 좋지 않았으니 뽑힐 거라고 생각하지 않았거든요. 아마 제가 만회했나 봐요. 이제 아저씨에게 큰 짐이 되지 않겠다는 생각에 정말로 기뻐요, 아저씨. 이제는 용돈만 받으면 되겠지요. 아니면 용돈도 글을 쓰거나 과외를 하거나 뭔가를 해서 제가 벌 수도 있고요.

얼른 학교로 돌아가 공부하고 싶어 죽겠어요.

언제나 친애하는 제루샤 애벗,
신문 가판대 어디에서나 10센트에 팔리고 있는
'2학년이 게임에서 이겼을 때'의 저자 드림

9월 26일

키다리 아저씨께

다시 학교로 돌아와 상급생이 되었습니다. 이번 해에 배정받은 방은 최고예요. 커다란 창문 두 개가 남쪽으로 나 있답니다. 아, 그리고 가구도 싹 갖춰져 있고요. 용돈이 무제한인 줄리아가 이틀 먼저 왔는데 자기 식으로 꾸미고 싶어서 안달이 났던 모양이에요.

도배가 새로 되었고 동양풍 깔개, 마호가니 의자로 꾸며졌어요. 작년에 마호가니 색으로 칠해진 의자로도 충분히 행복했는데, 이번에는 진짜 마호가니 의자예요. 정말 근사하지만 제가 있을 곳이 아닌 느낌이에요. 어디에 잉크 자국이라도 묻힐까 봐 시종 긴장하고 있거든요.

그런데 아저씨가 보낸, 아니지 아저씨의 비서가 보낸 편지가 와 있더라고요.

왜 제가 장학금을 받으면 안 되는지 납득이 갈 만한 이유를 알려주시겠어요? 장학금을 반대하시는 이유를 조금도 알 수가 없네요. 어쨌든 반대하셔봤자 전혀 소용이 없는 게, 이미 받기로 했거든요. 절대 번복하지 않을 겁니다! 조금 건방지게 들릴 수도 있겠지만 대들려는 건 정말로 아니랍니다.

한 번 저를 공부시키기로 결정했으니 깔끔하게 끝까지 책임져서 졸업장을 받게 하고 싶은 마음이시겠죠.

하지만 잠시만 제 입장에서 생각해보세요. 장학금을 받게 되더라도 아저씨가 전부 지원해주신 것이나 다름없답니다. 그만큼 제가 대학 공부를 할 수 있는 건 아저씨 덕분이에요. 그러면서도 제가 갚아야 할 빚은 줄어들죠. 제가 돈을 갚기를 원하시지 않는다는 건 알지만, 그래도 저는 가능하다면 갚고 싶을 거예요. 이 장학금을 받으면 그게 훨씬 쉬워질 테죠. 남은 평생 빚을 갚아야겠다고 생각했는데 이제는 평생은 아닌 거잖아요.

제 입장을 이해하고 화내지 않으셨으면 해요. 앞으로도 용돈은 정말 감사한 마음으로 받겠습니다. 줄리아가 사온 그 가구에 맞추려면 용돈이 필요하거든요! 줄리아가 더 소박한 취향을 가지게끔 교육받았거나 아니면 아예 저와 같은 방을 쓰지 않았더라면 좋았을 텐데요.

이건 편지로 치지 말아주세요. 원래는 길게 쓰려고 했는데 창문에 달 커튼 네 개랑 칸막이 커튼 세 개를 공그르고(바늘땀 길이를 아저씨가 못 보셔서 다행이에요), 놋쇠 책상을 가루 치약으로 광내어 닦고(매우 고된 작업입니다), 손톱 가위로 철사를 자르고 책 네 상자를 끄르고, 짐 가방 두 개에 든 옷을 치우고(제루샤 애벗이 짐 가방 두 개에 꽉 찰 만큼 옷을 가지고 있다니 믿기지 않지만, 사실이랍니다!), 또 틈틈이 친한 친구들 50명을 반기느라 이쯤 씁니다.

개학은 즐거운 행사예요!

사랑하는 아저씨, 안녕히 주무시고요, 아저씨의 병아리가 홀로 서기를 원한다고 노여워 마세요. 그 병아리는 곧 자라서 아주 기운 넘치는 암탉이 될 테니까요. 우렁차게 꼬꼬댁 울고 아름다운 깃털이 많이 달린 암탉이요(다 아저씨 덕분이지요).

애정을 담아,

주디가

9월 30일

아저씨께

아직도 그 지겨운 장학금 얘기를 하시는 거예요? 아저씨처럼 이렇게 완고하고, 고집스럽고, 비합리적이고, 또 집요한 불독 같은, 타인의 입장이라고는 조금도 생각할 줄 모르는 사람은 처음 보네요.

제가 모르는 사람에게서 호의를 받는 게 싫으시다고요.

모르는 사람이요! 그러는 아저씨는요?

이 세상에 제가 아저씨보다 모르는 사람이 있을까요? 아마 길에서 만나도 저는 아저씨를 못 알아보겠죠. 아저씨가 지각 있는 정상적인 사람답게 우리 주디에게 아빠 마음을 담아 응원의 편지를 써 보내고, 가끔 와서 머리를 쓰다듬어주고, 착한 아이로 자라서 기쁘다고 말만 해줬어도, 주디는 말 잘 듣는 딸처럼 아저씨가 다 늙었다고 업신여기지 않고서 아주 작은 바람도 기꺼이 따랐겠지요.

모르는 사람이라니! 스미스 씨가 할 말은 아니지요.

게다가 이건 호의도 아니에요. 상금 같은 거죠. 제가 열심히 노력해서 얻은 거라고요. 영문학 성적이 충분히 우수한 학생이 없었다면 위원회는 장학금을 수여하지 않았을 거예요. 어떤 해에는 아무에게도 주지 않거든요. 아니지, 남자랑 말다툼해서 뭐에 쓰나요? 스미스 씨, 당신은 논리력이라고는 없는 성별인 걸요. 남자의 동조를 얻기 위해서는 딱 두 가지 방법이 있어요. 구슬리거나 못되게 구는 거예요. 저는 원하는 걸 얻겠다고 남자를 구슬릴 생각은 추호도 없으니, 못되게 굴어야겠네요.

저는 장학금을 포기하지 않겠습니다. 이 일로 더 이상 소란을 피우시면 용돈마저 거부하고 차라리 멍청한 1학년들이나 뼈 빠지게 가르치다가 신경쇠약에 걸리겠어요.

최후통첩입니다!

그리고 제가 더 깊이 생각을 해봤는데, 들어보세요. 제가 이 장학금을 받는 바람에 다른 학생이 교육받을 기회를 박탈당할까 봐 근심하시는 거라면, 다 방법이 있답니다. 제게 줄 돈을 존 그리에의 집에 있는 다른 여학생에게 교육비로 지원하시는 거예요. 좋은 생각 아닌가요? 다만, 다른 아이를 선택해 마음껏 교육시키시되 제발 저보다 그 애를 조금이라도 더 좋아하지는 말아주세요.

자기가 손수 쓴 제안을 제가 쳐다보지도 않았다고 해서 아저씨 비서 분이 상처받지는 않겠지만, 혹여나 상처받는다고 해도 어쩔 수 없어요. 버릇을 나쁘게 들이시면 안 되지요. 지금까지는 변덕을 부려도 순순히 받아줬지만 이번에는 '단호하게' 대응할 겁니다.

돌이킬 수 없이 완전히

그리고 영영 마음을 정한 제루샤 애벗 올림

11월 9일

키다리 아저씨께

오늘은 상가에 가서 구두약 한 병, 새 블라우스에 쓸 깃과 옷감, 바이올렛 크림 한 병, 캐스틸 비누 한 덩어리를 샀습니다. 전부 긴요한 것이에요. 이게 없으면 하루라도 더 행복할 수 없을 거에요. 가는 길에 차비를 내려고 봤더니 다른 외투 주머니에 지갑을 두고 온 거 있죠. 그래서 다시 내려 다음 차를 타는 바람에 체육 시간에 늦었어요.

기억력은 없는데 외투만 두 벌인 건 끔찍한 일이에요!

줄리아 펜들턴이 크리스마스 휴일에 함께하자고 저를 초대했어요. 어떤 생각이 드시나요, 스미스 씨? 존 그리어의 집 출신인 고귀한 제루샤 애벗이 부잣집 식탁에 앉아 있을 모습이란. 왜 줄리아가 저를 부르고 싶어 하는지 모르겠어요. 요즘 들어 저한테 꽤 정을 붙인 것 같기는 하지만요. 솔직히 말하면 샐리네 집에 가고 싶은 마음이 훨씬 더 크지만, 줄리아가 먼저 초대했으니 제가 어디를 간다면 그건 우스터가 아니라 뉴욕이 되겠지요. 펜들턴 가족을 단체로 만난다는 생각만 해도 조금 버거워요. 새 옷도 많이 마련해야 할 텐데요. 그러니 사랑하는 아저씨, 제가 얌전히 학교에 남아 있으면 좋겠다는 말을 한마디만 하시면 여느 때와 다름없이 온순하게 따르도록 할게요.

요즘은 시간 날 때마다 『토마스 헉슬리의 생애와 편지(영국 생물학자 토마스 헨리 헉슬리(1825~1895)의 전기)』를 열심히 읽고 있답니다. 틈틈이 집어 들고 가볍게 읽기에 좋아요. 아르카이오프테릭스(알려진 것 중에서 가장 오래된 새 화석)가 뭔지 아시나요? 조류 이름이랍니다. 스테레오그너서스(쥐라기 중기 포유류)는요? 저도 확실히는 모르겠지만 진화 과정에서 잃어버린 고리 같아요. 이빨 달린 새라든지 날개 달린 도마뱀처럼요. 아니, 둘 다 아니네요. 방금 책에서 봤어요. 중생대 포유류래요.

현존하는 유일한 스테레오그너서스 그림입니다.
머리는 뱀, 귀는 개, 발은 소, 꼬리는 도마뱀,
날개는 백조에 온몸을 덮은 털은
사랑스러운 아기 고양이처럼 보드랍습니다.

올해에는 경제학을 선택했어요. 깨우침을 주는 과목이죠. 경제학을 마치면 자선과 개혁 강의를 들을 거예요. 후원인 님, 이 강의에서 고아원을 운영하는 방식을 배울 수 있겠죠. 제가 투표권을 받으면 갸륵한 투표자가 될 것 같지 않은가요? 지난주에 스무한 살이 되었답니다. 이렇게 저처럼 정직하고, 양심적이고, 교육받은 지성인을 내버려두다니 이 나라는 참 낭비도 잘하지요.

언제나 친애하는 주디가

12월 7일

키다리 아저씨께

줄리아네 집에 방문해도 좋다고 허락해주셔서 감사합니다. 별 말씀 안 하신 걸 허락으로 받아들일게요.

요즘 사교 행사로 어찌나 떠들썩한지요! 창립자 무도회가 지난주에 열렸답니다. 처음으로 저희가 참석할 수 있었어요. 상급생들만 참여할 수 있거든요.

저는 지미 맥브라이드를 초대했고, 샐리는 지미의 프린스턴 대 룸메이트를 초대했어요. 지난여름에 샐리네 캠핑장에 갔었대요. 머릿결이 붉고, 매우 괜찮은 남자더라고요. 줄리아가 뉴욕에서 부른 남자는 그다지 재미있지 않아도 사교 행사에 부르기에는 흠 잡을 데 없는 사람이었어요. '드 라 메이터 치체스터

166

스와 연고가 있대요. 어떤 단체인지 좀 아시나요? 저는 전혀 모르겠어요.

어쨌든 초대한 손님들이 금요일 오후 시간에 맞춰 상급생 기숙사 복도에 와서 차를 마셨고, 저녁을 먹으러 급히 호텔로 향했어요. 호텔이 사람으로 꽉 차서 당구대 위에 나란히 누워 잤대요. 지미 맥브라이드는 다음에 우리 학교에서 열리는 사교 행사에 초대받으면 애디론댁에 있는 텐트를 하나 가져와서 우리 학교에 쳐 놓고 그 안에서 자야겠대요.

남자들은 일곱 시 30분에 총장님 주관 환영회랑 무도회에 참석하러 돌아왔어요. 우리 학교는 행사가 일찍 시작하거든요! 저희는 미리 남자들 명찰을 다 만들어뒀고, 한 곡이 끝나면 남자들을 이름 글자 밑에 무리 지어 서 있게 할 참이었어요. 그래야 다음 파트너가 쉽게 찾을 수 있을 테니까요. 이를테면 지미 맥브라이드는 자기 차례가 올 때까지 침착하게 글자 M 아래에 서 있는 거죠. (원래는 이렇게 했어야 하는데 자꾸 돌아다니는 바람에 R이며 S며 온갖 글자랑 다 섞여버렸어요.) 데리고 있기 아주 까다로운 손님이더라고요. 저랑은 세 곡밖에 추지 못했다고 부루퉁해 있었거든요. 모르는 여자아이랑 춤추기 부끄럽다나 뭐라나!

다음 날 아침에는 합창단 공연이 있었어요. 공연에 오를 재미있는 노래를 누가 새로 썼을까요? 맞아요. 그 애예요. 아, 요만했던 아저씨의 고아가 유명인사가 되고 있답니다!

어쨌든 이틀을 즐겁게 보냈고, 남자들도 즐거워한 것 같아요.

몇 명은 여학생을 천 명이나 마주한다고 생각해서 그런지 처음에 너무 긴장하더라고요. 아주 순식간에 적응하긴 했지만요. 저희가 초대한 프린스턴대 친구 두 명은 더할 나위 없이 좋은 시간을 보냈답니다. 일단 그들 스스로 말은 그렇게 했거든요. 내년 봄에 자기네 무도회에 초대하겠대요. 이미 승낙했으니 반대하시면 안 돼요, 우리 아저씨.

줄리와 샐리, 저 모두가 드레스를 새로 장만했답니다. 들어보시겠어요? 줄리아는 크림색 새틴에 금실로 자수를 놓은 드레스를 입고 보랏빛 난초를 꽂았답니다. 꿈에나 나올 법한 드레스였어요. 파리에서 만든 건데 값이 백만 달러래요.

샐리는 페르시아 자수를 놓은 옅은 파란색 드레스가 붉은 머리와 잘 어울려 아름다웠어요. 값은 백만 달러가 안 되지만 아름답기로는 뒤지지 않았어요.

제 것은 아마빛 레이스와 장밋빛 새틴으로 장식한 옅은 분홍색 크레이프드신(중국산 크레이프. 직물의 일종)이었어요. 거기에 지미 맥이 보내준 주홍색 장미를(샐리가 어떤 색을 보낼지 미리 귀띔해줬대요) 들고 다녔고요. 그리고 세 명 모두 드레스에 어울리는 새틴 슬리퍼와 실크 스타킹을 신고 시폰 스카프를 맸답니다.

세세한 설명에 적잖이 놀라셨지요!

시폰이며 베네치아 장식, 수공 자수, 아일랜드 뜨개가 남자들에게는 아무 뜻 없는 단어일 뿐이라는 생각을 하면 남자들이 참 색깔 없는 삶을 사는구나 싶어요. 반면에 여자는 아기 키우기, 미생물, 남편, 시학, 하인, 평행사변형, 정원, 플라톤, 다리 등 관심사가 어떻든 간에 기본적으로 항상 옷에 관심을 가지잖아요.

자연의 손길 한 번에 온 세상이 하나가 된 거지요(제가 생각해 낸 말은 아니에요. 셰익스피어 극에서 가져온 거랍니다).

이 얘기는 이쯤하고요. 제가 최근에 알아낸 비밀을 알려드릴까요? 저를 속 빈 강정으로 생각하지 않겠다고 약속하실 거죠? 들어보세요.

저는 예뻐요.

정말로요. 방에 거울이 세 개나 있는데 그걸 모르면 바보 아니겠어요.

어느 친구로부터

추신.

소설에 나올 법한 그런 짓궂은 익명의 편지를 따라해봤어요.

12월 20일

키다리 아저씨께,

이제야 짬이 생겼네요. 수업 두 과목을 듣고, 가방을 챙기고, 네 시 기차를 타야 하다보니까요. 그래도 아저씨께 크리스마스 선물 상자를 보내주셔서 정말 감사하다는 말을 전하지 않고 떠날 수는 없었어요.

털이며 목걸이, 리버티 스카프(영국 리버티사의 대표적 디자인으로 작은 꽃이 전면을 이루는 스카프-옮긴이), 장갑, 손수건, 책, 지갑이 마음에 들고 좋아요. 무엇보다도 이걸 보내주신 아저씨가 제일 좋고요! 하지만 말이지요, 이런 식으로 제 버릇을 나빠지게 하시면 안 돼요. 저는 한낱 사람일 뿐이라고요. 그것도 여자아이요. 아저씨가 경박한 세속의 물건들로 저를 비뚤어지게 하시면 제가 어찌 단호히 학문에 정진할 수 있겠어요?

존 그리에의 집에 크리스마스트리를 보내고 일요일마다 아이스크림을 사준 게 누구였는지 이제야 짐작이 가네요. 이름은 모르지만 행동을 봐서는 누군지 알겠어요! 좋은 일을 많이 하셨으니 아저씨는 행복할 자격이 있는 분이세요.

이만 마칠게요. 아주 행복한 크리스마스 보내세요.

언제나 친애하는 주디가

추신.

저도 약소하지만 감사의 표시를 할게요. 주디와 아는 사이라면 아저씨는 주디를 좋아하실까요?

1월 11일

　뉴욕에서 편지를 쓰려고 했는데 그곳에 얼마나 정신이 팔렸는지 몰라요.

　즐거운 시간을 보내며 많이 깨우치기도 했지만요, 제가 그런 가족의 일원이 아니라서 다행이에요! 차라리 존 그리에의 집 출신인 편이 나아요. 제가 자란 곳이 아무리 흠이 많았어도, 적어도 그곳에는 가식적인 게 없었어요. 물건에 짓눌려 산다는 게 무슨 뜻인지 이제 알게 됐어요. 그 집이 지닌 물질적 분위기에 짓눌리다 못해 으스러질 정도였지요. 돌아오는 급행열차에 몸을 싣고 나서야 겨우 심호흡을 할 수 있었답니다. 가구는 전부 장인이 조각한 으리으리한 것들이었고요. 만나는 사람마다 옷을 멋지게 차려입고 목소리를 나직이 깔고 점잖게 행동했지만, 사실 저는 그곳에 도착해서 떠나는 순간까지 참된 말은 한마디도 들어보지 못했답니다. 그 집 앞문으로 생각이라는 게 들어온 적이 있나 모르겠어요.

　펜들턴 부인은 보석, 양장점, 사교 모임밖에 모르는 사람이에요. 맥브라이드 부인이랑은 전혀 다른 어머니인 게 분명했어요! 제가 결혼해서 가정을 꾸리게 된다면 최대한 맥브라이드가를 빼닮게 할 생각이에요. 이 세상 모든 돈을 다 준다고 해도 내 자식들을 펜들턴처럼 키우지는 않을 거고요. 아저씨도 안면이 있는 사람들을 헐뜯다니 제가 너무 무례한가요? 그렇더라도 이해해주세요. 저랑 아저씨하고만 하는, 아주 비밀스러운 얘기잖아요.

저비 도련님은 타타임에 왔을 때 한 번 봤고, 둘이서만 얘기
할 기회는 없었어요. 지난여름에 좋은 시간을 보낸 사이라 그
런지 아쉽더라고요. 저비 도련님은 그 집 가족들을 별로 좋아
하지 않는 것 같아요. 그쪽도 마찬가지인 게 확실하고요! 줄리
아의 어머니는 저비스 씨가 균형이 안 잡혔대요. 머리를 기르
고 빨간 타이를 매지만 않았다 뿐이지 (휴 다행이죠!) 사회주의
자라면서요. 펜들턴 부인은 저비스 씨가 그런 희한한 생각은
어디에서 주워듣는지 모르겠대요. 펜들턴 가문은 여러 세대를
거쳐 주욱 영국 국교회를 믿었다면서요. 저비스 씨가 요트나
자동차, 폴로 경기용 조랑말처럼 합리적인 것은 놔두고 온갖 정
신 나간 개혁에 돈을 뿌리고 다닌대요. 하지만 저비스 씨는 그
돈으로 사탕을 사주는걸요! 크리스마스가 되면 줄리아랑 저에
게 한 상자씩 보내주지요.

아저씨, 저도 사회주의자가 될 것 같아요. 싫으신 건 아니죠?
사회주의자는 무정부주의자랑은 아주 달라요. 사람들을 날려
버리는 방법은 믿지 않거든요(1800년대 후반 유럽을 기점으로 무
정부주의자들은 폭탄 테러를 자행했다-옮긴이). 저는 타고난 사회
주의자일 수도 있어요. 프롤레타리아 계급에 속하니까요. 어떤
부류의 사회주의자가 될지 아직 정하지 못했을 뿐이죠. 일요일
에 이 문제를 곰곰이 생각해보고 다음 편지를 쓸 때 제 원칙을
밝히도록 할게요.

뉴욕에서 극장, 호텔, 그림 같은 집을 지겹도록 봤어요. 제 머릿속이 오닉스며, 금박, 모자이크 장식으로 된 야자나무랑 바닥으로 뒤죽박죽이에요. 아직도 숨을 제대로 못 쉬겠지만 그래도 학교로 돌아와 책을 읽을 수 있어서 다행이에요. 저는 정말로 학생 체질인 것 같아요. 차분하게 학문에 정진하는 이 분위기가 뉴욕보다 훨씬 상쾌해요. 대학은 정말 만족스러운 생활을 할 수 있는 곳이에요. 책을 읽고 공부하고 꼬박꼬박 수업을 들으며 정신적으로 깨어 있을 수 있는 데다, 지친다 싶으면 체육관에 가거나 야외에서 운동을 할 수 있고, 또 저랑 같은 주제를 생각하는 마음 맞는 친구들이 항상 있으니까요. 친구들이랑 저녁 내내 얘기, 얘기, 또 얘기만 하다가, 긴박한 세상 문제를 영원히 해결이라도 한 듯 아주 들뜬 기분으로 잠자리에 들지요. 행여 침묵의 빈틈이라도 생길까 봐 터무니없는 말도 많이 해요. 그냥 별것 아닌 걸 가지고 시시한 농담을 하는 거지만 저희는 아주 만족스러워요. 서로의 재담을 아주 높이 산답니다!

무슨 대단한 기쁨이 중요한 게 아니에요. 소소한 기쁨을 크게 느끼는 게 중요하지요. 제가 행복의 진정한 비밀을 알아냈답니다, 아저씨. 그건 바로 현재를 사는 거예요. 맨날 과거를 후회하거나 미래를 바라보지만 말고, 지금 이 순간을 최대한으로 사는 거지요. 농업과 같답니다. 농업에는 대규모 농업과 집약적 농업이 있지요. 음, 저는 집약적 삶을 살 거예요. 매 순간을 즐길 거고, 즐기는 동안에도 제가 즐기고 있다는 걸 '의식'할 거예요. 대부분의 사람들은 삶을 살지 않아요. 경주할 뿐이죠. 저 멀리 보이는 어떤 목표에 닿으려 애쓰고, 냅다 달리느라 숨이 차서 헐떡이는 바람에 옆에 있는 이 아름답고 고요한 풍경을 놓치고 말지요. 그러다 문득, 자기가 늙고 지쳤다는 걸 알게 돼요. 목표에 닿았든 안 닿았든 변하지 않는 사실이죠. 저는 길가에 앉아서 소소한 행복을 많이 쌓기로 마음먹었어요. 위대한 작가가 되지 못한다 해도요. 그래도 확실히 제가 대단한 여류 철학자가 되어가고 있지 않나요?

언제나 친애하는 주디가

추신.

오늘 밤에는 비가 앞 다투어 내리네요. 강아지 두 마리랑 아기고양이 한 마리가 방금 창가에 앉았어요.

동지여,

야호! 나는 페이비언일세.

기꺼이 기다릴 줄 아는 사회주의자를 뜻하지. 우리는 사회혁명이 당장 하루아침에 일어나기를 원치 않는다네. 혼란이 심해질 테니까. 우리는 준비가 탄탄하게 되어 충격을 흡수할 수 있을 먼 미래에 혁명이 아주 점진적으로 이뤄지기를 바란다네.

기다리는 동안 산업, 교육, 고아원 개혁을 통해 준비하고 있어야겠지.

동지애를 담아, 주디

월요일 3교시

2월 11일

키저씨께

글이 너무 짧다고 기분 상하지 마세요. 이건 편지가 아니니까요. 곧 시험이 끝나면 편지를 쓰겠다는 글줄일 뿐이지요. 시험을 그냥 통과하는 게 아니라, 아주 잘 통과해야 하거든요. 장학금 기준을 충족해야 하니까요.

열심히 공부하는 J. A.

3월 5일

키다리 아저씨께

커일러 총장님이 오늘 저녁에 요즘 세대는 경솔하고 얄팍하다는 내용으로 연설하셨어요. 진심 어린 노력과 진정한 학자 정신이라는 옛 이상을 잃고 있대요. 특히 조직된 권위를 향한 존경심이 눈에 띄게 줄었대요. 우리가 더 이상 윗사람에게 적절한 경의를 표하지 않는다면서요.

예배당에서 나오며 아주 진지하게 생각했어요.

제가 너무 격식 없이 굴었나요, 아저씨? 더 위엄 있고 거리감 있게 아저씨를 대해야 할까요? 네, 아무래도 그래야겠어요. 다시 시작할게요.

*

친애하는 스미스 씨께

제가 중간고사를 성공적으로 치렀고 이제는 새 학기를 맞아 공부를 시작했다는 소식을 들으면 기쁘시겠군요. 정성분석 과정을 마쳤으니 화학을 뒤로 하고 생물학을 접하려 합니다. 지렁이와 개구리를 해부한다는 걸 알고 이 과목을 들어도 괜찮을지 조금 망설였습니다.

지난주에는 예배당에서 '프랑스 남부에 남은 로마시대 유물'에 대해 굉장히 흥미롭고도 값진 강의를 들었습니다. 해당 주제에 대해 이렇게나 많은 깨우침을 주는 해설은 처음 들어보았습니다.

영문학 수업과 연계하여 워즈워스의 「틴턴 수도원의 시」를 읽고 있습니다. 어쩌나 수려한 작품인지, 게다가 작가의 범신론을 어쩌나 적절히 구현했는지요! 셸리, 바이런, 키이츠부터 워즈워스까지 이런 시인들의 작품에서 볼 수 있는 지난 세기 초반의 낭만주의 운동이 그보다 앞선 고전주의보다 저는 매력적이라고 생각합니다. 시 이야기가 나와서 말인데, 테니슨의 「록슬리 홀(알프레드 테니슨 경의 1842년작 시)」이라는 그 매력 넘치는 시를 읽어보셨나요?

최근에는 체육 수업에 아주 꼬박꼬박 참여하고 있습니다. 감독관 체제가 도입되어서, 규칙을 지키지 않으면 굉장히 많이 불편해진답니다. 체육관에는 졸업생이 낸 기부금으로 설치한, 시멘트와 대리석으로 만든 아주 아름다운 수영장이 갖춰져 있습니다. 룸메이트인 맥브라이드 양이 입던(이제는 너무 줄어들어서 입을 수 없게 된) 수영복을 얼마 전에 제가 받은 터라 수영 수업을 들으려고 합니다.

지난밤에는 디저트로 맛있는 분홍색 아이스크림을 먹었습니다. 학교에서는 음식에 색을 낼 때 오로지 채소 추출 색소만 사용합니다. 미적이고 위생적인 이유 때문에 아닐린 색소를 반대해서 말이죠.

요즘 들어 햇살이 밝고 구름이 끼고, 그 사이사이 반가운 눈보라가 몇 번 찾아오는 것이, 날씨가 이상적입니다. 친구들과 수업을 오고갈 때 산책을 즐기기에 좋습니다. 특히 수업에서 나오는 길에요.

친애하는 스미스 씨, 늘 건강하시리라 믿습니다.

언제나 다정한 제루샤 애벗 올림

4월 24일

아저씨,

다시 봄이 왔어요! 교내가 얼마나 예쁜지 보셔야 하는데요. 와서 혼자 둘러보실 수 있을 거예요. 저비 도련님이 지난 금요일에 들렀는데 하필이면 샐리랑 줄리아랑 제가 열차를 타러 급히 나가던 중이라 길이 엇갈렸어요. 저희가 어딜 가고 있었게요? 무도회랑 구기 대회에 참여하러 프린스턴대에 가던 중이었답니다! 가도 되냐고 여쭤보지 않았던 건 아저씨 비서 분이 왠지 안 된다고 할 것 같아서였어요. 하지만 전혀 교칙에 어긋나지 않답니다. 학교에서 외출증도 받았고, 맥브라이드 부인이 보호자로 함께 가주셨거든요. 흥겨운 시간을 보냈답니다. 자세히 말하자면 너무 많고 복잡하니 이 정도만 말씀드리고 넘어갈게요.

일요일

동이 트기 전에 일어났습니다! 야간 당직 직원이 저희 여섯 명을 불러서 함께 신선로 냄비에 커피를 끓이고 (그렇게 찌꺼기가 많이 나오는 커피는 못 보셨을 거예요!) 해돋이를 보러 3킬로미터 남짓 걸어 일목(一木) 언덕 꼭대기에 올라갔어요. 마지막 경사에서는 허둥지둥 올라가야 했답니다! 해에게 질 뻔했거든요! 아침을 먹을 입맛이 생겼을 리는 없다고 생각하시겠죠!

아저씨, 오늘따라 유난히 제가 소리를 크게 내는 것 같네요. 이 편지가 느낌표로 범벅이 된 걸 보면요.

나무에 싹이 돋은 이야기, 운동장에 석탄재 길을 새로 다진 이야기, 내일 있을 끔찍한 생물학 수업 이야기, 호수에 카누가 새로 생긴 이야기, 캐서린 프렌티스가 폐렴에 걸린 이야기, 총장 님이 기르는 새끼 앙고라 고양이가 집에서 나와 퍼거슨홀에서 2주째 지내던 걸 청소부가 보고한 이야기, 제가 새로 산 드레스 세 벌(하얀색, 분홍색, 파란색 물방울무늬에 어울리는 모자도 샀고) 이야기도 다 쓰려고 했는데 지금 너무 졸려요. 제가 항상 졸리다는 핑계를 대죠? 하지만 여대는 정말 분주한 곳이라 하루가 끝날 때쯤이면 피곤하답니다! 새벽부터 하루를 시작한 날은 더욱 그렇고요.

애정을 담아, 주디가

총장님의 아기 고양이랍니다.
앙고라 고양이라는 걸 그림으로 봐도 딱 아시겠죠.

5월 15일
키다리 아저씨께,

열차에 타서 다른 사람은 쳐다보지도 않고 정면만 바라보는 게 좋은 매너인가요?

오늘 아주 예쁜 벨벳 드레스를 입은 아름다운 숙녀가 열차에 탔는데, 15분 내내 조금도 표정을 바꾸지 않고 스타킹 가터 광고판만 보더라고요. 그곳에서 자기만 중요한 사람인 양 다른 사람은 아예 무시하는 게 예의는 아닌 것 같아요. 그래봤자 자기 손해죠. 그 여자가 멍청한 간판에 정신이 팔린 사이에 저는 열차를 가득 메운 사람들을 흥미롭게 관찰했으니까요.

함께 보내는 그림은 이 편지에서 처음 재현되는 장면이랍니다. 줄 끝에 매달린 거미처럼 보이지만, 전혀 아니랍니다. 체육관 수영장에서 수영을 배우는 저예요.

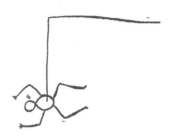

강사님이 제 허리띠 뒤에 달린 고리에 밧줄을 걸어서 그 밧줄을 천장에 달린 도르래에 연결하지요. 강사님이 정직하다는 것을 전적으로 믿기만 한다면 참 훌륭한 방법이에요. 하지만 저는 강사님이 밧줄을 느슨하게 풀까 봐 무서워서 노상 한쪽 눈으로는 불안해하며 강사님을 쳐다보고 다른 쪽 눈으로 수영을 해요. 이렇게 온전히 집중을 못하는 통에 제 실력을 발휘하지 못하고 있답니다.

요즘 들어 날씨가 아주 변덕스러워요. 하루를 시작할 때는 비가 오더니 지금은 해가 비치네요. 샐리랑 테니스를 치러 갈 생각이에요. 이것도 운동이니 체육 수업은 빠져도 되겠지요.

일주일 후에

한참 전에 이 편지를 마무리했어야 하는데 그러질 못했네요. 제가 가끔 편지를 제 날짜에 맞추지 못한다고 해서 불편하신 건 아니죠, 아저씨? 저는 아저씨께 편지를 쓰는 게 참으로 좋답니다. 가족이 있다는 느낌이 들어 꽤 좋거든요. 제가 뭐 하나 얘기해드릴까요? 저는 아저씨께만 편지를 쓰는 게 아니랍니다. 두 명이 더 있어요! 겨울 동안 저비 도련님에게서 수려한 장문의 편지를 받았지요(줄리아가 글씨체를 알아보지 못하게 봉투에 타자로 주소를 쳐서요). 정말 놀랍지요? 그리고 일주일에 한 번씩 대개 노란색 편지지에 글씨를 갈겨쓴 편지가 프린스턴대에서 오고요. 이 모든 편지에 저는 재각 답장을 보낸답니다. 그러니 아시겠죠, 저도 다른 여자애들이랑 별반 다를 것 없이 편지도 받는다구요.

제가 4학년 연극 동아리에 뽑혔다고 말씀드렸던가요? '아무나 들어올 수 없는' 조직이죠. 천 명 중에 이 동아리 회원은 일흔다섯 명뿐이니까요. 변함없는 사회주의자로서 아저씨는 제가 여기에 어울린다고 생각하시나요?

사회학에서 현재 제 관심을 끌고 있는 주제는 뭘까요? '도움이 필요한 아동에 대한 관심'을 주제로 리포트를 쓰고 있답니다('상상이 되시나요!'). 교수님께서 여러 주제를 섞어서 되는 대로 나눠주셨는데 그 주제가 제게 걸린 거예요. '재미있지 않으세요?'

저녁식사 종이 울리네요. 우편함을 지나갈 때 이 편지를 부칠게요.

애정을 담아,

J

6월 4일

아저씨께

아주 바쁜 시기예요. 열흘 후에는 학위수여식, 내일은 시험이 있거든요. 할 공부도 많고 챙길 짐도 많은데 바깥 세상이 어찌나 아름다운지 이럴 땐 안에만 있으면 해로워요.

하지만 걱정 마세요, 곧 방학이니까요. 줄리아는 이번 여름에 해외에 간대요. 이번이 네 번째예요. 재화는 고르게 분배되지 않는 게 분명해요, 아저씨. 샐리는 여느 때처럼 애디론댁에 가고요. 그리고 저는 무엇을 할 예정이게요? 세 가지 답을 떠올리고 계시겠죠. 락 윌로우? 틀렸어요. 샐리를 따라 애디론댁에? 틀렸어요. (다시는 시도조차 하지 않을 거예요. 작년에 못 가게 되어 너무 실망해서요) 달리 떠오르는 대답은 없으신가요? 그다지 창의력이 뛰어나지 않으시군요. 너무 반대하지 않겠다고 약속하시면 말씀해드릴게요. 제가 마음을 굳혔다고 아저씨 비서 분께 미리 경고하는 거예요.

바닷가에 있는 찰스 패터슨 부인 댁에서 지내며 가을에 대학생이 될 예정인 부인의 딸을 가르치기로 했답니다. 부인은 맥브라이드 댁에서 뵈었는데 아주 매력적인 분이세요. 둘째딸에게 영어와 라틴어를 가르쳐주기로 했지만 저 혼자만의 시간도 있을 거고, 게다가 한 달에 50달러를 받기로 했답니다! 아저씨에게는 그리 큰돈이 아니려나요? 이 액수는 부인이 제안하셨답니다. 제가 제안해야 했다면 25달러 이상은 낯부끄러워서 무리였을 거예요.

9월 첫째 주까지는 매그놀리아(부인이 사는 곳이에요)에서 지내고 아마 남은 3주를 락 윌로우에서 보낼 것 같아요. 셈플 씨 가족이랑 정든 동물들도 다시 보고 싶어서요.

제 계획이 어떤가요, 아저씨? 보시다시피 제가 점점 독립적인 사람이 되고 있죠. 아저씨가 저를 일으켜 세워주셨고, 이제는 제가 혼자서도 걸을 수 있게 된 것 같아요.

프린스턴대 학위수여식과 저희 학교 시험이 정확히 들어맞아요. 너무 안타까운 일이죠. 샐리와 제가 학위수여식에 꼭 때맞춰 가고 싶었는데, 완전히 불가능하게 되었으니까요.

이만 마칠게요, 아저씨. 앞으로 1년 동안 할 공부에 대비도 하고 푹 쉬면서 여름 잘 보내고 가을에 돌아오도록 해요. (아저씨가 제게 해주셔야 할 말이죠!) 저는 아저씨가 여름에 뭘 하시는지, 어떻게 즐겁게 보내시는지 모르잖아요. 아저씨가 지내시는 곳이 그려지지 않아요. 골프를 치시나요, 아니면 사냥을 하시나요, 아니면 승마를, 그것도 아니면 햇볕을 쬐고 앉아 명상을 하시나요?

뭘 하시든 좋은 시간 보내시고 주디를 잊지 마세요.

6월 10일

아저씨께

지금껏 이렇게 쓰기 힘든 편지는 없었지만 이미 어떻게 해야 할지 결정했기에 마음을 돌릴 일은 없을 겁니다. 참 상냥하고 인자하시게도 이번 여름에 저를 유럽에 보내주고 싶어 하셨다고요. 유럽에 간다는 생각에 잠시 도취되기는 했지만, 곧이어 취기가 풀리면서 이러면 안 된다는 생각이 들었어요. 교육비를 거절해놓고 그 돈을 고작 즐겁자고 써버린다면 이 얼마나 사리에 맞지 않는 일인가요! 제가 너무 많은 사치를 부리게 버릇들이시면 안 돼요. 사람은 가져본 적이 없는 것은 그리지 않는답니다. 하지만 타고나길 내 것이라고 생각하면 그것 없이 지내기가 끔찍하게도 힘들지요. 샐리와 줄리아와 함께 지내고 있으면 금욕적인 제 철학에 상당히 부담을 느껴요. 그 둘은 태어날 때부터 많은 것을 누렸지요. 행복을 당연하게 생각하고요. 그 애들은 원하는 건 뭐든 이 세상에게 받아낼 수 있다고 생각해요. 정말로 그럴지도 모르죠. 어쩌됐든, 보기에는 이 세상이 그 애들에게 빚진 걸 인정하고 갚고 있는 것 같으니까요. 하지만 저로 말하자면 이 세상에게 받아낼 게 없어요. 처음부터 확실히

하고 넘어갔죠. 저는 외상으로 뭘 빌릴 수도 없어요. 언젠가는 세상이 제게 외상을 거부할 날이 올 테니까요.

제가 은유의 바다에서 허우적댄 것 같네요. 하지만 제 말뜻을 이해하셨죠? 어쨌든 이번 여름에 과외수업을 해서 자립을 시작하는 게 제가 할 수 있는 가장 정직한 일이라는 생각이 강하게 들어요.

*

매그놀리아

나흘 후

이만큼 썼을 때 무슨 일이 일어났게요? 가정부가 저비 도련님의 엽서를 들고 왔답니다. 펜들텐 씨도 이번 여름에 해외에 간대요. 줄리아네 가족이랑 가는 게 아니고 철저히 혼자서요. 여학생들을 인솔해주는 분을 따라 유럽에 다녀오던 아저씨의 제안을 펜들텐 씨에게 전했었거든요. 펜들텐 씨가 아저씨를 알고 있답니다. 그러니까, 제 아버지와 어머니가 돌아가시고 어느 친절한 신사 분이 저를 대학에 보내주셨다고 알고 있어요. 존 그리에의 집 출신이고 어쩌고 하는 얘기를 사실대로 고백할 용기가 나질 않았어요. 아저씨가 제 후견인이자 우리 가족과 매우 우애 깊은 오랜 친구인 줄 알고 있지요. 제가 아저씨를 모른

188

다는 말은 하지 않았어요. 너무 이상해 보일까 봐요!

어쨌든 펜들턴 씨가 자꾸만 저한테 유럽에 가자고 해요. 필수적인 교육의 일부분이니 거절할 생각일랑 말라고요. 또, 자기도 마침 파리에 있을 테니 가끔씩 인솔자 눈을 피해 이국적이고 재미있는 고급 식당에서 함께 식사하자고요.

있지요, 정말로 혹하는 제안이었답니다! 하마터면 흔들릴 뻔했어요. 펜들턴 씨가 그렇게 명령조만 아니었어도 제 결심이 완전히 흔들렸을 거예요. 저는 조금씩 꼬드겨야지, 강요하면 도리어 넘어가지 않거든요. 저더러 멍청하고, 아둔하고, 비합리적이고, 터무니없고, 고집 세고, 바보 같기 짝이 없대요(폭언이 이게 다가 아니었답니다. 나머지는 생각이 나지 않을 뿐이에요). 저더러 뭐가 진짜 좋은지를 모르는 애라면서요. 나이 많은 사람의 판단에 따라야 한대요. 말다툼할 뻔했어요. 확실하진 않지만 거의 다툰 거나 마찬가지죠!

어쨌든 저는 재빨리 짐을 챙겨서 이리로 올라왔어요. 되돌아갈 수 없게 다리에 불을 지른 후에 아저씨께 편지를 보내는 편이 낫겠다 싶어서요. 이제 그 다리는 완전히 타버리고 재가 되었어요. 저는 여기 클리프탑(패터슨 부인이 지내는 오두막 이름)에와 짐 가방을 풀었고 플로렌스(두 자매 중 동생)는 벌써 제1격 변화 명사랑 씨름하고 있어요. 그런데 저야말로 씨름하게 생겼네요! 플로렌스가 보기 드물게 버릇없는 아이거든요. 일단 공부하는 방법부터 알려줘야 할 것 같아요. 애가 집중이라고는 아이스크림 셰이크 먹을 때만 해본 것 같아요.

절벽에서 한가한 구석을 교실로 쓰고 있어요. 패터슨 부인이 아이들을 야외에 내보내고 싶어 하시거든요. 그런데 푸른 바다 가 눈 앞에 펼쳐져 있고 그 위로 배가 지나가는 상황에서는 도 리어 제가 집중하기가 어렵더라고요! 내가 저런 배에 타고서 이 국땅으로 향할 수도 있었다는 생각이 들 때면, 아니지, 라틴어 문법 외에 다른 생각은 하지 않을 작정이에요.

전치사 a 혹은 ab, absque, coram, cum, de, e 혹은 ex, prae, pro, sine, tenus, in, subter, sub, super 은 탈격 지 배이다.

보세요, 저는 벌써 유혹이 될 만한 것에는 눈길 한 번 주지 않고 공부에만 빠져 있답니다. 부디 노여워 마시고, 제가 아저 씨께 감사할 줄 모른다고 생각하지도 마세요. 감사해 하고 있으 니까요, 늘, 언제나요. 제가 보답할 수 있는 길은 '매우 유용한 시민'이 되는 것뿐이랍니다(여성이 시민일까요? 그런 대접을 받지는 못하는 것 같네요). 뭐 '매우 유용한 사람'이라도요. 그러면 아저 씨가 저를 보면서 말씀하시겠죠.

"저 '매우 유용한 사람'을 이 세상에 내놓은 게 바로 나지."

괜찮은 미래죠, 아저씨? 하지만 오해하지는 마세요. 제가 전 혀 대단한 사람이 아니라는 느낌이 종종 들거든요. 진로를 계획하는 건 재미있지만, 막상 뚜껑을 열어보면 십중팔구 저는 여느 평범한 사람들과 별반 다르지 않을 거예요. 나중에 가서는 장의사와 결혼해서 남편이 하는 일에 보탬이나 되는 삶을 살 수도 있겠죠.

언제나 친애하는 주디가

8월 19일

키다리 아저씨께

제 방 창문으로 내다보이는 산수가 정말 멋지답니다. 바다와 돌뿐이니 산수라기보다는 그냥 '수'겠지만요.

여름이 가네요. 저는 아침 시간을 라틴어, 영어, 대수학 그리고 멍청한 여자아이 두 명과 보낸답니다. 매리언이 대학에 들어갈 수나 있을지, 들어간다고 해도 제대로 다닐 수 있을지 모르겠어요. 플로렌스는 아예 가망이 없고요. 하지만 아! 꼬마 미인이 따로 없답니다. 멍청하든 어쨌든 예쁘면 그만 아닌가요? 그래도 나중에 애들이 결혼하면 그 남편이 대화를 하면서 얼마나 지루해할까 하는 생각이 드는 건 어쩔 수 없네요. 이 아이들이 운 좋게도 똑같이 멍청한 남편을 얻는다면 괜찮겠지만요. 꽤나 가능성이 있어 보여요. 세상에는 멍청한 남자들이 그득하거든요. 이번 여름에도 많이 봤어요.

저희는 오후에 절벽에서 산책하거나, 조수가 적당하면 수영을 한답니다. 소금물에서도 식은 죽 먹기로 수영할 수 있어요. 제가 받은 교육이 벌써 효과를 발휘하고 있지요?

파리에 있는 저비스 펜들턴 씨에게서 편지가 왔어요. 다소 짧고 간결한 편지가요. 자기 충고를 따르지 않은 제가 아직 용서가 안 되나 봐요. 하지만 귀국해서 시간이 맞으면 제가 학교로 돌아가기 전에 락 윌로우에서 며칠 동안 볼 수 있을 거고, 그때 제가 아주 착하고, 상냥하고, 온순하게 굴면 (생각 끝에 내린 결론인데) 다시 저를 좋게 봐주겠지요.

샐리에게도 편지가 왔어요. 9월에 2주 동안 가족 캠핑에 오라는 내용이에요. 아저씨께 허락을 구해야 하나요, 아니 저는 원하는 대로 할 수 있는 때가 아직도 오지 않은 건가요? 저는 때가 되었다고 생각합니다. 아시다시피 저도 이제 4학년이잖아요. 여름 내내 공부했으니 건강도 챙길 겸 약간의 휴식을 취하고 싶어요. 애디론댁을 보고 싶고요, 샐리도 보고 싶고, 샐리네 오빠도 보고 싶어요. 저한테 카누 타는 법을 알려준댔거든요. 그리고 (이게 진짜 샐리네 캠핑장에 가고 싶은 이유랍니다. 착한 이유는 아니에요) 저비 도련님이 락 윌로우에 도착했을 때 제가 그곳에 없다는 걸 알았으면 좋겠어요.

저한테 이래라저래라 할 수 없다는 걸 보여줘야 해요. 아저씨를 제외하고 그 누구도 제게 이래라저래라 할 수 없답니다. 물론 아저씨도 매일 그럴 수는 없고요! 이만 숲에 가볼게요.

주디.

9월 6일

아저씨께

아저씨께서 보낸 편지가 제때 오지 않았네요(저한테는 잘된 일
이죠). 지시사항이 있을 때는 비서 분더러 2주 내에 전달하라고
당부하셔야 해요. 보시다시피 저는 캠핑장에 와 있고 온 지 닷
새나 되었답니다.

숲이 아름답고, 캠핑장도, 날씨도, 맥브라이드가 가족도, 그
야말로 온 세상이 좋아요. 정말로 행복해요!

지미가 카누를 타러 오라고 부르네요. 이만 쓸게요. 말씀을
어겨서 죄송하지만, 제가 조금이라도 놀겠다는데 왜 그렇게 끈
질기게 싫어하시는 건가요? 여름 내내 공부했으니 2주 정도는
쉬어도 되잖아요. 제게 딱히 관심도 없으시면서 즐거운 시간을
갖겠다는데 참 심술이시네요.

그래도 사랑해요, 아저씨. 아무리 아저씨가 흠이 있더라도요.

주디가

10월 3일

키다리 아저씨께,

학교에 돌아왔고 4학년이 되었습니다. 교내 월간지 편집자가 되기도 했고요. 이렇게나 교양 있는 사람이 4년 전만 해도 존 그리에의 집에 사는 고아였다는 게 말이 된다고 생각하세요? 미국에서는 출셋길이 일사천리예요!

그거 아세요? 저비 도련님이 락 윌로우로 보낸 쪽지가 이곳으로 전달되었답니다. 아쉽지만 이번 가을까지는 락 윌로우에 올 수 없게 되었대요. 요트를 타고 바다에 나가자는 친구의 요청에 응했다고요. 제가 여름을 잘 보내고 시골 생활을 즐겼으면 한대요.

그런데 저비스 씨는 제가 맥브라이드가 가족과 지내고 있다는 걸 계속 알았거든요. 줄리아가 제 소식을 전해줬으니까요! 남자들은 속임수에 소질이 없나 봐요. 거짓말 하나를 제대로 못하고 말이죠.

줄리아가 숨 막히게 아름다운 새 옷을 한 짐 가져왔어요. 그 중에는 낙원에 사는 선녀들이 입을 법한 무지개색 리버티사 크레프가 있었죠. 사실 올해에는 제 옷도 전례 없이(이런 말이 있기는 한가요?) 아름답다고 생각하고 있었어요. 저렴한 값에 옷을 만들어주는 재봉사의 도움을 받아 패터슨 부인의 옷장을 그대로 본떴는데, 진짜를 따라가지는 못하지만 저는 정말로 행복했어요. 그런데 그때 줄리아가 짐을 푼 거예요. 이제는 살아서 꼭

파리에 가봐야겠어요!

아저씨는 여자가 아니어서 기쁘지 않으신가요? 여자들이 옷을 두고 이 난리를 부리는 게 너무 멍청하다고 생각하시겠죠? 맞아요. 의심할 여지가 없죠. 하지만 이건 순전히 아저씨 탓이에요.

불필요한 치장을 경멸하고 합리적이고 실용주의적인 여성복을 선호하던 박식한 헤아 교수를 아시나요? 그 사람의 부인은 상대방을 배려할 줄 아는 성격이었던지라 '의복 개혁'에 동참했어요. 그랬더니 어떤 일이 일어났을까요? 교수가 합창단 여자랑 눈 맞아 달아났대요.

언제나 친애하는 주디가

추신.
우리 구역을 맡은 청소부가 파란색 깅엄체크무늬 앞치마를 두르고 있네요. 갈색 앞치마를 사다주고 그 파란색 앞치마는 호수 밑바닥에 가라앉혀버리려고요. 볼 때마다 기억이 되살아나면서 몸서리를 치거든요.

11월 17일

키다리 아저씨께,

작가로서의 앞길에 커다란 그림자가 드리워졌어요. 말씀드려야 할지 말지 고민이 되지만 조금이나마 위로받고 싶어서요. 제발 아무 말 없이 마음으로만요. 다음번에 답장을 보내실 때 이 일을 들먹여 제 상처를 들쑤시지 말아주세요.

지난 겨우내 저녁에, 그리고 여름에 멍청한 두 아이에게 라틴어를 가르치다가 틈만 나면 책을 썼어요. 개학하기 전에 글을 마치고 출판업자에게 보냈지요. 그분이 제 원고를 두 달 동안 가지고 계시기에 받아들일 거라고 확신했어요. 그런데 어제 아침에 소포가 속달로 왔고(착불 30센트) 출판업자가 제 원고를 돌려보내며 편지를 부친 것이었어요. 편지는 아주 친절하고 아빠가 쓴 듯 친근했지만, 솔직했어요! 주소를 보아하니 제가 아직 대학생인 것 같다면서, 조언을 받아들일 의향이 있다면 일단은 학교 공부에 온 신경을 집중하고 졸업한 후에 글을 쓰면 어떻겠냐고요. 서평도 동봉했어요. 이렇게요.

'줄거리에 개연성이 없음. 과장된 성격 묘사. 대화가 부자연스러움. 유머가 많이 깃들었지만 간혹 질이 떨어짐. 계속 노력하면 머지않아 책다운 책을 만들어낼 수 있을 것임.'

대체로 듣기 좋은 소리는 아니죠? 저는 제가 미국 문학계에 주목을 받으며 등장할 줄 알았어요, 정말로요. 졸업하기 전에 훌륭한 소설을 써서 아저씨를 놀라게 해드리고 싶었는데. 지난

크리스마스 때 줄리아네 집에 갔을 때 자료를 수집했어요. 하지만 편집자 말이 맞는 것 같아요. 위대한 도시의 양식과 관습을 관찰하기에 2주란 시간은 충분하지 않았나 봐요.

어제 오후에 원고를 가지고 나와서 거닐다가 가스 공장에 발걸음이 닿았는데, 안에 들어가서 기계공에게 용광로를 빌릴 수 있냐고 여쭤봤어요. 그분이 정중하게 문을 열어주었고, 저는 제 두 손으로 원고를 용광로로 던져 넣었어요. 제가 낳은 자식을 화장시키는 기분이었죠!

지난밤 잠자리에 들 때는 완전히 의기소침했어요. 저는 아무것도 될 수 없고, 아저씨가 헛돈 쓰신 거라는 생각이 들었어요. 그런데 무슨 일이 일어났게요? 오늘 아침에 일어나니 굉장한 줄거리가 새로 떠오르는 거예요. 지금까지 온종일 있는 대로 행복해 하면서 등장인물을 구상했어요. 아무도 저를 비관주의자라고 비난할 수 없다구요! 어느 날 제 남편이랑 열두 명의 자식이 지진에 파묻힌대도 저는 다음 날 아침 웃으며 벌떡 일어나 또 다른 이야기를 찾기 시작할 거예요.

애정을 담아,
주디가

12월 14일

키다리 아저씨께

간밤에 정말 웃긴 꿈을 꿨답니다. 서점에 들어갔는데 직원이 신간을 가져다줬어요. 제목은 '주디 애벗의 생애와 편지'였고요. 정말 선명하게 보였어요. 붉은 겉표지에 존 그리어의 집 사진이 씌워져 있고, 권두 삽화에 제 초상화가 실리고 그 밑에 '진심을 담아, 주디 애벗'이라는 글귀가 쓰여 있었어요. 그런데 맨 끝으로 넘겨 제 묘비명을 읽으려고 하는 순간 깨어났지요. 정말 짜증났어요! 제가 누구랑 결혼하고 언제 죽는지를 알아낼 수 있었는데.

자기 생애를 글로 읽을 수 있다면, 그것도 전지전능한 작가가 아주 진실되게 썼다면 정말 재미있을 것 같지 않으세요? 그런데 이 글을 읽기 위한 조건이 있는 거예요. 한 번 읽으면 절대 잊을 수 없어서 내가 한 모든 행동의 결과를 정확히 내다볼 수 있고, 내가 죽는 때를 정확히 알고서 평생 살아야 하는 거죠. 그렇다면 이 글을 읽을 배짱이 있는 사람이 몇 명이나 될까요? 읽고 싶은 호기심을 잘 참아, 희망도 없고 놀라울 일도 없이 살아야 하는 대가를 치르지 않아도 될 사람은 몇 명이나 될까요?

아무리 좋아봐야 삶은 단조로워요. 때 맞춰 먹고 자야 하잖아요. 그런데 밥 때 사이사이에 늘 뻔한 일만 일어난다면 얼마나 끔찍하게 단조로운 삶이 되겠어요. 세상에나! 아저씨, 잉크가 번졌네요. 하지만 세 장째 쓰고 있으니 편지지를 갈 수는 없어요.

올해에도 생물학을 들으려고 해요. 아주 흥미로운 과목이죠. 지금은 소화기 계통을 공부하고 있어요. 고양이의 십이지장 횡단면을 현미경에 대고 보면 얼마나 귀여운지 몰라요.

철학도 배우고 있답니다. 흥미롭지만 덧없는 과목이죠. 저는 물체를 판에 고정시켜 놓고 의논할 수 있는 생물학이 더 좋아요. 또 잉크가 번졌네요. 또 번졌네! 제 펜이 방대한 눈물을 흘리고 있어요. 눈물이 많아도 이해해주세요.

아저씨는 자유의지를 믿으시나요? 저는 믿어요. 아주 전적으로. 내가 지금 하는 모든 행동이 과거의 원인이 총체를 이루어 생겨나는 절대적으로 불가피하고 당연한 결과라고 주장하는 철학자들의 생각에 결코 동의할 수 없어요. 제가 들어본 것 중에 가장 비도덕적인 학설이죠. 어떤 일이든 누구의 탓을 할 수는 없어요. 운명론을 믿는 사람은 그저 앉아서 이런 말이나 하겠죠. "주의 뜻대로 이루어지이다." 그렇게 계속 앉아 있다 쓰러져 죽어버릴 거고요.

저는 제게 자유의지가 있고 성취할 수 있는 힘이 있다고 전적으로 믿어요. 이게 바로 산도 옮길 만한 믿음이죠. 제가 위대한 작가가 되는 걸 지켜보세요! 새로 시작한 책은 네 챕터를 탈고했고 다섯 챕터 초고까지 썼어요.

이번에는 아주 난해한 내용이죠. 머리가 아픈가요, 아저씨? 이쯤 멈추고 퍼지를 만들어 먹을까 해요. 아저씨께도 한 조각

보내드릴 수 있으면 좋을 텐데요. 저희는 진짜 크림이랑 버터 세 조각을 넣고 만들 예정이기 때문에 맛이 기가 막힐 거예요.

애정을 담아,

주디가

추신.

체육 시간에 멋진 춤을 배우고 있답니다. 저희가 얼마나 진짜 무용수 같은지 밑에 그림으로 한 번 보세요. 끝에서 우아하게 피루엣을 돌고 있는 애가 저랍니다. 그러니까 저 말이에요.

12월 26일

사랑하는 아저씨께,

어떻게 이러세요? 여자아이한테 크리스마스 선물을 열일곱 개나 줘서는 안 된다는 걸 모르시나요? 저는 사회주의자라는 걸 기억해주세요. 저를 금권정치가로 바꿔놓고 싶으신 거예요?

아저씨랑 제가 다투기라도 하면 얼마나 황당할지 생각해보세요! 제가 마차를 동원해서 선물을 돌려드려야 할 거 아니에요.

아저씨께 보내드린 넥타이가 너무 촘촘하지 못해서 죄송해요. 제가 직접 떴답니다(안쪽을 보면 확실히 아실 수 있을 거예요). 날이 추울 때 이걸 꼭 매시고 외투 단추도 단단히 잠그셔야 해요.

아저씨, 천 번이고 감사해요. 아저씨는 세상에서 가장 다정한 분일 거예요(가장 바보 같기도 하고요)!

주디가

맥브라이드 캠핑장에서 가져온 네잎클로버랍니다. 아저씨에게 새해 복을 가져다줄 거예요.

1월 9일

아저씨, 영원한 구제를 보장하는 일이 있다면 하시겠어요? 여기에 지독하게도 궁핍한 가족이 있습니다. 부부가 있고 둘에게는 애가 버젓이 넷이나 있지요. 다 큰 아들도 두 명 있는데 그들은 큰돈을 벌겠다며 큰 세상으로 가 사라져놓고 부모에게 돈을 조금도 보내지 않아요. 부친은 유리 공장에서 일하다가 병을 얻었어요. 유리 공장은 정말이지 건강에 해로운 곳이니까요. 그래서 지금은 병원에 있답니다. 병간호 때문에 저축한 돈을 다 썼고, 스물네 살인 맏딸이 가장이 되었어요. 하루에 1달러 50센트를 받으면서 옷을 만들고(그나마 일이 없는 날도 있어요) 저녁에는 식탁보에 자수를 놓아요. 모친은 그리 강인하지 못하고 극도로 무능한데 신앙심만 강해요. 딸이 과로와 책임감, 걱정에 죽어나는 동안 모친은 두 손을 포개고 앉아 있어요. 그저 한없이 체념한 모습이죠. 딸은 남은 겨울을 어떻게 버틸지 모르겠대요. 제가 생각해도 모르겠어요. 백 달러가 있으면 석탄을 조금 사고, 나머지 세 명이 학교에 갈 수 있게 신발을 사고도 조금 여유가 있어서 며칠 일이 없어도 걱정에 잠 못 이룰 일은 없을 거예요.

아저씨는 제가 아는 사람 중에서 가장 돈이 많잖아요. 백 달러만 내어주실 수 없을까요? 저 여자아이는 예전의 저보다 훨씬 더 도움이 필요해요. 부탁을 드리는 건 그 애를 위해서예요. 그 엄마라는 사람한테는 무슨 일이 일어나든 신경 쓰지 않아요. 의지라고는 없는 인간이니까요.

사람들이 아닌 걸 너무 잘 알면서도 하늘에 대고 눈을 굴리며 "아마 다 잘되겠지요." 하고 말하는 걸 보면 화가 치밀어요. 겸손, 체념, 무슨 이름이든 가져다 붙일 수 있겠지만 이건 무력한 타성에 지나지 않아요. 저는 조금 더 전투적인 종교를 지지하겠어요!

내일 철학 시간에 너무나 끔찍한 수업을 들을 예정이에요. 쇼펜하우어(반계몽주의 독일 철학자) 말이죠. 교수님은 우리가 다른 과목을 수강한다는 생각은 못하시나 봐요. 늙다리 괴짜 오리 같아요. 공상에 잠겨 돌아다니면서 어쩌다 발밑 현실을 마주할 때면 멍하니 눈만 끔벅여요. 가끔 유머로 분위기를 가볍게 하려고 하셔서 저희도 최선을 다해 미소 지으려고 하지만 그분이 하는 농담은 웃기지가 않아요. 수업 사이사이에 시간이 날 때마다 물질이 실제로 존재하는가 아니면 생각 속에서만 존재하는가를 생각하세요.

제가 말씀드린 삯바느질 하는 친구는 물질이 존재한다는 사실을 전혀 의심하지 않을 텐데요!

제 소설이 어디에 있게요? 쓰레기통에 있어요. 아무짝에도 쓸모없는 소설이라는 게 훤히 보여요. 작품에 애정이 있는 작가가 봐도 이런데 비판적인 대중은 어떻게 생각하겠어요?

얼마 후

아저씨, 저는 지금 병상에 누워 편지를 쓰고 있답니다. 편도선이 부어서 이틀 동안 꼼짝도 못했어요. 따뜻한 우유만 겨우 삼킬 수 있답니다. 의사 선생님이 궁금해 하셨어요. "주디 양의 부모님은 주디 양이 어렸을 때 편도선을 제거해줄 생각은 않고 뭐 하셨대요?" 저도 모르지만, 제 부모님이 제 생각 자체를 많이 안 하셨을 것 같아요.

애벗 드림

다음 날 아침

편지를 봉하기 전에 다시 읽어봤어요. 제가 인생을 왜 그리 탁하게 봤는지 모르겠네요. 성급히 장담 드리건대 저는 젊고 행복하고 활기가 넘친답니다. 아저씨도 마찬가지일 거라고 믿어요. 젊음이란 생일을 맞은 횟수가 아니라 정신의 활기에 좌우되니까요. 그러니 머리가 하얗게 샜다고 해도 아저씨는 여전히 소년일 수 있답니다.

애정을 담아,

주디

1월 12일

자선사업가 분께

제가 말씀드린 가족에게 보내주신 수표가 어제 도착했습니다. 정말로 감사해요! 간단한 점심을 먹고 나서 바로 체육 수업도 빼먹고 수표를 가지고 갔는데, 아저씨도 그 여자아이의 표정을 보셨어야 해요! 어찌나 놀라면서 마음을 놓고 행복해하던지 회춘한 것처럼 보일 정도였다니까요. 중요한 건 그 애가 스물네 살밖에 안 됐다는 거예요. 가엾지 않은가요?

어쨌든 그 애는 이제 좋은 일이 전부 겹쳐서 일어나고 있다고 생각하네요. 앞으로 두 달 동안 일이 꾸준히 있을 거예요. 결혼을 앞둔 사람이 있어서 혼숫감을 만들어주기로 했다고요.

"하느님 아버지, 감사합니다!"

그 친구의 어머니가 제가 내민 작은 종잇조각이 백 달러라는 걸 깨닫고서 울부짖더라고요.

그래서 제가 대꾸했어요.

"하느님 아버지에게 감사할 일이 아니에요. 키다리 아저씨에게 감사해 하셔야죠."

(스미스 씨, 제가 누구 이름을 입에 올렸는지 보세요)

"하지만 그 사람이 마음을 먹게 만든 게 하느님 아버지이신 걸."

"전혀요! 제가 그렇게 만든 거예요."

어쨌든요 아저씨, 그 하느님 아버지가 분명히 아저씨에게 마땅히 보상을 해줄 거예요. 아저씨는 거뜬히 만 년은 지옥에 떨어지지 않을 수 있어요.

정말로 감사하는 마음을 담아,

주디 애벗 드림

2월 15일

황송합니다만, 폐하께 말씀 올리옵니다.

오늘 아침 소인은 차가운 칠면조 파이와 거위 고기로 식사했사옵고, 한 번도 마셔본 적 없는 차(중국 음료)를 한 잔 가져다 달라고 청했사옵니다.

긴장하지 마세요, 아저씨. 제가 정신 나간 게 아니니까요. 새 뮤얼 피프스(17세기 영국 해군 행정관이자 당시 시대 생활상을 저술한 활발한 일기 작가)를 인용하고 있는 것뿐이랍니다. 영국 역사와 연계하여 이 사람의 작품을 원문으로 읽고 있어요. 샐리와 줄리아, 저는 요즘 1660년대 언어로 대화한답니다. 들어보세요.

"채링 크로스에 건너가 해리슨 소령이 교수형에 처해진 뒤 끌려가 능지처참당하는 걸 봤다네. 그런 처지에 있는 것치고는 아주 기운차 보이더군."

그리고 이렇게도요.

"어제 남동생이 반점열로 죽어 상중인 우리 아가씨와 식사했지."

손님 접대를 시작하기에는 조금 이른 듯 하죠? 피프스의 한 친구가 아주 교활한 방법을 고안했대요. 왕이 오래되고 부패한 식량을 가난한 사람들에게 팔아서 그 돈으로 자기 빚을 갚는 거예요(여기에서 언급되는 왕은 찰스 2세로, 올리버 크롬웰의 공화정 체제 동안 궁핍하게 살던 그는 공화정이 끝나자 왕이 되어 귀환한다. 하지만 이전보다 왕의 권한이 훨씬 제한된 탓에 그의 지출은 고스란히 빚으로 남았다. 대전염병, 런던 대화재, 전쟁으로 왕실 재정이 약해진 데다, 사치가 심했던 찰스 2세는 엄청난 빚더미에 싸였다-옮긴이). 개혁가로서 어떻게 생각하시나요? 이런 걸 보면 요즘은 신문에서 떠드는 것만큼 나쁜 세상은 아닌 것 같아요.

새뮤얼은 여자보다 옷에 더 관심이 많았어요. 자기 아내보다

다섯 배 더 많은 돈을 의복에 지출했죠. 아무래도 이때가 남편들의 황금기였나 봐요. 가계부에서도 참 감동적인 항목이 아닌가요? 이 사람은 정말로 솔직했답니다. '금단추가 달린 내 고급 캠릿 망토가 오늘 집에 왔다. 값이 많이 나가는 옷이니 그 돈을 마련할 수 있기를 신에게 기도드릴 뿐이다.'

새뮤얼 피프스 얘기로만 편지를 채웠네요. 이 사람에 대해 특집총론을 쓰고 있거든요.

어떻게 생각하세요, 아저씨? 학교자치회가 열 시 취침 규칙을 없앴답니다. 원한다면 밤새도록 불을 켜고 있어도 좋아요. 다른 학생들을 방해하지만 않으면 되지요. 큰 판을 벌이고 놀아서는 안 된다는 뜻이에요. 규칙이 폐지된 결과로 인간 본성을 잘 들여다볼 수 있었답니다. 얼마든지 늦게까지 깨어 있을 수 있게 되니 이제는 오히려 일찍 잠들어요. 아홉 시가 되면 고개를 까닥대기 시작해서 아홉 시 반이 되면 손에 힘이 풀려 펜이 떨어지죠. 이제 아홉 시 반이네요. 안녕히 주무세요.

일요일

방금 교회에서 돌아왔어요. 조지아에서 온 목사님의 설교를 들었지요. 우리가 지성을 함양하겠답시고 감정이라는 본성을 희생하지 않도록 주의해야 한대요. 형편없고 무미건조한 설교였어요(피프스 글에서 따온 표현이에요). 미국, 캐나다 어느 지역에서 왔든, 어느 교파든지 간에 목사님들은 항상 같은 설교를 해요. 남자 대학교에 가서 남학생들한테, 너무 정신을 몰두하는 바람에 남자다운 본성을 뭉개서는 안 된다고 설교할 것이지 왜 우리 학교에는 오는지 모르겠어요.

아름다운 날이에요. 세상이 꽁꽁 얼었고 쾌청해요. 저녁식사가 끝나자마자 샐리랑 줄리아, 카티 킨, 엘레노어 프랫(아저씨는 모르시겠지만 제 친구들이에요)과 함께 짧은 치마를 입고 크리스탈 샘물 농장에 가서 튀긴 닭이랑 와플을 먹고, 크리스탈 샘물 아저씨에게 판자 마차에 우리를 태워 기숙사에 데려다달라고 하려고요. 일곱 시까지는 학교에 돌아와 있어야 하지만 오늘밤에는 특별히 허락을 받아 여덟 시까지 돌아올 참이에요.

작별 인사 아뢰옵니다.

이 편지에 이름을 남기게 되어 영광인,

폐하께 복종하고 폐하만을 충실히 모시는 하인,

J. 애벗 올림

3월 5일

후원인 님께

내일은 첫째 주 수요일입니다. 존 그리어 집에서는 고달픈 하루지요. 다섯 시가 되어 후원인이 머리를 쓰다듬어주고 떠나면, 이제 끝이라며 한숨 돌리겠지요! 아저씨는 (개인적으로) 제

머리를 쓰다듬어주신 적이 있나요? 그럴 것 같지는 않네요. 제 기억에는 뚱뚱한 후원인밖에 없거든요.

존 그리에의 집에 제 사랑을 전해주세요. 마음에서 우러나와 드리는 말씀이에요. 4년이 흐른 지금 흐릿한 기억으로 돌아봐서인지 이제는 그곳에 따뜻한 마음만 남았어요. 처음 대학교에 왔을 때는 다른 애들과는 달리 저만 평범한 유년시절을 빼앗긴 것 같아 분한 마음이 들었는데요. 이제는 조금도 그런 생각이 들지 않아요. 도리어 아주 특별한 모험이었다는 생각이 들지요. 이런 유년시절을 보낸 덕에 저는 비켜서서 삶을 바라볼 수 있게 되었어요. 이제 완전히 철이 들고 나니, 풍족한 환경에서 자란 사람들은 전혀 생각지도 못할 관점으로 세상을 바라보게 되었답니다.

자기가 행복한 줄 모르는 친구들(이를 테면 줄리아요)이 많아요. 행복한 감정에 너무 익숙해지다보니 감각이 둔해지다 못해 죽어버린 거죠. 하지만 저는요, 매 순간 제가 행복하다고 확신하며 살아요. 아무리 불쾌한 일이 일어나도 저는 계속 존재할 거예요. (이가 욱신거려도) 즐거운 경험쯤으로 치부하고 새로운 경험을 하게 되어 즐겁다고 생각할 거예요.

"어떤 하늘이 머리 위에 있어도, 어떤 운명도 기꺼이 좋아하리."

그렇지만요 아저씨, 제가 갑자기 존 그리에의 집에 애정을 표현했다고 해서 너무 말 그대로 받아들이시면 안 돼요. 저는 루

소처럼 자식 다섯 명을 소박하게 자라게 하겠답시고 고아원 계단에 놔두고 오지는 않을 거예요.

리펫 원장님에게 안부 전해주시고(이 표현은 진심이에요. 사랑을 전해달라고 하기에는 조금 심한 것 같고요), 제가 얼마나 아름다운 성품을 갖추게 되었는지도 잊지 말고 전해주세요.

애정을 담아, 주디

락 윌로우

4월 4일

아저씨께

우체국 소인을 확인하셨나요? 샐리와 제가 부활절 방학 동안 락 윌로우에 놀러와 여자아이 두 명이 있다는 느낌이 들게끔 이곳을 꾸미고 있어요. 열흘 동안 무엇을 해야 후회하지 않을까 생각했는데 조용한 곳에 오는 게 좋겠다 싶더라고요. 저희는 신경이 곤두서서 퍼거슨홀에서는 단 한 끼도 더 먹지 못할 지경에 이르렀거든요. 가뜩이나 피곤한데 여학생 사백 명이랑 한 공간에서 밥을 먹는 건 시련에 가깝답니다. 너무 시끄러워서 손을 동글게 말아 입가에 대고 소리치지 않으면 탁자 건너편에 있는 친구들이랑 대화를 할 수가 없어요. 진짜라니까요.

샐리랑 저는 요즘 언덕에 오르고, 독서를 하고, 글을 쓰면서 푹 쉬고 있어요. 오늘 아침에는 저비 도련님이랑 저녁을 해 먹었던 '하늘 언덕' 꼭대기까지 올라갔어요. 그게 거의 2년 전이라는 게 믿기지 않아요. 우리가 피운 불에 바위가 그을린 흔적이 아직도 보이더라고요. 어떤 장소가 누군가와 연결되어서 그곳에 돌아가면 반드시 그 사람이 생각나는 게 참 웃기죠. 그 사람이 없으니 참 외롭더라고요. 2분 동안이요.

제가 최근에 어떤 활동을 했을까요, 아저씨? 알고 나면 제가 구제불능이라고 생각하실 거예요. 저는 책을 쓰고 있답니다. 3주 전에 시작했는데 게 눈 감추듯 써내려가고 있어요. 비법을 알았어요. 저비 도련님이랑 그 편집자 말이 맞았어요. 잘 아는 주제로 글을 쓸 때 그 글이 가장 설득력 있는 거예요. 이번에는 제가 잘 아는, 속속들이 아는 것을 쓰고 있어요. 배경이 어디게요? 존 그리에의 집이에요! 좋은 글이 나오고 있어요, 아저씨. 정말로 그런 것 같아요. 매일 일어나는 아주 사소한 일을 다루거든요. 이제 저도 현실주의자예요. 낭만주의는 포기했고요. 모험 가득한 제 앞날이 다가올 때면 다시 낭만주의로 돌아가겠지만요.

이 새로운 작품은 제가 가만히 있어도 알아서 탈고될 거예요. 물론 책으로도 나올 거고요! 두고 보시라고요. 무언가를 간절히 원해서 계속 노력하면 결국에는 언게 되어 있답니다. 아저씨에게 답장을 받기 위해 4년 동안 노력했고, 아직도 희망을

버리지 않았어요.

이만 마칠게요, 아기는 아저씨.

('아기는 아저씨'라고 부르니 좋네요. 두운체잖아요)

애정을 담아, 주디

추신.

농장 소식을 전해드리는 걸 잊었네요. 그런데 좀 기운 빠지는 소식이니, 감정이 격해지고 싶지 않으시면 이 추신은 건너뛰세요.

가엾은 그로브가 죽었어요. 뭘 씹어 삼킬 수가 없어서 총으로 쏴 죽여야 했답니다.

지난주에 닭 아홉 마리가 홍역이나 스컹크, 쥐 때문에 죽었어요.

소 한 마리가 아파서 보니리그 포 코너스에서 수의사를 불러와야 했어요. 아마사이가 밤을 새며 아마인유(아마씨에서 짜낸 기름)와 위스키를 먹였지만 그 가엾은 소는 안타깝게도 아마인유 말고 아무것도 못 먹은 것 같아요.

'감상적인 토미(거북등껍질 고양이)'가 사라졌어요. 다들 토미가 덫에 걸린 건 아닌가 걱정하고 있어요.

이 세상에는 걱정거리가 참 많네요!

5월 17일

키다리 아저씨께

펜만 봐도 어깨가 지끈거려서 이번 편지는 많이 짧을 거예요. 낮에는 수업 필기에 저녁에는 불멸의 소설 쓰기까지 제 팔이 너무 많이 고생하고 있어요.

다음 주 수요일로부터 3주 후에 학위수여식이 있답니다. 아저씨가 와서 저랑 안면을 트셨으면 좋겠어요. 안 그러면 미워할 거예요! 줄리아는 가족인 저비 도련님을, 샐리는 가족인 지미 맥브라이드를 초대했지만, 저는 누굴 초대한단 말인가요? 아저씨랑 리펫 원장님뿐인데, 원장님을 부르고 싶지는 않아요. 제발 와주세요.

글을 많이 써서 경련이 왔지만 사랑을 담아,

주디가

락 윌로우

6월 19일

키다리 아저씨께

저는 이제 교육받은 사람이에요! 졸업장을 옷장 서랍 맨 밑 칸에 제가 가진 가장 좋은 옷 두 벌과 함께 두었어요. 수여식은 중요한 순간마다 꽃가루를 뿌리고, 별다를 게 없었어요. 장

미꽃봉오리를 보내주셔서 감사합니다. 예뻤어요. 저비 도련님과 지미도 장미를 줬어요. 하지만 그 두 사람이 준 건 욕조에 놔두고 아저씨가 준 것만 학년 행진에 가져갔어요.

저는 여름을 맞아 락 윌로우에 왔습니다. 아마 영영 이곳에 있을 수도 있고요. 지내는 데 돈이 많이 들지도 않고요, 주변이 조용해서 글 쓰며 살기에 좋아요. 치열하게 글 쓰는 작가가 뭘 더 바라겠어요? 저는 제 책에 미쳐 있답니다. 깨어 있는 매 순간 생각하고 밤에는 이 책이 나오는 꿈을 꿔요. 제게는 평화, 조용함, 글 쓸 시간만 있으면 된답니다(때마다 영양가 있는 식사도 하고요).

저비 도련님이 8월에 일주일 정도 올라온대요. 지미 맥브라이드는 여름에 한 번 들른다고 했고요. 지미는 지금 증권회사에 다니는데 전국을 다니면서 은행에 채권 파는 일을 한대요. 코너스에 있는 '농협'에 오는 길에 저한테도 들른다네요.

보시다시피 락 윌로우에서도 사교 생활이 완전히 단절되지는 않는답니다. 아저씨가 자동차를 타고 이곳에 와주시기를 기대하겠지만, 희망이 없다는 걸 이제는 알아요. 학위수여식에 안 오셨을 때 저는 아저씨를 가슴에서 뜯어내 영영 묻어버렸답니다.

문학사 주디 애벗 드림

7월 24일

사랑해 마지않는 키다리 아저씨께

일을 한다는 건 재미있지 않은가요, 아니 아저씨는 일을 안 해보셨으려나요? 이 세상에서 다른 무엇보다도 하고 싶은 걸 직업으로 삼으면 특히나 일이 재미있답니다. 이번 여름에 저는 펜촉이 닿는 대로 빠르게 글을 써내려가고 있고, 삶에서 유일한 불만은 머릿속에 떠오르는 아름답고, 귀중하고, 재미있는 생각을 전부 글로 옮길 만큼 하루가 길지 않다는 것뿐이에요.

책은 이미 한 번 수정을 마쳤고 내일 아침 일곱 시 반에 두 번째로 수정에 착수할 생각이에요. 아저씨가 읽은 것 중에 가장 사랑스러운 책이 될 거에요. 정말로요. 다른 생각은 나지도 않아요. 아침에 빨리 옷 입고, 밥 먹고, 글쓰기를 시작하고 싶어 안달이죠. 한번 쓰기 시작하면 너무 지쳐서 온 몸이 축 늘어질 때까지 내리 글만 쓴답니다. 그러고 나서 콜린(새로 온 쉽독)이랑 밖에 나가 뜰에서 뛰놀며 다음 날을 위한 아이디어를 새롭게 충전해요. 아저씨가 본 책 중에 가장 아름다운 책이 될 거예요. 아, 죄송해요. 아까 말했군요.

제가 자만한다고 생각하시는 건 아니죠, 네?

정말로 그런 건 아니고, 한창 열정적일 때라서 그런 것뿐이에요. 나중에 제가 비판적이고 냉담해져서 콧방귀나 뀔 수도 있겠지요. 아니, 절대 그럴 일은 없지만요! 이번에는 진짜 책을 쓰고 있어요. 완성될 때까지 기다리기만 하세요.

잠시 다른 이야기를 할게요. 아마사이와 캐리가 지난 5월에 결혼했다는 소식을 전해드렸던가요? 두 사람은 아직 이곳에서 일하는데, 제가 봤을 때는 결혼이 두 사람을 망쳐놓은 것 같아요. 캐리는 아마사이가 진흙을 밟고 다니거나 바닥에 재를 흘리며 다녀도 웃기만 하더니 이제는 어찌나 아마사이를 꾸중하는지! 더 이상 머리를 말고 다니지도 않아요. 아마사이도 원래는 기꺼이 깔개를 두드려 털고 땔감을 옮겨주더니 이제는 그런 걸 해달라고 하면 투덜거려요. 넥타이도 원래 주홍색이나 보라색을 맸는데 이제는 우중충하게 검정색이랑 갈색만 하고 다녀요. 저는 절대 결혼하지 않기로 마음먹었어요. 사람을 망치는 과정인 게 틀림없거든요.

전해드릴 농장 소식이 별로 없어요. 동물들 전부 건강 상태가 최상이에요. 돼지들은 보기 드물게 살이 올랐고요, 소들은 만족스러워 보이고, 암탉들은 알을 잘 낳아요. 아저씨는 조류에 관심이 있으신가요? 그렇다면 제가 아주 가치 있는 소일거리를 추천해드릴게요. '해마다 암탉 한 마리당 달걀 이백 알'. 저는 내년 봄부터 부화기를 돌려서 영계를 길러볼까 생각하고 있어요. 보시다시피 저는 락 윌로우에 아예 눌러앉았답니다. 앤서니 트롤럽의 어머니(프랜시스 트롤럽, 55세부터 76세까지 소설을 114편 썼다 - 옮긴이)처럼 소설을 114편 쓸 때까지 머무르기로 했어요. 그때쯤이면 인생의 역작을 완성했을 테고 그러면 은퇴하고 여행을 다닐 수 있겠죠.

지미 맥브라이드가 지난 일요일에 우리와 함께했어요. 저녁으로 튀긴 닭이랑 아이스크림을 먹었는데 둘 다 맛있나 보더라고요. 그 사람을 봐서 정말로 기뻤어요. 더 큰 세상이 존재한다는 게 잠시나마 다시 기억이 났거든요. 가엾은 지미는 채권을 팔러 다니느라 힘든 시간을 보내고 있대요. 채권 이자가 6퍼센트, 어떨 때는 7퍼센트까지 되기도 하지만 코너스에 있는 농협은 채권에 눈길도 안 주나 봐요. 제 생각에 지미는 고향 우스터에 돌아가서 아버지 공장에서 일하게 될 거예요. 금융가로 성공하기에는 너무 열린 마음에, 누구한테든 친절하고 비밀을 쉽게 털어놓거든요. 그래도 승승장구하는 작업복 공장의 관리자가 된다는 게 얼마나 솔깃해요, 그렇죠? 지금은 지미가 작업복 공장을 거들떠도 안 보지만 언젠가는 제 발로 찾아갈 거예요.

글을 쓰느라 경련이 온 사람이 쓴 것치고는 긴 편지라는 점을 높이 사주시길 바랄게요. 제가 사랑하는 거 아시죠, 아저씨. 전 정말로 행복해요. 주변에 온통 아름다운 풍경이 펼쳐져 있고 먹을 게 많고, 기둥 네 개 달린 편안한 침대에 백지 수백 장, 대용량 잉크까지 있으니, 이 세상에 더 바랄 게 뭐가 있겠어요?

언제나 그렇듯 아저씨의 주디가

추신.

우체부 아저씨가 소식을 더 가지고 왔네요. 저비 도련님이 금요
일에 와서 일주일 동안 있을 예정이래요. 생각만 해도 기분이
좋아요. 제 가엾은 책이 시달릴까 봐 걱정이 될 뿐이죠. 저비 도
련님은 절대 만만치가 않거든요.

8월 27일

키다리 아저씨께

아저씨가 어디 계신지 궁금하네요.

아저씨가 이 세상의 어느 부분에 계신지를 알 길이 없지만,
날씨가 지독할 때 뉴욕에 계시지는 않았으면 좋겠어요. 산꼭대
기에서 (그렇다고 스위스는 말고 더 가까운 데였으면 좋겠어요) 눈발
을 바라보며 제 생각을 하셨으면 좋겠어요. 제발 저를 생각해
주세요. 저는 너무 외롭고, 제 생각을 해주는 사람이 있으면 해
요. 아, 아저씨, 제가 아저씨를 알고 지낸다면 얼마나 좋을까요!
그러면 불행해도 서로 용기를 줄 수 있잖아요.

더 이상 락 윌로우를 견딜 수 없을 것 같아요. 다른 곳으로
갈까 봐요. 샐리가 겨울에 보스턴에서 복지 사업을 할 거래요.
제가 같이 가면 좋지 않을까요? 샐리와 원룸에서 함께 살아도
좋고요! 샐리가 복지 사업을 하는 동안 저는 글을 쓰고 저녁에
는 함께 있고요. 대화할 상대가 셈플 부부와 캐리, 아마사이밖

에 없는 곳에서는 저녁이 너무 길답니다. 제 의견을 아저씨가 반기지 않으시리라는 건 눈 감고도 알 수 있어요. 벌써 아저씨 비서 분이 보낸 편지가 눈에 훤히 보이거든요.

'제루샤 애벗 양에게,

아가씨, 스미스 씨께서는 아가씨가

락 윌로우에 남기를 바라십니다.

_엘머 H. 그릭스'

전 아저씨 비서가 싫어요. 엘머 H. 그릭스라는 이름을 가진 사람은 무조건 끔찍할 수밖에 없어요. 하지만 진짜로요. 저는 보스턴에 가야 해요. 여기에 있을 수는 없어요. 조만간 무슨 일이라도 일어나지 않으면 저는 너무 절망스러워서 곡식을 저장한 구덩이에 몸을 던지고 말 거예요.

이런! 하지만 날이 덥군요. 풀밭이 전부 타들어가고, 개울이 말라붙고, 길에 흙먼지가 날려요. 몇 주째 비가 오지 않거든요.

광견병에 걸린 사람이 쓴 편지처럼 보일 수도 있지만, 전혀 아니랍니다. 그저 가족을 원할 뿐이에요.

이만 마칠게요, 세상에서 가장 사랑하는 아저씨.

아저씨를 알고 지낸다면 얼마나 좋을까요.

주디

락 윌로우

9월 19일
아저씨께,

일이 생겨서 조언이 필요해요. 이 세상 다른 누구도 아닌, 아저씨의 조언이 필요해요. 제가 아저씨를 뵐 수는 없을까요? 글로 쓰기보다는 말로 하는 게 훨씬 더 쉬울 거예요. 비서 분이 편지를 열어볼까 걱정되기도 하고요.

주디

추신.
지금 매우 불행해요.

락 윌로우

10월 3일
키다리 아저씨께

직접 쓰신 쪽지가 오늘 아침에 왔답니다. 글씨체가 제법 비뚤배뚤하던걸요! 아프셨다니 마음이 안 좋아요. 진작 알았더라면 제 일로 귀찮게 해드리지 않는 건데. 네, 물론 말씀드릴게요. 하지만 글로 쓰기에는 좀 복잡하고, 아주 사적인 문제라서요. 이 편지는 가지고 계시지 말고 불태우셔야 해요.

얘기를 시작하기 전에, 여기 천 달러짜리 수표예요. 제가 아저씨께 수표를 보내다니 참 웃기죠? 돈이 어디서 났게요?

제 소설이 팔렸어요, 아저씨. 일곱 편으로 나눠서 연재될 거고, 책 한 권으로도 출간될 거예요! 제가 기뻐 날뛰리라 생각하시겠지만 그렇지 않답니다. 심드렁해요. 물론 아저씨께 돈을 갚을 수 있게 되어 기뻐요. 아직 이천 달러가 남았지만요. 연재될 때마다 고료가 들어와요. 돌려드릴 수 있어 행복하니까 이 돈을 받으니 마느니 씨름하지 마세요. 아저씨는 제게 돈 이상으로 훨씬 많은 것을 주셨고, 그 나머지는 제가 평생 감사하고 사랑하는 마음으로 갚아 나갈게요.

이제 그 이야기로 넘어갈게요. 제 의견은 신경쓰지 마시고 아저씨가 생각하기에 세상 이치에 가장 맞는 조언을 주세요.

제가 아저씨에게 아주 특별한 감정을 늘 느낀다는 거 아시죠. 아저씨는 제 가족 역할을 해주시잖아요. 하지만 제가 다른 남자에게 훨씬 더 특별한 감정을 느낀다고 해도 기분 상하지 않으실 거죠? 누구인지는 큰 어려움 없이 맞히실 수 있을 거예요. 아주 오랫동안 제 편지가 저비 도련님 얘기로 가득했잖아요.

그 사람이 어떤 사람인지, 그리고 우리 사이가 얼마나 가까운지를 아저씨에게 이해시켜드리고 싶어요. 우리는 항상 의견이 같아요. 제가 저비에게 맞추려고 제 생각을 꾸며내는 것 같기는 하지만요. 하지만 저비의 생각은 항상 옳아요. 저보다 14년이나 먼저 시작했으니 그래야죠. 그런데 또 어떻게 보면 키만 컸지, 옆에서 챙겨줘야 해요. 비가 오면 고무장화를 신어야 한다는 것도 모르니까요. 그 사람이랑 저는 웃기다고 생각하는 것도 항상 같은데, 그게 참 중요하잖아요. 유머감각이 상극인 사람과 있으면 끔찍하니까요. 그 간극을 어떻게 메우겠어요!

그리고 그 사람은… 아, 정말! 그 사람은 그냥 그 사람이에요. 그립고, 또 그립고, 사무치게 그리워요. 온 세상이 텅 비다 못해 마음이 아려요. 아름다운 달빛도 그 사람이 함께 볼 수 없으니 괜히 밉고요. 아저씨도 누군가를 사랑해보셨겠죠. 제 마음은 아저씨가 사랑을 해보셨다면 설명해드릴 필요도 없는 거고, 사랑을 안 해보셨다면 설명해드릴 수가 없는 거랍니다.

어쨌든 이게 제 감정이에요. 그런데 제가 청혼을 거절했어요.

이유는 말하지 않고요. 그냥 바보 같았던 거죠. 할 말을 떠올리지 못했어요. 이제 그 사람은 떠나버렸답니다. 제가 지미 맥브라이드와 결혼하기를 바란다고 생각하면서요. 전혀 그런 게 아닌데 말이에요. 저는 지미와 결혼한다는 생각을 해본 적도 없어요. 철이 덜 들었거든요. 하지만 저비 도련님과 저는 끔찍한 오해의 구렁텅이에 빠진 나머지 서로에게 상처를 주었답니다. 제가 저비를 돌려보낸 이유는 좋아하지 않아서가 아니라 너무 많이 좋아해서였어요. 저와 맺어진 걸 나중에 후회할까

봐요. 그걸 견딜 수 없었어요! 근본이 없는 사람이 그런 가문의 사람과 결혼하면 안 될 것 같았어요. 제가 고아원 출신이라고 말한 적도 없고, 나도 내가 누구인지를 모른다고 설명하기는 죽어도 싫었어요. 제가 끔찍한 가문 출신일 수도 있는 거잖아요. 그런데 그 사람은 자랑스러운 집안을 가졌고요. 물론 저도 자랑스러운 사람이지만요!

또 아저씨를 생각하지 않을 수가 없더라고요. 작가가 되라고 교육시켜주셨으니 제가 적어도 노력은 해야 하잖아요. 교육을 날름 받아놓고 제대로 쓸모를 발휘하지 않으면 안 되니까요. 하지만 이제 제가 돈을 갚을 수 있을 테니 조금이나마 빚을 갚았다는 생각이 들어요. 그뿐인가요, 제가 결혼을 하더라도 계속 작가 생활을 할 수 있을 거예요. 아내와 작가라는 직업은 두 가지를 동시에 해낼 수 있으니까요.

정말 골똘히 생각해봤어요. 물론 그 사람은 사회주의자인 데다 관습에 얽매이지 않는 가치관을 가졌으니, 다른 사람들처럼 프롤레타리아와 결혼하는 걸 개의치 않을지도 모르죠. 두 사람이 완벽히 들어맞고 또 함께 있을 때 행복하고 떨어져 있을 때 외롭다면, 이 세상 그 무엇도 둘 사이를 방해하게 놔둬서는 안 되고요. 정말로 그렇게 믿고 싶네요! 하지만 감정에 치우치지 않은 아저씨의 의견이 듣고 싶어요. 아저씨도 한 가문에 속해 계실 테니, 동정심에 치우친 인간적인 관점은 내려놓고 세상 사람들의 관점에서 이 문제를 봐주실 수 있잖아요. 이런 고민을

털어놓다니 저 참 용감하죠.

제가 가서 문제는 지미가 아니라 존 그리에의 집이라고 고백
한다면, 끔찍한 짓인 걸까요? 그렇게 하려면 용기를 많이 내야
할 텐데요. 남은 평생 동안 비참하게 사는 편이 나을지도 몰라
요.

거의 두 달 전 일이랍니다. 지난번에 왔다 간 후로 소식을 전
혀 듣지 못했어요. 이제 마음이 찢어지는 듯한 느낌에 좀 익숙
해졌다 싶을 때 하필이면 줄리아의 편지를 받고 다시 마음이
온통 일렁이기 시작했어요. 줄리아가 순전히 지나가는 말로,
'저비 삼촌'이 캐나다에서 사냥하러 다니다가 밤새 폭풍우에 갇
힌 바람에 그 후로 폐렴에 걸려 앓아누웠다고 하는 거예요. 제
가 알았을 리가 있나요. 그 사람이 아무 말도 없이 쓱 사라져
버렸으니 상처받았을 뿐이죠. 그 사람 지금 슬프겠죠, 제가 슬
픈 건 잘 알고 있고요!

아저씨는 제가 어떻게 해야 한다고 생각하세요?

주디가

230

10월 6일

사랑해 마지않는 키다리 아저씨께

네, 가고말고요. 다음 주 수요일 오후 네 시 반이요. 물론 길은 잘 찾아갈 수 있답니다. 뉴욕에 세 번이나 가봤고 제가 아기도 아닌걸요. 곧 정말로 아저씨를 보게 된다니 믿을 수 없어요. 너무 오래도록 아저씨를 머릿속으로만 그려서인지 아저씨가 살이 있고 피가 흐르는 인간일 것 같지가 않아요.

몸이 좋지 않은데 신경써서 저를 만나주시다니 아저씨는 말로 다할 수 없이 좋은 분이세요. 몸조리 잘 하시고 감기 조심하세요. 이번에 가을비가 내려서 무척 습하답니다.

애정을 담아, 주디가

추신.

방금 끔찍한 게 생각이 났는데요. 아저씨 댁에 집사가 있나요? 저는 집사를 무서워해서, 혹시 집사가 문을 열어주면 제가 계단 위에서 실신할지도 몰라요. 제가 뭐라고 해야 하는 거죠? 아저씨가 이름을 알려주지 않으셨잖아요. 스미스 씨를 찾아왔다고 말하면 될까요?

목요일 아침

세상에서 가장 사랑하는 나의 키다리 아저씨

저비 도련님 스미스 펜들턴에게,

지난밤 잘 잤나요? 나는 못 잤어요. 한숨도. 너무 놀라고, 신나고, 당황스럽고 행복해서요. 앞으로 잠들 수나 있을는지 모르겠어요. 밥을 먹을 수는 있을까요. 하지만 당신은 잘 잤기를 바라요. 잘 잤어야 하는 거 알죠. 그래야 빨리 나아서 나한테 올 수 있으니까.

내 사람, 그동안 얼마나 아팠던 건지 생각도 하기 싫어요. 당신이 아파 하는 동안 내내 나는 모르고 있었다니. 어제 의사가 내려와서 나를 택시에 태우면서 하는 말이, 사흘 동안은 당신이 가망이 없다고 생각했대요. 아, 그런 일이 일어났다면 내게 이 세상의 빛이 다 꺼졌을 거예요. 언젠가 먼 훗날, 우리 중 한 명이 먼저 서로의 곁을 떠나겠죠. 하지만 그때는 적어도 함께 행복을 누렸으니 지니고 살아갈 기억이라도 있을 것 아니에요.

당신에게 힘이 되려고 했는데, 도리어 힘을 내야 할 사람은 나네요. 이렇게 행복해도 되나 싶을 정도로 행복하지만 정신이 날카로워지기도 했거든요. 당신한테 무슨 일이라도 일어날 수 있다는 두려움이 내 마음에 그림자처럼 드리웠죠. 전에는 언제든 까불거리고 걱정이나 고민 없이 지낼 수 있었어요. 잃을까 봐 걱정되는 소중한 게 없었으니까. 하지만 이제는 남은 평생

'대단히 커다란 걱정거리'가 늘 있겠네요. 나랑 떨어져 있을 때면 자동차가 당신을 치고 가지는 않을까, 간판이 당신 머리 위로 떨어지지는 않을까, 꿈틀거리는 지독한 세균을 당신이 삼키지는 않을까 걱정이 될 테니까요. 이제 마음이 편안한 시절은 영영 끝났어요. 뭐, 어차피 나는 단조로운 평화를 그리 좋아하지도 않았지만.

제발 빨리, 하루 빨리 나아야 해요. 내 곁에 두고 만져보고 진짜 사람이 맞는지 확인하고 싶단 말이에요. 함께 있던 30분이 어쩌나 짧던지! 내가 꿈을 꾼 거면 어쩌나 걱정이 돼요. 내가 당신과 한 가문이었다면(아주 먼 십촌 정도) 매일 가서 큰 소리로 책도 읽어주고, 베개도 빵빵하게 정리해주고, 당신 이마에 생긴 그 조그만 주름살 두 개도 펴주고, 입꼬리를 올려 멋지고 활기찬 미소를 짓게 해줄 텐데. 하지만 다시 기운을 찾았죠? 어제 내가 떠나기 전에는 그랬잖아요. 의사가 그러는데 당신이 10년은 젊어 보인다면서 내가 간호사가 되면 일을 잘할 거래요. 사랑에 빠진다고 해서 누구나 10년이나 젊어 보이면 안 되는데 큰일이네요. 내 사랑, 내가 열한 살이 되어도 계속 나를 좋아할 거죠?

어제는 정말이지 최고로 멋진 날이었어요. 내가 아흔아홉 살까지 산다고 해도 어제 일은 아주 작은 것까지 기억할 거예요. 밤에 락 윌로우에 돌아온 여자는 그날 새벽에 락 윌로우를 떠났던 여자와는 아주 다른 사람이 되어 있었답니다. 셈플 부인이 새벽 네 시 반에 나를 불렀어요. 아직 캄캄한데도 잠이 확 깨면서 맨 먼저 이런 생각이 퍼뜩 들었죠. '키다리 아저씨 보러 간다!' 부엌에서 촛불에 의지해 아침밥을 먹고, 눈부시게 아름다운 시월의 빛깔을 뚫고서 8킬로미터를 달려 역에 갔어요. 가는 길에 해가 떠올랐고, 그 빛을 받아 꽃단풍이랑 층층나무가 선홍빛과 주홍빛으로 빛나고 돌벽과 옥수수밭은 새하얀 서리로 반짝였어요. 공기는 청량하고 날카로우면서도 희망으로 가득했고요. 무슨 일이든 일어나리라는 건 알고 있었어요. 기차를 타고 가는 길 내내 철로가 노래를 부르던걸요.

"키다리 아저씨 보러 간다."

그 소리를 들으니 안정감이 느껴졌어요. 아저씨는 상황을 바로잡을 수 있다고 굳게 믿었거든요. 그리고 또 한 사람이, 내가 아저씨보다 더 아끼는 한 사람이 어딘가에서 나를 보고 싶어 하리라는 걸 알았고, 어찌된 일인지 이 여정이 끝나기 전에 그 사람을 만나게 되리라는 기분이 들었지요. 그리고 봐요!

도착했을 때 매디슨가에 있는 참 커다란 갈색 집이 어쩌나 무시무시한지 함부로 들어가지 못하겠더라고요. 그래서 주변을 한 바퀴 돌면서 용기를 끌어 모았지요. 하지만 조금도 두려워할 필요가 없었어요. 집사 분이 정말로 아버지 같이 좋은 분이셔서 뵙자마자 편안해졌거든요.

"애벗 양이신가요?"

"네."

보다시피 내가 걱정했던 것처럼 스미스 씨를 찾을 필요도 없었고요. 응접실에서 기다리라고 해서서 기다리는데, 아주 어둡고 웅장한 게 남자 방답더라고요. 나는 천을 씌운 커다란 의자 끄트머리에 앉아 계속 중얼거렸어요.

"이제 키다리 아저씨를 본다! 이제 키다리 아저씨를 본다고!"

그때 마침 집사 분이 돌아와서 서재로 올라오시라고 내게 말했죠. 어찌나 흥분했는지 정말로 발길이 떨어지지 않더라고요. 문 밖에서 집사 분이 나를 보고 속삭였어요.

"애벗 양, 주인님이 매우 편찮으십니다. 몸을 일으켜 앉으신 것도 처음이고요. 너무 오래 머무르시지 않을 거죠?"

집사 분이 당신을 얼마나 사랑하는지 느껴지더라고요. 참 사랑스러운 분이죠!

그분이 노크를 했어요.

"애벗 양이 오셨습니다."

방으로 들어갔더니 뒤에서 문이 닫혔죠.

조명이 밝은 복도에 있다가 너무 어두운 방에 들어간 탓인지 순간 뭘 알아보기가 힘들더라고요. 이내 난로 앞에 놓인 커다랗고 편안한 의자와 빛나는 티테이블, 그 옆에 놓인 더 작은 의자가 눈에 들어왔어요. 한 남자가 커다란 의자에 쿠션을 여러 개 받쳐 놓고 무릎에 담요를 덮고 앉았다는 걸 알아봤죠. 내가 차마 말리기도 전에 그 사람이 몸을 좀 떨면서 일어나더니 의자 뒤쪽에 기대어 몸을 가누고는 한마디도 없이 나를 바라봤어

요. 그런데, 그런데 그게 당신인 거 있죠! 눈으로 보면서도 상황을 이해할 수 없었어요. 아저씨가 나를 놀래려고 당신을 초대하신 줄 알았죠.

그런데 당신이 웃더니 손을 내미는 거예요.

"주디 양, 내가 키다리 아저씨라는 생각은 전혀 못했어요?"

순식간에 모든 게 주마등처럼 스쳐 지나갔어요. 아, 내가 바보였구나! 조금이라도 기지가 있다면 알아챌 수 있는 사소한 것들이 널려 있었는데. 나는 탐정을 하기에는 좋은 재목이 아닌 것 같아요, 그렇죠 아저씨? 아니, 저비? 이제 당신을 뭐라고 불러야 할까요? 그냥 저비는 버릇없어 보이잖아요. 내가 당신한테 버릇없이 굴 수는 없지요!

의사가 와서 나를 돌려보내기 전까지 너무나 달콤한 30분이었어요. 기차역에 갔을 때 어찌나 얼떨떨한지 세인트루이스행 열차를 탈 뻔했지요. 당신도 꽤나 얼떨떨해 하던데요. 나한테 차 한 잔이라도 대접하는 걸 잊었잖아요. 어쨌든 우리 둘 다 너무, 너무나 행복한 거 맞죠? 락 윌로우에 마차를 타고 돌아왔을 때 날이 캄캄했는데 아, 별이 어찌나 빛나던지! 오늘 아침에는 콜린을 데리고 나가서 당신이랑 함께 갔던 곳을 전부 돌면서 당신이 했던 말, 그때 당신의 모습을 떠올렸지요. 오늘 숲은 광 낸 청동빛이고 공기는 서리로 가득하네요. 산에 오르기 딱 좋은 날씨죠. 당신이 와서 함께 산에 오를 수 있었으면 좋겠어요. 사무치게 그립군요, 저비 당신이. 그래도 행복한 그리움이죠.

곧 함께할 테니까. 이제 우리는 만들어낸 게 아닌, 진정으로 서로에게 속한 사이가 되었네요. 내가 드디어 누군가에게 속했다는 게 이상해 보이지 않나요? 정말, 정말로 달콤한 느낌이기는 하군요.

단 한순간도 당신이 후회하게 두지 않을 거예요.

앞으로 언제나 당신의 주디가

추신.

연애편지는 처음 써봐요. 쓰는 법을 알고 있다니 웃기지 않나요?

DADDY-LONG-LEGS

by JEAN WEBSTER

Blue Wednesday

The first Wednesday in every month was a Perfectly Awful Day–a day to be awaited with dread, endured with courage and forgotten with haste. Every floor must be spotless, every chair dustless, and every bed without a wrinkle. Ninety-seven squirming little orphans must be scrubbed and combed and buttoned into freshly starched ginghams; and all ninety-seven reminded of their manners, and told to say, "Yes, sir," "No, sir," whenever a Trustee spoke.

It was a distressing time; and poor Jerusha Abbott, being the oldest orphan, had to bear the brunt of it. But this particular first Wednesday, like its predecessors, finally dragged itself to a close. Jerusha escaped from the pantry where she had been making sandwiches for the asylum's guests, and turned upstairs to accomplish her regular work. Her special care was room F, where eleven little tots, from four to seven, occupied eleven little cots set in a row. Jerusha assembled her charges, straightened their rumpled frocks, wiped their noses, and started them in an orderly and willing line towards the dining-room to engage themselves for a blessed half hour with bread and milk and prune pudding.

Then she dropped down on the window seat and leaned throbbing temples against the cool glass. She had been on her feet since five that morning, doing everybody's bidding, scolded and hurried by a nervous matron. Mrs. Lippett, behind the scenes, did not always maintain that calm and pompous dignity with which she faced an audience of Trustees and lady visitors. Jerusha gazed out across a broad stretch of frozen lawn, beyond the tall iron paling that marked the confines of the asylum, down undulating ridges sprinkled with country estates, to the spires of the village rising from the midst of bare trees.

The day was ended-quite successfully, so far as she knew. The Trustees and the visiting committee had made their rounds, and read their reports, and drunk their tea, and now were hurrying home to their own cheerful firesides, to forget their bothersome little charges for another month. Jerusha leaned forward watching with curiosity-and a touch of wistfulness-the stream of carriages and automobiles that rolled out of the asylum gates. In imagination she followed first one equipage, then another, to the big houses dotted along the hillside. She pictured herself in a fur coat and a velvet hat trimmed with feathers leaning back in the seat and nonchalantly murmuring "Home" to the driver. But on the door-sill of her home the picture grew blurred.

Jerusha had an imagination-an imagination, Mrs. Lippett told her, that would get her into trouble if she didn't take care-but keen as it was, it could not carry her beyond the front porch of the houses she would enter. Poor, eager, adventurous little Jerusha, in all her seventeen years, had never stepped inside an ordinary house; she could not picture the daily routine of those other human beings who carried on their lives undiscommoded by orphans.

Je-ru-sha Ab-bott
You are wan-ted
In the of-fice,
And I think you'd

Better hurry up!

Tommy Dillon, who had joined the choir, came singing up the stairs and down the corridor, his chant growing louder as he approached room F. Jerusha wrenched herself from the window and refaced the troubles of life.

"Who wants me?" she cut into Tommy's chant with a note of sharp anxiety.

Mrs. Lippett in the office,
And I think she's mad.
Ah-a-men!

Tommy piously intoned, but his accent was not entirely malicious. Even the most hardened little orphan felt sympathy for an erring sister who was summoned to the office to face an annoyed matron; and Tommy liked Jerusha even if she did sometimes jerk him by the arm and nearly scrub his nose off.

Jerusha went without comment, but with two parallel lines on her brow. What could have gone wrong, she wondered. Were the sandwiches not thin enough? Were there shells in the nut cakes? Had a lady visitor seen the hole in Susie Hawthorn's stocking? Had-O horrors!-one of the cherubic little babes in her own room F 'sauced' a Trustee?

The long lower hall had not been lighted, and as she came downstairs, a last Trustee stood, on the point of departure, in the open door that led to the porte-cochere. Jerusha caught only a fleeting impression of the man-and the impression

consisted entirely of tallness. He was waving his arm towards
an automobile waiting in the curved drive. As it sprang into
motion and approached, head on for an instant, the glaring
headlights threw his shadow sharply against the wall inside.
The shadow pictured grotesquely elongated legs and arms that
ran along the floor and up the wall of the corridor. It looked,
for all the world, like a huge, wavering daddy-long-legs.

Jerusha's anxious frown gave place to quick laughter. She
was by nature a sunny soul, and had always snatched the
tiniest excuse to be amused. If one could derive any sort of
entertainment out of the oppressive fact of a Trustee, it was
something unexpected to the good. She advanced to the office
quite cheered by the tiny episode, and presented a smiling
face to Mrs. Lippett. To her surprise the matron was also,
if not exactly smiling, at least appreciably affable; she wore
an expression almost as pleasant as the one she donned for
visitors.

"Sit down, Jerusha, I have something to say to you." Jerusha
dropped into the nearest chair and waited with a touch of
breathlessness. An automobile flashed past the window; Mrs.
Lippett glanced after it.

"Did you notice the gentleman who has just gone?"

"I saw his back."

"He is one of our most affluential Trustees, and has given
large sums of money towards the asylum's support. I am not at
liberty to mention his name; he expressly stipulated that he was
to remain unknown."

Jerusha's eyes widened slightly; she was not accustomed to

being summoned to the office to discuss the eccentricities of Trustees with the matron.

"This gentleman has taken an interest in several of our boys. You remember Charles Benton and Henry Freize? They were both sent through college by Mr.-er-this Trustee, and both have repaid with hard work and success the money that was so generously expended. Other payment the gentleman does not wish. Heretofore his philanthropies have been directed solely towards the boys; I have never been able to interest him in the slightest degree in any of the girls in the institution, no matter how deserving. He does not, I may tell you, care for girls."

"No, ma'am," Jerusha murmured, since some reply seemed to be expected at this point.

"To-day at the regular meeting, the question of your future was brought up."

Mrs. Lippett allowed a moment of silence to fall, then resumed in a slow, placid manner extremely trying to her hearer's suddenly tightened nerves.

"Usually, as you know, the children are not kept after they are sixteen, but an exception was made in your case. You had finished our school at fourteen, and having done so well in your studies-not always, I must say, in your conduct-it was determined to let you go on in the village high school. Now you are finishing that, and of course the asylum cannot be responsible any longer for your support. As it is, you have had two years more than most."

Mrs. Lippett overlooked the fact that Jerusha had worked hard for her board during those two years, that the convenience of the asylum had come first and her education second; that on days like the present she was kept at home to scrub.

"As I say, the question of your future was brought up and your record was discussed-thoroughly discussed."

Mrs. Lippett brought accusing eyes to bear upon the prisoner in the dock, and the prisoner looked guilty because it seemed to be expected-not because she could remember any strikingly black pages in her record.

"Of course the usual disposition of one in your place would be to put you in a position where you could begin to work, but you have done well in school in certain branches; it seems that your work in English has even been brilliant. Miss Pritchard, who is on our visiting committee, is also on the school board; she has been talking with your rhetoric teacher, and made a speech in your favour. She also read aloud an essay that you had written entitled, 'Blue Wednesday'."

Jerusha's guilty expression this time was not assumed.

"It seemed to me that you showed little gratitude in holding up to ridicule the institution that has done so much for you. Had you not managed to be funny I doubt if you would have been forgiven. But fortunately for you, Mr.?, that is, the gentleman who has just gone-appears to have an immoderate sense of humour. On the strength of that impertinent paper, he has offered to send you to college."

"To college?" Jerusha's eyes grew big. Mrs. Lippett nodded.

"He waited to discuss the terms with me. They are unusual. The gentleman, I may say, is erratic. He believes that you have originality, and he is planning to educate you to become a writer."

"A writer?" Jerusha's mind was numbed. She could only repeat Mrs.

Lippett's words.

"That is his wish. Whether anything will come of it, the future will show. He is giving you a very liberal allowance, almost, for a girl who has never had any experience in taking care of money, too liberal. But he planned the matter in detail, and I did not feel free to make any suggestions. You are to remain here through the summer, and Miss Pritchard has kindly offered to superintend your outfit. Your board and tuition will be paid directly to the college, and you will receive in addition during the four years you are there, an allowance of thirty-five dollars a month. This will enable you to enter on the same standing as the other students. The money will be sent to you by the gentleman's private secretary once a month, and in return, you will write a letter of acknowledgment once a month. That is-you are not to thank him for the money; he doesn't care to have that mentioned, but you are to write a letter telling of the progress in your studies and the details of your daily life. Just such a letter as you would write to your parents if they were living.

"These letters will be addressed to Mr. John Smith and will be sent in care of the secretary. The gentleman's name is not John Smith, but he prefers to remain unknown. To you he will never be anything but John Smith. His reason in requiring the letters is that he thinks nothing so fosters facility in literary expression as letter-writing. Since you have no family with whom to correspond, he desires you to write in this way; also, he wishes to keep track of your progress. He will never answer your letters, nor in the slightest particular take any notice of them. He detests letter-writing and does not wish you to become a burden. If any point should ever arise where an answer would seem to be imperative-such as in the event of your being expelled, which I trust will not occur-you may correspond with Mr. Griggs, his secretary. These monthly letters are absolutely obligatory on your part; they are the only payment that Mr. Smith requires, so you must be as punctilious in sending them as though it were a bill that you were paying. I hope that they will always be respectful in tone and will reflect credit on your training. You must remember that you are writing to a Trustee of the John Grier Home."

Jerusha's eyes longingly sought the door. Her head was in a whirl of excitement, and she wished only to escape from Mrs. Lippett's platitudes and think. She rose and took a tentative step backwards. Mrs. Lippett detained her with a gesture; it was an oratorical opportunity not to be slighted.

"I trust that you are properly grateful for this very rare good fortune that has befallen you? Not many girls in your position ever have such an opportunity to rise in the world. You must always remember?."

"I-yes, ma'am, thank you. I think, if that's all, I must go and sew a patch on Freddie Perkins's trousers."

The door closed behind her, and Mrs. Lippett watched it with dropped jaw, her peroration in mid-air.

The Letters of
Miss Jerusha Abbott
to Mr. Daddy-Long-Legs Smith

24th September
Dear Kind-Trustee-Who-Sends-Orphans-to-College,

Here I am! I travelled yesterday for four hours in a train. It's a funny sensation, isn't it? I never rode in one before.

College is the biggest, most bewildering place—I get lost whenever I leave my room. I will write you a description later when I'm feeling less muddled; also I will tell you about my lessons. Classes don't begin until Monday morning, and this is Saturday night. But I wanted to write a letter first just to get acquainted.

It seems queer to be writing letters to somebody you don't know. It seems queer for me to be writing letters at all—I've never written more than three or four in my life, so please overlook it if these are not a model kind.

Before leaving yesterday morning, Mrs. Lippett and I had a very serious talk. She told me how to behave all the rest of my life, and especially how to behave towards the kind gentleman who is doing so much for me. I must take care to be Very Respectful.

But how can one be very respectful to a person who wishes to be called John Smith? Why couldn't you have picked out a name with a little personality? I might as well write letters to Dear Hitching-Post or Dear Clothes-Prop.

I have been thinking about you a great deal this summer; having somebody take an interest in me after all these years makes me feel as though I had found a sort of family. It seems as though I belonged to somebody now, and it's a very comfortable sensation. I must say, however, that when I think about you, my imagination has very little to work upon. There are just three things that I know:

I. You are tall.
II. You are rich.
III. You hate girls.

I suppose I might call you Dear Mr. Girl-Hater. Only that's rather insulting to me. Or Dear Mr. Rich-Man, but that's insulting to you, as though money were the only important thing about you. Besides, being rich is such a very external quality. Maybe you won't stay rich all your life; lots of very clever men get smashed up in Wall Street. But at least you will stay tall all your life! So I've decided to call you Dear Daddy-Long-Legs. I hope you won't mind. It's just a private pet name we won't tell Mrs. Lippett.

The ten o'clock bell is going to ring in two minutes. Our day is divided into sections by bells. We eat and sleep and study by bells. It's very enlivening; I feel like a fire horse all of the time. There it goes! Lights out. Good night.

Observe with what precision I obey rules-due to my training in the John Grier Home.

Yours most respectfully,
Jerusha Abbott

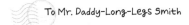

To Mr. Daddy-Long-Legs Smith

1st October
Dear Daddy-Long-Legs,

I love college and I love you for sending me—I'm very, very happy, and so excited every moment of the time that I can scarcely sleep. You can't imagine how different it is from the John Grier Home. I never dreamed there was such a place in the world. I'm feeling sorry for everybody who isn't a girl and who can't come here; I am sure the college you attended when you were a boy couldn't have been so nice.

My room is up in a tower that used to be the contagious ward before they built the new infirmary. There are three other girls on the same floor of the tower—a Senior who wears spectacles and is always asking us please to be a little more quiet, and two Freshmen named Sallie McBride and Julia Rutledge Pendleton. Sallie has red hair and a turn-up nose and is quite friendly; Julia comes from one of the first families in New York and hasn't noticed me yet. They room together and the Senior and I have singles. Usually Freshmen can't get singles; they are very scarce, but I got one without even asking. I suppose the registrar didn't think it would be right to ask a properly brought-up girl to room with a foundling. You see there are advantages!

My room is on the north-west corner with two windows and a view. After you've lived in a ward for eighteen years with twenty room-mates, it is restful to be alone. This is the first chance I've ever had to get acquainted with Jerusha Abbott. I

254

think I'm going to like her.

Do you think you are?

Tuesday

They are organizing the Freshman basket-ball team and there's just a chance that I shall get in it. I'm little of course, but terribly quick and wiry and tough. While the others are hopping about in the air, I can dodge under their feet and grab the ball. It's loads of fun practising-out in the athletic field in the afternoon with the trees all red and yellow and the air full of the smell of burning leaves, and everybody laughing and shouting. These are the happiest girls I ever saw-and I am the happiest of all!

I meant to write a long letter and tell you all the things I'm learning (Mrs. Lippett said you wanted to know), but 7th hour has just rung, and in ten minutes I'm due at the athletic field in gymnasium clothes.

Don't you hope I'll get in the team?

Yours always,
Jerusha Abbott

P.S. (9 o'clock.)

Sallie McBride just poked her head in at my door. This is what she said:

"I'm so homesick that I simply can't stand it. Do you feel that way?"

I smiled a little and said no; I thought I could pull through. At least homesickness is one disease that I've escaped! I never heard of anybody being asylum-sick, did you?

10th October
Dear Daddy-Long-Legs,

Did you ever hear of Michael Angelo?

He was a famous artist who lived in Italy in the Middle Ages. Everybody in English Literature seemed to know about him, and the whole class laughed because I thought he was an archangel. He sounds like an archangel, doesn't he? The trouble with college is that you are expected to know such a lot of things you've never learned. It's very embarrassing at times. But now, when the girls talk about things that I never heard of, I just keep still and look them up in the encyclopedia.

I made an awful mistake the first day. Somebody mentioned Maurice Maeterlinck, and I asked if she was a Freshman. That joke has gone all over college. But anyway, I'm just as bright in class as any of the others-and brighter than some of them!

Do you care to know how I've furnished my room? It's a symphony in brown and yellow. The wall was tinted buff, and I've bought yellow denim curtains and cushions and a mahogany desk (second hand for three dollars) and a rattan chair and a brown rug with an ink spot in the middle. I stand the chair over the spot.

The windows are up high; you can't look out from an ordinary seat. But I unscrewed the looking-glass from the back of the bureau, upholstered the top and moved it up against the window. It's just the right height for a window seat. You pull out the drawers like steps and walk up. Very comfortable!

Sallie McBride helped me choose the things at the Senior auction. She has lived in a house all her life and knows about furnishing. You can't imagine what fun it is to shop and pay with a real five-dollar bill and get some change-when you've never had more than a few cents in your life. I assure you, Daddy dear, I do appreciate that allowance.

Sallie is the most entertaining person in the world-and Julia Rutledge Pendleton the least so. It's queer what a mixture the registrar can make in the matter of room-mates. Sallie thinks everything is funny-even flunking-and Julia is bored at everything. She never makes the slightest effort to be amiable. She believes that if you are a Pendleton, that fact alone admits you to heaven without any further examination. Julia and I were born to be enemies.

And now I suppose you've been waiting very impatiently to hear what I am learning?

I. Latin: Second Punic war. Hannibal and his forces pitched camp at Lake Trasimenus last night. They prepared an ambuscade for the Romans, and a battle took place at the fourth watch this morning. Romans in retreat.

II. French: 24 pages of the Three Musketeers and third conjugation, irregular verbs.

III. Geometry: Finished cylinders; now doing cones.

IV. English: Studying exposition. My style improves daily in clearness and brevity.

V. Physiology: Reached the digestive system. Bile and the pancreas next time. Yours, on the way to being educated,

Jerusha Abbott

PS. I hope you never touch alcohol, Daddy? It does dreadful things to your liver.

Wednesday

Dear Daddy-Long-Legs,

I've changed my name.

I'm still 'Jerusha' in the catalogue, but I'm 'Judy' everywhere else. It's really too bad, isn't it, to have to give yourself the only pet name you ever had? I didn't quite make up the Judy though. That's what Freddy Perkins used to call me before he could talk plainly.

I wish Mrs. Lippett would use a little more ingenuity about choosing babies' names. She gets the last names out of the telephone book-you'll find Abbott on the first page-and she picks the Christian names up anywhere; she got Jerusha from a tombstone. I've always hated it; but I rather like Judy. It's such a silly name. It belongs to the kind of girl I'm not-a sweet little blue-eyed thing, petted and spoiled by all the family, who romps her way through life without any cares. Wouldn't it be nice to be like that? Whatever faults I may have, no one can ever accuse me of having been spoiled by my family! But it's great fun to pretend I've been. In the future please always address me as Judy.

Do you want to know something? I have three pairs of kid gloves. I've had kid mittens before from the Christmas tree, but never real kid gloves with five fingers. I take them out and try them on every little while. It's all I can do not to wear them to classes.

(Dinner bell. Goodbye.)

Friday

What do you think, Daddy? The English instructor said that my last paper shows an unusual amount of originality. She did, truly. Those were her words. It doesn't seem possible, does it, considering the eighteen years of training that I've had? The aim of the John Grier Home (as you doubtless know and heartily approve of) is to turn the ninety-seven orphans into ninety-seven twins.

The unusual artistic ability which I exhibit was developed at an early age through drawing chalk pictures of Mrs. Lippett on the woodshed door.

I hope that I don't hurt your feelings when I criticize the home of my youth? But you have the upper hand, you know, for if I become too impertinent, you can always stop payment of your cheques. That isn't a very polite thing to say-but you can't expect me to have any manners; a foundling asylum isn't a young ladies' finishing school.

You know, Daddy, it isn't the work that is going to be hard in college. It's the play. Half the time I don't know what the girls are talking about; their jokes seem to relate to a past that every one but me has shared. I'm a foreigner in the world and I don't understand the language. It's a miserable feeling. I've had it all my life. At the high school the girls would stand in groups and just look at me. I was queer and different and everybody knew it. I could FEEL 'John Grier Home' written on my face. And then a few charitable ones would make a point of coming up and saying something polite. I HATED EVERY ONE OF THEM-the charitable ones most of all.

Nobody here knows that I was brought up in an asylum. I told Sallie McBride that my mother and father were dead, and that a kind old gentleman was sending me to college which is entirely true so far as it goes. I don't want you to think I am a coward, but I do want to be like the other girls, and that Dreadful Home looming over my childhood is the one great big difference. If I can turn my back on that and shut out the remembrance, I think, I might be just as desirable as any other girl. I don't believe there's any real, underneath difference, do you?

Anyway, Sallie McBride likes me!

Yours ever,

Judy Abbott

(Nee Jerusha.)

Saturday morning

I've just been reading this letter over and it sounds pretty uncheerful. But can't you guess that I have a special topic due Monday morning and a review in geometry and a very sneezy cold?

Sunday

I forgot to post this yesterday, so I will add an indignant postscript.

We had a bishop this morning, and WHAT DO YOU THINK HE SAID?

"The most beneficent promise made us in the Bible is this, "The poor ye have always with you." They were put here in order to keep us charitable."

The poor, please observe, being a sort of useful domestic animal. If I hadn't grown into such a perfect lady, I should have gone up after service and told him what I thought.

25th October
Dear Daddy-Long-Legs,

I'm in the basket-ball team and you ought to see the bruise on my left shoulder. It's blue and mahogany with little streaks of orange. Julia Pendleton tried for the team, but she didn't get in. Hooray!

You see what a mean disposition I have.

College gets nicer and nicer. I like the girls and the teachers and the classes and the campus and the things to eat. We have ice-cream twice a week and we never have corn-meal mush.

You only wanted to hear from me once a month, didn't you? And I've been peppering you with letters every few days! But I've been so excited about all these new adventures that I MUST talk to somebody; and you're the only one I know. Please excuse my exuberance; I'll settle pretty soon. If my letters bore you, you can always toss them into the wastebasket. I promise not to write another till the middle of November.

Yours most loquaciously,
Judy Abbott

15th November
Dear Daddy-Long-Legs,

Listen to what I've learned to-day.

The area of the convex surface of the frustum of a regular

pyramid is half the product of the sum of the perimeters of its bases by the altitude of either of its trapezoids.

It doesn't sound true, but it is-I can prove it!

You've never heard about my clothes, have you, Daddy? Six dresses, all new and beautiful and bought for me-not handed down from somebody bigger. Perhaps you don't realize what a climax that marks in the career of an orphan? You gave them to me, and I am very, very, VERY much obliged. It's a fine thing to be educated-but nothing compared to the dizzying experience of owning six new dresses. Miss Pritchard, who is on the visiting committee, picked them out-not Mrs. Lippett, thank goodness. I have an evening dress, pink mull over silk (I'm perfectly beautiful in that), and a blue church dress, and a dinner dress of red veiling with Oriental trimming (makes me look like a Gipsy), and another of rose-coloured challis, and a grey street suit, and an every-day dress for classes. That wouldn't be an awfully big wardrobe for Julia Rutledge Pendleton, perhaps, but for Jerusha Abbott-Oh, my!

I suppose you're thinking now what a frivolous, shallow little beast she is, and what a waste of money to educate a girl?

But, Daddy, if you'd been dressed in checked ginghams all your life, you'd appreciate how I feel. And when I started to the high school, I entered upon another period even worse than the checked ginghams.

The poor box.

You can't know how I dreaded appearing in school in those miserable poor-box dresses. I was perfectly sure to be put down in class next to the girl who first owned my dress, and she would whisper and giggle and point it out to the others. The bitterness of wearing your enemies' cast-off clothes eats into your soul. If I wore silk stockings for the rest of my life, I don't believe I could obliterate the scar.

LATEST WAR BULLETIN!

News from the Scene of Action.

At the fourth watch on Thursday the 13th of November, Hannibal routed the advance guard of the Romans and led the Carthaginian forces over the mountains into the plains of Casilinum. A cohort of light armed Numidians engaged the infantry of Quintus Fabius Maximus. Two battles and light skirmishing. Romans repulsed with heavy losses.

> *I have the honour of being,*
> *Your special correspondent from the front,*
> J. Abbott

PS. I know I'm not to expect any letters in return, and I've been warned not to bother you with questions, but tell me, Daddy, just this once-are you awfully old or just a little old? And are you perfectly bald or just a little bald? It is very difficult thinking about you in the abstract like a theorem in geometry.

Given a tall rich man who hates girls, but is very generous to one quite impertinent girl, what does he look like?

R.S.V.P.

19th December
Dear Daddy-Long-Legs,

You never answered my question and it was very important.

ARE YOU BALD?

I have it planned exactly what you look like-very satisfactorily-until I reach the top of your head, and then I AM stuck. I can't decide whether you have white hair or black hair or sort of sprinkly grey hair or maybe none at all.

Here is your portrait:

But the problem is, shall I add some hair?

Would you like to know what colour your eyes are? They're grey, and your eyebrows stick out like a porch roof (beetling, they're called in novels), and your mouth is a straight line with a tendency to turn down at the corners. Oh, you see, I know! You're a snappy old thing with a temper.

(Chapel bell.)

9.45 p.m.

I have a new unbreakable rule: never, never to study at night no matter how many written reviews are coming in the morning. Instead, I read just plain books-I have to, you know, because there are eighteen blank years behind me. You wouldn't believe, Daddy, what an abyss of ignorance my mind is; I am just realizing the depths myself. The things that most girls with a properly assorted family and a home and friends and a library know by absorption, I have never heard of. For example:

I never read Mother Goose or David Copperfield or Ivanhoe or Cinderella or Blue Beard or Robinson Crusoe or Jane Eyre or Alice in Wonderland or a word of Rudyard Kipling. I didn't know that Henry the Eighth was married more than once or that Shelley was a poet. I didn't know that people used to be monkeys and that the Garden of Eden was a beautiful myth. I didn't know that R. L. S. stood for Robert Louis Stevenson or that George Eliot was a lady. I had never seen a picture of the 'Mona Lisa' and (it's true but you won't believe it) I had never heard of Sherlock Holmes.

Now, I know all of these things and a lot of others besides, but you can see how much I need to catch up. And oh, but it's fun! I look forward all day to evening, and then I put an 'engaged' on the door and get into my nice red bath robe and furry slippers and pile all the cushions behind me on the couch, and light the brass student lamp at my elbow, and read and read and read one book isn't enough. I have four going at once. Just now, they're Tennyson's poems and Vanity Fair and Kipling's Plain Tales and-don't laugh?-Little Women. I find that I am the only girl in college who wasn't brought up on Little Women. I haven't told anybody though (that WOULD stamp me as queer). I just quietly went and bought it with $1.12 of my last month's allowance; and the next time somebody mentions

266

pickled limes, I'll know what she is talking about!

(Ten o'clock bell. This is a very interrupted letter.)

Saturday
Sir,

I have the honour to report fresh explorations in the field of geometry. On Friday last we abandoned our former works in parallelopipeds and proceeded to truncated prisms. We are finding the road rough and very uphill.

Sunday

The Christmas holidays begin next week and the trunks are up. The corridors are so filled up that you can hardly get through, and everybody is so bubbling over with excitement that studying is getting left out. I'm going to have a beautiful time in vacation; there's another Freshman who lives in Texas staying behind, and we are planning to take long walks and if there's any ice-learn to skate. Then there is still the whole library to be read-and three empty weeks to do it in!

Goodbye, Daddy, I hope that you are feeling as happy as I am.

Yours ever,
Judy

PS. Don't forget to answer my question. If you don't want the trouble of writing, have your secretary telegraph. He can just say:

Mr. Smith is quite bald,
or
Mr. Smith is not bald,
or
Mr. Smith has white hair.

And you can deduct the twenty-five cents out of my allowance.
Goodbye till January-and a merry Christmas!

Towards the end of the Christmas vacation.
Exact date unknown

Dear Daddy-Long-Legs,

Is it snowing where you are? All the world that I see from my tower is draped in white and the flakes are coming down as big as pop-corns. It's late afternoon-the sun is just setting (a cold yellow colour) behind some colder violet hills, and I am up in my window seat using the last light to write to you.

Your five gold pieces were a surprise! I'm not used to receiving Christmas presents. You have already given me such lots of things-everything I have, you know-that I don't quite feel that I deserve extras. But I like them just the same. Do you want to know what I bought with my money?

I. A silver watch in a leather case to wear on my wrist and get me to recitations in time.

II. Matthew Arnold's poems.

III. A hot water bottle.

IV. A steamer rug. (My tower is cold.)

V. Five hundred sheets of yellow manuscript paper. (I'm going to commence being an author pretty soon.)

VI. A dictionary of synonyms. (To enlarge the author's vocabulary.)

VII. (I don't much like to confess this last item, but I will.) A pair of silk stockings.

And now, Daddy, never say I don't tell all!

It was a very low motive, if you must know it, that prompted the silk stockings. Julia Pendleton comes into my room to do geometry, and she sits cross-legged on the couch and wears silk stockings every night. But just wait-as soon as she gets back from vacation I shall go in and sit on her couch in my silk stockings. You see, Daddy, the miserable creature that I am but at least I'm honest; and you knew already, from my asylum record, that I wasn't perfect, didn't you?

To recapitulate (that's the way the English instructor begins every other sentence), I am very much obliged for my seven presents. I'm pretending to myself that they came in a box from my family in California. The watch is from father, the rug from mother, the hot water bottle from grandmother who is always worrying for fear I shall catch cold in this climate-and the yellow paper from my little brother Harry. My sister Isabel gave me the silk stockings, and Aunt Susan the Matthew Arnold poems; Uncle Harry (little Harry is named after him) gave me the dictionary. He wanted to send chocolates, but I insisted on synonyms.

You don't object, do you, to playing the part of a composite family?

And now, shall I tell you about my vacation, or are you only interested in my education as such? I hope you appreciate the delicate shade of meaning in 'as such'. It is the latest addition to my vocabulary.

The girl from Texas is named Leonora Fenton. (Almost as funny as Jerusha, isn't it?) I like her, but not so much as Sallie McBride; I shall never like any one so much as Sallie-except you. I must always like you the best of all, because you're my whole family rolled into one. Leonora and I and two Sophomores have walked 'cross country every pleasant day and explored the whole neighbourhood, dressed in short skirts and knit jackets and caps, and carrying shiny sticks to whack things with. Once we walked into town-four miles-and stopped at a restaurant where the college girls go for dinner. Broiled lobster (35 cents), and for dessert, buckwheat cakes and maple syrup (15 cents). Nourishing and cheap.

It was such a lark! Especially for me, because it was so awfully different from the asylum-I feel like an escaped convict every time I leave the campus. Before I thought, I started to tell the others what an experience I was having. The cat was almost out of the bag when I grabbed it by its tail and pulled it back. It's awfully hard for me not to tell everything I know. I'm a very confiding soul by nature; if I didn't have you to tell things to, I'd burst.

We had a molasses candy pull last Friday evening, given by the house matron of Fergussen to the left-behinds in the other halls. There were twenty-two of us altogether, Freshmen and Sophomores and juniors and Seniors all united in amicable accord. The kitchen is huge, with copper pots and kettles hanging in rows on the stone wall-the littlest casserole among them about the size of a wash boiler. Four hundred girls live in Fergussen. The chef, in a white cap and apron, fetched out twenty-two other white caps and aprons-I can't imagine where he got so many-and we all turned ourselves into cooks.

It was great fun, though I have seen better candy. When it was finally finished, and ourselves and the kitchen and the door-knobs all thoroughly sticky, we organized a procession and still in our caps and aprons, each carrying a big fork or spoon or frying pan, we marched through the empty corridors to the officers' parlour, where half-a-dozen professors and instructors were passing a tranquil evening. We serenaded them with college songs and offered refreshments. They accepted politely but dubiously. We left them sucking chunks of molasses candy, sticky and speechless.

So you see, Daddy, my education progresses!

Don't you really think that I ought to be an artist instead of an author?

Vacation will be over in two days and I shall be glad to see the girls again. My tower is just a trifle lonely; when nine people occupy a house that was built for four hundred, they do rattle around a bit.

Eleven pages-poor Daddy, you must be tired! I meant this to be just a short little thank-you note-but when I get started I seem to have a ready pen.

Goodbye, and thank you for thinking of me-I should be perfectly happy except for one little threatening cloud on the horizon. Examinations come in February.

Yours with love,
Judy

PS. Maybe it isn't proper to send love? If it isn't, please excuse. But I must love somebody and there's only you and Mrs. Lippett to choose between, so you see-you'll HAVE to put up with it, Daddy dear, because I can't love her.

On the Eve
Dear Daddy-Long-Legs,

You should see the way this college is studying! We've forgotten we ever had a vacation. Fifty-seven irregular verbs have I introduced to my brain in the past four days-I'm only hoping they'll stay till after examinations.

Some of the girls sell their text-books when they're through with them, but I intend to keep mine. Then after I've graduated I shall have my whole education in a row in the bookcase, and when I need to use any detail, I can turn to it without the slightest hesitation. So much easier and more accurate than trying to keep it in your head.

Julia Pendleton dropped in this evening to pay a social call, and stayed a solid hour. She got started on the subject of family, and I COULDN'T switch her off. She wanted to know what my mother's maiden name was-did you ever hear such an impertinent question to ask of a person from a foundling asylum? I didn't have the courage to say I didn't know, so I just miserably plumped on the first name I could think of, and that was Montgomery. Then she wanted to know whether I belonged to the Massachusetts Montgomerys or the Virginia Montgomerys.

Her mother was a Rutherford. The family came over in the ark, and were connected by marriage with Henry the VIII. On her father's side they date back further than Adam. On the topmost branches of her family tree there's a superior breed of monkeys with very fine silky hair and extra long tails.

I meant to write you a nice, cheerful, entertaining letter tonight, but

I'm too sleepy-and scared. The Freshman's lot is not a happy one.

Yours, about to be examined,
Judy Abbott

Sunday
Dearest Daddy-Long-Legs,

I have some awful, awful, awful news to tell you, but I won't begin with it; I'll try to get you in a good humour first.

Jerusha Abbott has commenced to be an author. A poem entitled, 'From my Tower', appears in the February Monthly-on the first page, which is a very great honour for a Freshman. My English instructor stopped me on the way out from chapel last night, and said it was a charming piece of work except for the sixth line, which had too many feet. I will send you a copy in case you care to read it.

Let me see if I can't think of something else pleasant? Oh, yes! I'm learning to skate, and can glide about quite respectably all by myself. Also I've learned how to slide down a rope from the roof of the gymnasium, and I can vault a bar three feet and six inches high-I hope shortly to pull up to four feet.

We had a very inspiring sermon this morning preached by the Bishop of Alabama. His text was: 'Judge not that ye be not judged.' It was about the necessity of overlooking mistakes in others, and not discouraging people by harsh judgments. I wish you might have heard it.

This is the sunniest, most blinding winter afternoon, with icicles dripping from the fir trees and all the world bending under a weight of snow-except me, and I'm bending under a weight of sorrow.

Now for the news-courage, Judy!-you must tell.

Are you SURELY in a good humour? I failed in mathematics and Latin prose. I am tutoring in them, and will take another examination next month. I'm sorry if you're disappointed, but otherwise I don't care a bit because I've learned such a lot of things not mentioned in the catalogue. I've read seventeen novels and bushels of poetry-really necessary novels like Vanity Fair and Richard Feverel and Alice in Wonderland. Also Emerson's Essays and Lockhart's Life of Scott and the first volume of Gibbon's Roman Empire and half of Benvenuto Cellini's Life-wasn't he entertaining? He used to saunter out and casually kill a man before breakfast.

So you see, Daddy, I'm much more intelligent than if I'd just stuck to Latin. Will you forgive me this once if I promise never to fail again?

Yours in sackcloth,
Judy

Dear Daddy-Long-Legs,

This is an extra letter in the middle of the month because I'm rather lonely tonight. It's awfully stormy. All the lights are out on the campus, but I drank black coffee and I can't go to sleep.

I had a supper party this evening consisting of Sallie and Julia and Leonora Fenton-and sardines and toasted muffins and salad and fudge and coffee. Julia said she'd had a good time, but Sallie stayed to help wash the dishes.

I might, very usefully, put some time on Latin tonight but, there's no doubt about it, I'm a very languid Latin scholar. We've finished Livy and De Senectute and are now engaged with De Amicitia (pronounced Damn Icitia).

Should you mind, just for a little while, pretending you are my grandmother? Sallie has one and Julia and Leonora each two, and they were all comparing them tonight. I can't think of anything I'd rather have; it's such a respectable relationship. So, if you really don't object-When I went into town yesterday, I saw the sweetest cap of Cluny lace trimmed with lavender ribbon. I am going to make you a present of it on your eighty-third birthday.

!!!!!!!!!!!!!

That's the clock in the chapel tower striking twelve. I believe I am sleepy after all.

Good night, Granny.
I love you dearly.
Judy

The Ides of March
Dear D.-L.-L.,

I am studying Latin prose composition. I have been studying it. I shall be studying it. I shall be about to have been studying it. My re-examination comes the 7th hour next Tuesday, and I am going to pass or BUST. So you may expect to hear from me next, whole and happy and free from conditions, or in fragments.

I will write a respectable letter when it's over. Tonight I have a pressing engagement with the Ablative Absolute.

Yours-in evident haste
J. A.

26th March
Mr. D.-L.-L. Smith,

SIR: You never answer any questions; you never show the slightest interest in anything I do. You are probably the horridest one of all those horrid Trustees, and the reason you are educating me is, not because you care a bit about me, but from a sense of Duty.

I don't know a single thing about you. I don't even know your name. It is very uninspiring writing to a Thing. I haven't a doubt but that you throw my letters into the waste-basket without reading them.

Hereafter I shall write only about work.

My re-examinations in Latin and geometry came last week. I passed them both and am now free from conditions.

Yours truly,
Jerusha Abbott

2nd April
Dear Daddy-Long-Legs,

I am a BEAST.

Please forget about that dreadful letter I sent you last week-I was feeling terribly lonely and miserable and sore-throaty the night I wrote. I didn't know it, but I was just sickening for tonsillitis and grippe and lots of things mixed. I'm in the infirmary now, and have been here for six days; this is the first time they would let me sit up and have a pen and paper. The head nurse is very bossy. But I've been thinking about it all the time and I shan't get well until you forgive me.

Here is a picture of the way I look, with a bandage tied around my head in rabbit's ears.

Doesn't that arouse your sympathy? I am having sublingual gland swelling. And I've been studying physiology all the year without ever hearing of sublingual glands. How futile a thing is education!

I can't write any more; I get rather shaky when I sit up too long. Please forgive me for being impertinent and ungrateful. I was badly brought up.

Yours with love,
Judy Abbott
THE INFIRMARY

4th April
Dearest Daddy-Long-Legs,

Yesterday evening just towards dark, when I was sitting up in bed looking out at the rain and feeling awfully bored with life in a great institution, the nurse appeared with a long white box addressed to me, and filled with the LOVELIEST pink rosebuds. And much nicer still, it contained a card with a very polite message written in a funny little uphill back hand (but one which shows a great deal of character). Thank you, Daddy, a thousand times. Your flowers make the first real, true present I ever received in my life. If you want to know what a baby I am I lay down and cried because I was so happy.

Now that I am sure you read my letters, I'll make them much more interesting, so they'll be worth keeping in a safe with red tape around them-only please take out that dreadful one and burn it up. I'd hate to think that you ever read it over.

Thank you for making a very sick, cross, miserable Freshman cheerful. Probably you have lots of loving family and friends, and you don't know what it feels like to be alone. But I do.

Goodbye-I'll promise never to be horrid again, because now I know you're a real person; also I'll promise never to bother you with any more questions.

Do you still hate girls?

Yours for ever,
Judy

8th hour, Monday
Dear Daddy-Long-Legs,

I hope you aren't the Trustee who sat on the toad? It went off-I was told-with quite a pop, so probably he was a fatter Trustee.

Do you remember the little dugout places with gratings over them by the laundry windows in the John Grier Home? Every spring when the hoptoad season opened we used to form a collection of toads and keep them in those window holes; and occasionally they would spill over into the laundry, causing a very pleasurable commotion on wash days. We were severely punished for our activities in this direction, but in spite of all discouragement the toads would collect.

And one day-well, I won't bore you with particulars-but somehow, one of the fattest, biggest, JUCIEST toads got into one of those big leather arm chairs in the Trustees' room, and that afternoon at the Trustees' meeting-But I dare say you were there and recall the rest?

Looking back dispassionately after a period of time, I will say that punishment was merited, and-if I remember rightly?adequate.

I don't know why I am in such a reminiscent mood except that spring and the reappearance of toads always awakens the old acquisitive instinct. The only thing that keeps me from starting a collection is the fact that no rule exists against it.

After chapel, Thursday

What do you think is my favourite book? Just now, I mean; I change every three days. Wuthering Heights. Emily Bronte was quite young when she wrote it, and had never been outside of Haworth churchyard. She had never known any men in her life; how COULD she imagine a man like Heathcliffe?

I couldn't do it, and I'm quite young and never outside the John Grier Asylum-I've had every chance in the world. Sometimes a dreadful fear comes over me that I'm not a genius. Will you be awfully disappointed, Daddy, if I don't turn out to be a great author? In the spring when everything is so beautiful and green and budding, I feel like turning my back on lessons, and running away to play with the weather. There are such lots of adventures out in the fields! It's much more entertaining to live books than to write them.

Ow ! ! ! ! ! !

That was a shriek which brought Sallie and Julia and (for a disgusted moment) the Senior from across the hall. It was caused by a centipede like this:

only worse. Just as I had finished the last sentence and was thinking what to say next-plump!-it fell off the ceiling and landed at my side. I tipped two cups off the tea table in trying to get away. Sallie whacked it with the back of my hair brush-which I shall never be able to use again-and killed the front end, but the rear fifty feet ran under the bureau and escaped.

This dormitory, owing to its age and ivy-covered walls, is

full of centipedes. They are dreadful creatures. I'd rather find a tiger under the bed.

Friday, 9.30 p.m.

Such a lot of troubles! I didn't hear the rising bell this morning, then I broke my shoestring while I was hurrying to dress and dropped my collar button down my neck. I was late for breakfast and also for first-hour recitation. I forgot to take any blotting paper and my fountain pen leaked. In trigonometry the Professor and I had a disagreement touching a little matter of logarithms. On looking it up, I find that she was right. We had mutton stew and pie-plant for lunch-hate 'em both; they taste like the asylum. The post brought me nothing but bills (though I must say that I never do get anything else; my family are not the kind that write). In English class this afternoon we had an unexpected written lesson. This was it:

I asked no other thing,
No other was denied.
I offered Being for it;
The mighty merchant smiled.

Brazil? He twirled a button
Without a glance my way:
But, madam, is there nothing else
That we can show today?

That is a poem. I don't know who wrote it or what it means. It was simply printed out on the blackboard when we arrived and we were ordered to comment upon it. When I read the first verse I thought I had an idea-The Mighty Merchant was a divinity who distributes blessings in return for virtuous deeds-but when I got to the second verse and found him twirling a button, it seemed a blasphemous supposition, and I hastily changed my mind. The rest of the class was in the same predicament; and there we sat for three-quarters of an hour with blank paper and equally blank minds. Getting an education is an awfully wearing process!

But this didn't end the day. There's worse to come.

It rained so we couldn't play golf, but had to go to gymnasium instead. The girl next to me banged my elbow with an Indian club. I got home to find that the box with my new blue spring dress had come, and the skirt was so tight that I couldn't sit down. Friday is sweeping day, and the maid had mixed all the papers on my desk. We had tombstone for dessert (milk and gelatin flavoured with vanilla). We were kept in chapel twenty minutes later than usual to listen to a speech about womanly women. And then-just as I was settling down with a sigh of well-earned relief to The Portrait of a Lady, a girl named Ackerly, a dough-faced, deadly, unintermittently stupid girl, who sits next to me in Latin because her name begins with A (I wish Mrs. Lippett had named me Zabriski), came to ask if Monday's lesson commenced at paragraph 69 or 70, and stayed ONE HOUR. She has just gone.

Did you ever hear of such a discouraging series of events? It isn't the big troubles in life that require character. Anybody can rise to a crisis and face a crushing tragedy with courage, but to meet the petty hazards of the day with a laugh-I really think that requires SPIRIT.

It's the kind of character that I am going to develop. I am going to pretend that all life is just a game which I must play as skilfully and fairly as I can. If I lose, I am going to shrug my shoulders and laugh-also if I win.

Anyway, I am going to be a sport. You will never hear me complain again, Daddy dear, because Julia wears silk stockings and centipedes drop off the wall.

Yours ever,

Judy

Answer soon.

27th May
Daddy-Long-Legs, Esq.

DEAR SIR: I am in receipt of a letter from Mrs. Lippett. She hopes that I am doing well in deportment and studies. Since I probably have no place to go this summer, she will let me come back to the asylum and work for my board until college opens.

I HATE THE JOHN GRIER HOME.

I'd rather die than go back.

Yours most truthfully,

Jerusha Abbott

Cher Daddy-Jambes-Longes,
Vous etes un brick!

Je suis tres heureuse about the farm, parceque je n'ai jamais been on a farm dans ma vie and I'd hate to retourner chez John Grier, et wash dishes tout l'ete. There would be danger of quelque chose affreuse happening, parceque j'ai perdue ma humilite d'autre fois et j'ai peur that I would just break out quelque jour et smash every cup and saucer dans la maison.

Pardon brievete et paper. Je ne peux pas send des mes nouvelles parceque je suis dans French class et j'ai peur que Monsieur le Professeur is going to call on me tout de suite.

He did!

Au revoir,
je vous aime beaucoup.
Judy

30th May
Dear Daddy-Long-Legs,

Did you ever see this campus? (That is merely a rhetorical question. Don't let it annoy you.) It is a heavenly spot in May. All the shrubs are in blossom and the trees are the loveliest young green-even the old pines look fresh and new. The grass is dotted with yellow dandelions and hundreds of girls in blue and white and pink dresses. Everybody is joyous and carefree, for vacation's coming, and with that to look forward to, examinations don't count.

Isn't that a happy frame of mind to be in? And oh, Daddy! I'm the happiest of all! Because I'm not in the asylum any more; and I'm not anybody's nursemaid or typewriter or bookkeeper (I should have been, you know, except for you).

I'm sorry now for all my past badnesses.

I'm sorry I was ever impertinent to Mrs. Lippett.

I'm sorry I ever slapped Freddie Perkins.

I'm sorry I ever filled the sugar bowl with salt.

I'm sorry I ever made faces behind the Trustees' backs.

I'm going to be good and sweet and kind to everybody because I'm so happy. And this summer I'm going to write and write and write and begin to be a great author. Isn't that an exalted stand to take? Oh, I'm developing a beautiful character! It droops a bit under cold and frost, but it does grow fast when the sun shines.

That's the way with everybody. I don't agree with the theory that adversity and sorrow and disappointment develop moral strength. The happy people are the ones who are bubbling over with kindliness. I have no faith in misanthropes. (Fine word! Just learned it.) You are not a misanthrope are you, Daddy?

I started to tell you about the campus. I wish you'd come for a little visit and let me walk you about and say:

"That is the library. This is the gas plant, Daddy dear. The

Gothic building on your left is the gymnasium, and the Tudor Romanesque beside it is the new infirmary."

Oh, I'm fine at showing people about. I've done it all my life at the asylum, and I've been doing it all day here. I have honestly.

And a Man, too!

That's a great experience. I never talked to a man before (except occasional Trustees, and they don't count). Pardon, Daddy, I don't mean to hurt your feelings when I abuse Trustees. I don't consider that you really belong among them. You just tumbled on to the Board by chance. The Trustee, as such, is fat and pompous and benevolent. He pats one on the head and wears a gold watch chain.

That looks like a June bug, but is meant to be a portrait of any

Trustee except you.

However-to resume:

I have been walking and talking and having tea with a man. And with a very superior man-with Mr. Jervis Pendleton of the House of Julia; her uncle, in short (in long, perhaps I ought to say; he's as tall as you.) Being in town on business, he decided to run out to the college and call on his niece. He's her father's youngest brother, but she doesn't know him very intimately. It seems he glanced at her when she was a baby, decided he didn't like her, and has never noticed her since.

Anyway, there he was, sitting in the reception room very proper with his hat and stick and gloves beside him; and Julia and Sallie with seventh-hour recitations that they couldn't cut. So Julia dashed into my room and begged me to walk him about the campus and then deliver him to her when the seventh hour was over. I said I would, obligingly but unenthusiastically, because I don't care much for Pendletons.

But he turned out to be a sweet lamb. He's a real human being-not a Pendleton at all. We had a beautiful time; I've longed for an uncle ever since. Do you mind pretending you're my uncle? I believe they're superior to grandmothers.

Mr. Pendleton reminded me a little of you, Daddy, as you were twenty years ago. You see I know you intimately, even if we haven't ever met!

He's tall and thinnish with a dark face all over lines, and the funniest underneath smile that never quite comes through but just wrinkles up the corners of his mouth. And he has a way of making you feel right off as though you'd known him a long time. He's very companionable.

We walked all over the campus from the quadrangle to the athletic grounds; then he said he felt weak and must have some tea. He proposed that we go to College Inn-it's just off the campus by the pine walk. I said we ought to go back for Julia and Sallie, but he said he didn't like to have his nieces drink too much tea; it made them nervous. So we just ran away and had tea and muffins and marmalade and ice-cream and cake at a nice little table out on the balcony. The inn was quite conveniently empty, this being the end of the month and allowances low.

We had the jolliest time! But he had to run for his train the minute he got back and he barely saw Julia at all. She was furious with me for taking him off; it seems he's an unusually rich and desirable uncle. It relieved my mind to find he was rich, for the tea and things cost sixty cents apiece.

This morning (it's Monday now) three boxes of chocolates came by express for Julia and Sallie and me. What do you think of that? To be getting candy from a man!

I begin to feel like a girl instead of a foundling.

I wish you'd come and have tea some day and let me see if I like you.

But wouldn't it be dreadful if I didn't? However, I know I should.

Bien! I make you my compliments.

'Jamais je ne t'oublierai.'
Judy

PS. I looked in the glass this morning and found a perfectly new dimple that I'd never seen before. It's very curious. Where do you suppose it came from?

9th June
Dear Daddy-Long-Legs,

Happy day! I've just finished my last examination Physiology. And now:

Three months on a farm!

I don't know what kind of a thing a farm is. I've never been on one in my life. I've never even looked at one (except from the car window), but I know I'm going to love it, and I'm going to love being FREE.

I am not used even yet to being outside the John Grier Home. Whenever I think of it excited little thrills chase up and down my back. I feel as though I must run faster and faster and keep looking over my shoulder to make sure that Mrs. Lippett isn't after me with her arm stretched out to grab me back.

I don't have to mind any one this summer, do I?

Your nominal authority doesn't annoy me in the least; you are too far away to do any harm. Mrs. Lippett is dead for ever, so far as I am concerned, and the Semples aren't expected to overlook my moral welfare, are they? No, I am sure not. I am entirely grown up. Hooray!

I leave you now to pack a trunk, and three boxes of teakettles and dishes and sofa cushions and books.

Yours ever,
Judy

PS. Here is my physiology exam. Do you think you could have passed?

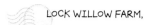 LOCK WILLOW FARM,

Saturday night
Dearest Daddy-Long-Legs,

I've only just come and I'm not unpacked, but I can't wait to tell you how much I like farms. This is a heavenly, heavenly, HEAVENLY spot! The house is square like this:

And OLD. A hundred years or so. It has a veranda on the side which I can't draw and a sweet porch in front. The picture really doesn't do it justice-those things that look like feather dusters are maple trees, and the prickly ones that border the drive are murmuring pines and hemlocks. It stands on the top of a hill and looks way off over miles of green meadows to another line of hills.

That is the way Connecticut goes, in a series of Marcelle waves; and Lock Willow Farm is just on the crest of one wave. The barns used to be across the road where they obstructed the view, but a kind flash of lightning came from heaven and burnt them down.

The people are Mr. and Mrs. Semple and a hired girl and two hired men. The hired people eat in the kitchen, and the Semples and Judy in the dining-room. We had ham and eggs and biscuits and honey and jelly-cake and pie and pickles and cheese and tea for supper-and a great deal of conversation. I have never been so entertaining in my life; everything I say appears to be funny. I suppose it is, because I've never been in the country before, and my questions are backed by an all-inclusive ignorance.

The room marked with a cross is not where the murder was committed, but the one that I occupy. It's big and square and empty, with adorable old-fashioned furniture and windows that have to be propped up on sticks and green shades trimmed with gold that fall down if you touch them. And a big square mahogany table-I'm going to spend the summer with my elbows spread out on it, writing a novel.

Oh, Daddy, I'm so excited! I can't wait till daylight to explore. It's 8.30 now, and I am about to blow out my candle and try to go to sleep. We rise at five. Did you ever know such fun? I can't believe this is really Judy. You and the Good Lord give me more than I deserve. I must be a very, very, VERY good person to pay. I'm going to be. You'll see.

Good night,
Judy

PS. You should hear the frogs sing and the little pigs squeal and you should see the new moon! I saw it over my right shoulder.

LOCK WILLOW,

12th July
Dear Daddy-Long-Legs,

How did your secretary come to know about Lock Willow? (That isn't a rhetorical question. I am awfully curious to know.) For listen to this: Mr. Jervis Pendleton used to own this farm, but now he has given it to Mrs. Semple who was his old nurse. Did you ever hear of such a funny coincidence? She still calls him 'Master Jervie' and talks about what a sweet little boy he used to be. She has one of his baby curls put away in a box, and it is red-or at least reddish!

Since she discovered that I know him, I have risen very much in her opinion. Knowing a member of the Pendleton family is the best introduction one can have at Lock Willow. And the cream of the whole family is Master Jervis-I am pleased to say that Julia belongs to an inferior branch.

The farm gets more and more entertaining. I rode on a hay wagon yesterday. We have three big pigs and nine little piglets, and you should see them eat. They are pigs! We've oceans of little baby chickens and ducks and turkeys and guinea fowls. You must be mad to live in a city when you might live on a farm.

It is my daily business to hunt the eggs. I fell off a beam in the barn loft yesterday, while I was trying to crawl over to a nest that the black hen has stolen. And when I came in with a scratched knee, Mrs. Semple bound it up with witch-hazel, murmuring all the time, "Dear! Dear! It seems only yesterday that Master Jervie fell off that very same beam and scratched this very same knee."

The scenery around here is perfectly beautiful. There's a valley and a river and a lot of wooded hills, and way in the distance a tall blue mountain that simply melts in your mouth.

We churn twice a week; and we keep the cream in the spring house which is made of stone with the brook running underneath. Some of the farmers around here have a separator, but we don't care for these new-fashioned ideas. It may be a little harder to separate the cream in pans, but it's sufficiently better to pay. We have six calves; and I've chosen the names for all of them.

1. Sylvia, because she was born in the woods.
2. Lesbia, after the Lesbia in Catullus.
3. Sallie.
4. Julia-a spotted, nondescript animal.
5. Judy, after me.
6. Daddy-Long-Legs. You don't mind, do you, Daddy? He's pure Jersey and has a sweet disposition. He looks like this-you can see how appropriate the name is.

I haven't had time yet to begin my immortal novel; the farm keeps me too busy.

Yours always,
Judy

PS. I've learned to make doughnuts.

PS. (2) If you are thinking of raising chickens, let me recommend Buff Orpingtons. They haven't any pin feathers.

PS. (3) I wish I could send you a pat of the nice, fresh butter I churned yesterday. I'm a fine dairy-maid!

PS. (4) This is a picture of Miss Jerusha Abbott, the future great author, driving home the cows.

Sunday
Dear Daddy-Long-Legs,

Isn't it funny? I started to write to you yesterday afternoon, but as far as I got was the heading, 'Dear Daddy-Long-Legs', and then I remembered I'd promised to pick some blackberries for supper, so I went off and left the sheet lying on the table, and when I came back today, what do you think I found sitting in the middle of the page? A real true Daddy-Long-Legs!

I picked him up very gently by one leg, and dropped him out of the window. I wouldn't hurt one of them for the world. They always remind me of you.

We hitched up the spring wagon this morning and drove to the Centre to church. It's a sweet little white frame church with a spire and three Doric columns in front (or maybe Ionic-I always get them mixed).

A nice sleepy sermon with everybody drowsily waving palm-leaf fans, and the only sound, aside from the minister, the buzzing of locusts in the trees outside. I didn't wake up till I found myself on my feet singing the hymn, and then I was awfully sorry I hadn't listened to the sermon; I should like to know more of the psychology of a man who would pick out such a hymn. This was it:

Come, leave your sports and earthly toys
And join me in celestial joys.
Or else, dear friend, a long farewell.
I leave you now to sink to hell.

I find that it isn't safe to discuss religion with the Semples. Their God (whom they have inherited intact from their remote Puritan ancestors) is a narrow, irrational, unjust, mean, revengeful, bigoted Person. Thank heaven I don't inherit God from anybody! I am free to make mine up as I wish Him. He's kind and sympathetic and imaginative and forgiving and understanding-and He has a sense of humour.

I like the Semples immensely; their practice is so superior to their theory. They are better than their own God. I told them so-and they are horribly troubled. They think I am blasphemous-and I think they are! We've dropped theology from our conversation.

This is Sunday afternoon.

Amasai (hired man) in a purple tie and some bright yellow buckskin gloves, very red and shaved, has just driven off with

Carrie (hired girl) in a big hat trimmed with red roses and a blue muslin dress and her hair curled as tight as it will curl. Amasai spent all the morning washing the buggy; and Carrie stayed home from church ostensibly to cook the dinner, but really to iron the muslin dress.

In two minutes more when this letter is finished I am going to settle down to a book which I found in the attic. It's entitled, On the Trail, and sprawled across the front page in a funny little-boy hand:

Jervis Pendleton
if this book should ever roam,
Box its ears and send it home.

He spent the summer here once after he had been ill, when he was about eleven years old; and he left On the Trail behind. It looks well read-the marks of his grimy little hands are frequent! Also in a corner of the attic there is a water wheel and a windmill and some bows and arrows. Mrs. Semple talks so constantly about him that I begin to believe he really lives-not a grown man with a silk hat and walking stick, but a nice, dirty, tousle-headed boy who clatters up the stairs with an awful racket, and leaves the screen doors open, and is always asking for cookies. (And getting them, too, if I know Mrs. Semple!) He seems to have been an adventurous little soul-and brave and truthful. I'm sorry to think he is a Pendleton; he was meant for something better.

We're going to begin threshing oats tomorrow; a steam

engine is coming and three extra men.

It grieves me to tell you that Buttercup (the spotted cow with one horn, Mother of Lesbia) has done a disgraceful thing. She got into the orchard Friday evening and ate apples under the trees, and ate and ate until they went to her head. For two days she has been perfectly dead drunk! That is the truth I am telling. Did you ever hear anything so scandalous?

Sir,

I remain,

Your affectionate orphan,

Judy Abbott

PS. Indians in the first chapter and highwaymen in the second. I hold my breath. What can the third contain? 'Red Hawk leapt twenty feet in the air and bit the dust.' That is the subject of the frontispiece. Aren't Judy and Jervie having fun?

15th September
Dear Daddy,

I was weighed yesterday on the flour scales in the general store at the Comers. I've gained nine pounds! Let me recommend Lock Willow as a health resort.

Yours ever,

Judy

Dear Daddy-Long-Legs,

Behold me-a Sophomore! I came up last Friday, sorry to leave Lock Willow, but glad to see the campus again. It is a pleasant sensation to come back to something familiar. I am beginning to feel at home in college, and in command of the situation; I am beginning, in fact, to feel at home in the world-as though I really belonged to it and had not just crept in on sufferance.

I don't suppose you understand in the least what I am trying to say. A person important enough to be a Trustee can't appreciate the feelings of a person unimportant enough to be a foundling.

And now, Daddy, listen to this. Whom do you think I am rooming with? Sallie McBride and Julia Rutledge Pendleton. It's the truth. We have a study and three little bedrooms-VOILA!

Sallie and I decided last spring that we should like to room together, and Julia made up her mind to stay with Sallie-why, I can't imagine, for they are not a bit alike; but the Pendletons are naturally conservative and inimical (fine word!) to change. Anyway, here we are. Think of Jerusha Abbott, late of the John Grier Home for Orphans, rooming with a Pendleton. This is a democratic country.

Sallie is running for class president, and unless all signs fail, she is going to be elected. Such an atmosphere of intrigue you should see what politicians we are! Oh, I tell you, Daddy, when we women get our rights, you men will have to look alive in order to keep yours. Election comes next Saturday, and we're going to have a torchlight procession in the evening, no matter who wins.

I am beginning chemistry, a most unusual study. I've never seen anything like it before. Molecules and Atoms are the material employed, but I'll be in a position to discuss them more definitely next month.

I am also taking argumentation and logic.

Also history of the whole world.
Also plays of William Shakespeare.
Also French.

If this keeps up many years longer, I shall become quite intelligent.

I should rather have elected economics than French, but I didn't dare, because I was afraid that unless I re-elected French, the Professor would not let me pass-as it was, I just managed to squeeze through the June examination. But I will say that my high-school preparation was not very adequate.

There's one girl in the class who chatters away in French as fast as she does in English. She went abroad with her parents when she was a child, and spent three years in a convent school. You can imagine how bright she is compared with the rest of us-irregular verbs are mere playthings. I wish my parents had chucked me into a French convent when I was little instead of a foundling asylum. Oh no, I don't either! Because then maybe I should never have known you. I'd rather know you than French.

Goodbye, Daddy. I must call on Harriet Martin now, and,

having discussed the chemical situation, casually drop a few thoughts on the subject of our next president.

> Yours in politics,
> J. Abbott

17th October
Dear Daddy-Long-Legs,

Supposing the swimming tank in the gymnasium were filled full of lemon jelly, could a person trying to swim manage to keep on top or would he sink?

We were having lemon jelly for dessert when the question came up. We discussed it heatedly for half an hour and it's still unsettled. Sallie thinks that she could swim in it, but I am perfectly sure that the best swimmer in the world would sink. Wouldn't it be funny to be drowned in lemon jelly?

Two other problems are engaging the attention of our table.

1st. What shape are the rooms in an octagon house? Some of the girls insist that they're square; but I think they'd have to be shaped like a piece of pie. Don't you?

2nd. Suppose there were a great big hollow sphere made of looking-glass and you were sitting inside. Where would it stop reflecting your face and begin reflecting your back? The more one thinks about this problem, the more puzzling it becomes. You can see with what deep philosophical reflection we engage our leisure!

Did I ever tell you about the election? It happened three weeks ago, but so fast do we live, that three weeks is ancient history. Sallie was elected, and we had a torchlight parade with transparencies saying, "McBride for Ever," and a band consisting of fourteen pieces (three mouth organs and eleven combs).

We're very important persons now in '258.' Julia and I come in for a great deal of reflected glory. It's quite a social strain to be living in the same house with a president.

Bonne nuit, cher Daddy,
Acceptez mez compliments,
Tres respectueux,
je suis,
Votre Judy

12th November
Dear Daddy-Long-Legs,

We beat the Freshmen at basket ball yesterday. Of course we're pleased—but oh, if we could only beat the juniors! I'd be willing to be black and blue all over and stay in bed a week in a witch-hazel compress.

Sallie has invited me to spend the Christmas vacation with her. She lives in Worcester, Massachusetts. Wasn't it nice of her? I shall love to go. I've never been in a private family in my life, except at Lock Willow, and the Semples were grown-up and old and don't count. But the McBrides have a houseful

302

of children (anyway two or three) and a mother and father and grandmother, and an Angora cat. It's a perfectly complete family! Packing your trunk and going away is more fun than staying behind. I am terribly excited at the prospect.

Seventh hour-I must run to rehearsal. I'm to be in the Thanksgiving theatricals. A prince in a tower with a velvet tunic and yellow curls. Isn't that a lark?

Yours,
J. A.

Saturday

Do you want to know what I look like? Here's a photograph of all three that Leonora Fenton took.

The light one who is laughing is Sallie, and the tall one with her nose in the air is Julia, and the little one with the hair blowing across her face is Judy-she is really more beautiful than that, but the sun was in her eyes.

'STONE GATE', WORCESTER, MASS.,

31st December
Dear Daddy-Long-Legs,

I meant to write to you before and thank you for your

Christmas cheque, but life in the McBride household is very absorbing, and I don't seem able to find two consecutive minutes to spend at a desk.

I bought a new gown-one that I didn't need, but just wanted. My Christmas present this year is from Daddy-Long-Legs; my family just sent love.

I've been having the most beautiful vacation visiting Sallie. She lives in a big old-fashioned brick house with white trimmings set back from the street-exactly the kind of house that I used to look at so curiously when I was in the John Grier Home, and wonder what it could be like inside. I never expected to see with my own eyes-but here I am! Everything is so comfortable and restful and homelike; I walk from room to room and drink in the furnishings.

It is the most perfect house for children to be brought up in; with shadowy nooks for hide and seek, and open fire places for pop-corn, and an attic to romp in on rainy days and slippery banisters with a comfortable flat knob at the bottom, and a great big sunny kitchen, and a nice, fat, sunny cook who has lived in the family thirteen years and always saves out a piece of dough for the children to bake. Just the sight of such a house makes you want to be a child all over again.

And as for families! I never dreamed they could be so nice. Sallie has a father and mother and grandmother, and the sweetest three-year-old baby sister all over curls, and a medium-sized brother who always forgets to wipe his feet, and a big, good-looking brother named Jimmie, who is a junior at Princeton.

We have the jolliest times at the table-everybody laughs and jokes and talks at once, and we don't have to say grace beforehand. It's a relief not having to thank Somebody for every mouthful you eat. (I dare say I'm blasphemous; but you'd be, too, if you'd offered as much obligatory thanks as I have.)

Such a lot of things we've done-I can't begin to tell you about them. Mr. McBride owns a factory and Christmas eve he had a tree for the employees' children. It was in the long packing-room which was decorated with evergreens and holly. Jimmie McBride was dressed as Santa Claus and Sallie and I helped him distribute the presents.

Dear me, Daddy, but it was a funny sensation! I felt as benevolent as a Trustee of the John Grier home. I kissed one sweet, sticky little boy-but I don't think I patted any of them on the head!

And two days after Christmas, they gave a dance at their own house for ME.

It was the first really true ball I ever attended-college doesn't count where we dance with girls. I had a new white evening gown (your Christmas present-many thanks) and long white gloves and white satin slippers. The only drawback to my perfect, utter, absolute happiness was the fact that Mrs. Lippett couldn't see me leading the cotillion with Jimmie McBride. Tell her about it, please, the next time you visit the J. G. H.

Yours ever,
Judy Abbott

PS. Would you be terribly displeased, Daddy, if I didn't turn out to be a Great Author after all, but just a Plain Girl?

6.30, Saturday
Dear Daddy,

We started to walk to town today, but mercy! how it poured. I like winter to be winter with snow instead of rain.

Julia's desirable uncle called again this afternoon-and brought a five-pound box of chocolates. There are advantages, you see, about rooming with Julia.

Our innocent prattle appeared to amuse him and he waited for a later train in order to take tea in the study. We had an awful lot of trouble getting permission. It's hard enough entertaining fathers and grandfathers, but uncles are a step worse; and as for brothers and cousins, they are next to impossible. Julia had to swear that he was her uncle before a notary public and then have the county clerk's certificate attached. (Don't I know a lot of law?) And even then I doubt if we could have had our tea if the Dean had chanced to see how youngish and good-looking Uncle Jervis is.

Anyway, we had it, with brown bread Swiss cheese sandwiches. He helped make them and then ate four. I told him that I had spent last summer at Lock Willow, and we had a beautiful gossipy time about the Semples, and the horses and cows and chickens. All the horses that he used to know are dead, except Grover, who was a baby colt at the time of his last

306

visit?and poor Grove now is so old he can just limp about the pasture.

He asked if they still kept doughnuts in a yellow crock with a blue plate over it on the bottom shelf of the pantry-and they do! He wanted to know if there was still a woodchuck's hole under the pile of rocks in the night pasture-and there is! Amasai caught a big, fat, grey one there this summer, the twenty-fifth great-grandson of the one Master Jervis caught when he was a little boy.

I called him 'Master Jervie' to his face, but he didn't appear to be insulted. Julia says she has never seen him so amiable; he's usually pretty unapproachable. But Julia hasn't a bit of tact; and men, I find, require a great deal. They purr if you rub them the right way and spit if you don't. (That isn't a very elegant metaphor. I mean it figuratively.)

We're reading Marie Bashkirtseff's journal. Isn't it amazing? Listen to this: 'Last night I was seized by a fit of despair that found utterance in moans, and that finally drove me to throw the dining-room clock into the sea.'

It makes me almost hope I'm not a genius; they must be very wearing to have about-and awfully destructive to the furniture.

Mercy! how it keeps Pouring. We shall have to swim to chapel tonight.

Yours ever,
Judy

20th Jan.
Dear Daddy-Long-Legs,

Did you ever have a sweet baby girl who was stolen from the cradle in infancy?

Maybe I am she! If we were in a novel, that would be the denouement, wouldn't it?

It's really awfully queer not to know what one is-sort of exciting and romantic. There are such a lot of possibilities. Maybe I'm not American; lots of people aren't. I may be straight descended from the ancient Romans, or I may be a Viking's daughter, or I may be the child of a Russian exile and belong by rights in a Siberian prison, or maybe I'm a Gipsy-I think perhaps I am. I have a very WANDERING spirit, though I haven't as yet had much chance to develop it.

Do you know about that one scandalous blot in my career the time I ran away from the asylum because they punished me for stealing cookies? It's down in the books free for any Trustee to read. But really, Daddy, what could you expect? When you put a hungry little nine-year girl in the pantry scouring knives, with the cookie jar at her elbow, and go off and leave her alone; and then suddenly pop in again, wouldn't you expect to find her a bit crumby? And then when you jerk her by the elbow and box her ears, and make her leave the table when the pudding comes, and tell all the other children that it's because she's a thief, wouldn't you expect her to run away?

I only ran four miles. They caught me and brought me back; and every day for a week I was tied, like a naughty puppy, to a stake in the back yard while the other children were out at recess.

Oh, dear! There's the chapel bell, and after chapel I have a committee meeting. I'm sorry because I meant to write you a very entertaining letter this time.

Auf wiedersehen

Cher Daddy,

Pax tibi!

Judy

PS. There's one thing I'm perfectly sure of I'm not a Chinaman.

4th February
Dear Daddy-Long-Legs,

Jimmie McBride has sent me a Princeton banner as big as one end of the room; I am very grateful to him for remembering me, but I don't know what on earth to do with it. Sallie and Julia won't let me hang it up; our room this year is furnished in red, and you can imagine what an effect we'd have if I added orange and black. But it's such nice, warm, thick felt, I hate to waste it. Would it be very improper to have it made into a bath robe? My old one shrank when it was washed.

I've entirely omitted of late telling you what I am learning, but though you might not imagine it from my letters, my time is exclusively occupied with study. It's a very bewildering matter to get educated in five branches at once.

"The test of true scholarship," says Chemistry Professor, "is a painstaking passion for detail."

"Be careful not to keep your eyes glued to detail," says History Professor. "Stand far enough away to get a perspective of the whole."

You can see with what nicety we have to trim our sails between chemistry and history. I like the historical method best. If I say that William the Conqueror came over in 1492, and Columbus discovered America in 1100 or 1066 or whenever it was, that's a mere detail that the Professor overlooks. It gives a feeling of security and restfulness to the history recitation, that is entirely lacking in chemistry.

Sixth-hour bell-I must go to the laboratory and look into a little matter of acids and salts and alkalis. I've burned a hole as big as a plate in the front of my chemistry apron, with hydrochloric acid. If the theory worked, I ought to be able to neutralize that hole with good strong ammonia, oughtn't I?

Examinations next week, but who's afraid?

Yours ever,
Judy

5th March
Dear Daddy-Long-Legs,

There is a March wind blowing, and the sky is filled with heavy, black moving clouds. The crows in the pine trees are making such a clamour! It's an intoxicating, exhilarating, CALLING noise. You want to close your books and be off over the hills to race with the wind.

We had a paper chase last Saturday over five miles of squashy 'cross country. The fox (composed of three girls and a bushel or so of confetti) started half an hour before the twenty-seven hunters. I was one of the twenty-seven; eight dropped by the wayside; we ended nineteen. The trail led over a hill, through a cornfield, and into a swamp where we had to leap lightly from hummock to hummock. of course half of us went in ankle deep. We kept losing the trail, and we wasted twenty-five minutes over that swamp. Then up a hill through some woods and in at a barn window! The barn doors were all locked and the window was up high and pretty small. I don't call that fair, do you?

But we didn't go through; we circumnavigated the barn and picked up the trail where it issued by way of a low shed roof on to the top of a fence. The fox thought he had us there, but we fooled him. Then straight away over two miles of rolling meadow, and awfully hard to follow, for the confetti was getting sparse. The rule is that it must be at the most six feet apart, but they were the longest six feet I ever saw. Finally, after two hours of steady trotting, we tracked Monsieur Fox into the kitchen of

Crystal Spring (that's a farm where the girls go in bob sleighs and hay wagons for chicken and waffle suppers) and we found the three foxes placidly eating milk and honey and biscuits. They hadn't thought we would get that far; they were expecting us to stick in the barn window.

Both sides insist that they won. I think we did, don't you? Because we caught them before they got back to the campus. Anyway, all nineteen of us settled like locusts over the furniture and clamoured for honey. There wasn't enough to go round, but Mrs. Crystal Spring (that's our pet name for her; she's by rights a Johnson) brought up a jar of strawberry jam and a can of maple syrup-just made last week-and three loaves of brown bread.

We didn't get back to college till half-past six-half an hour late for dinner-and we went straight in without dressing, and with perfectly unimpaired appetites! Then we all cut evening chapel, the state of our boots being enough of an excuse.

I never told you about examinations. I passed everything with the utmost ease-I know the secret now, and am never going to fail again. I shan't be able to graduate with honours though, because of that beastly Latin prose and geometry Freshman year. But I don't care. Wot's the hodds so long as you're 'appy? (That's a quotation. I've been reading the English classics.)

Speaking of classics, have you ever read Hamlet? If you haven't, do it right off. It's PERFECTLY CORKING. I've been hearing about Shakespeare all my life, but I had no idea he really wrote so well; I always suspected him of going largely on his reputation.

I have a beautiful play that I invented a long time ago when I first learned to read. I put myself to sleep every night by pretending I'm the person (the most important person) in the book I'm reading at the moment.

At present I'm Ophelia-and such a sensible Ophelia! I keep Hamlet amused all the time, and pet him and scold him and make him wrap up his throat when he has a cold. I've entirely cured him of being melancholy. The King and Queen are both dead-an accident at sea; no funeral necessary-so Hamlet and I are ruling in Denmark without any bother. We have the kingdom working beautifully. He takes care of the governing, and I look after the charities. I have just founded some first-class orphan asylums. If you or any of the other Trustees would like to visit them, I shall be pleased to show you through. I think you might find a great many helpful suggestions.

I remain, sir,
Yours most graciously,
OPHELIA,
Queen of Denmark.

24th March, maybe the 25th
Dear Daddy-Long-Legs,

I don't believe I can be going to Heaven-I am getting such a lot of good things here; it wouldn't be fair to get them hereafter too. Listen to what has happened.

Jerusha Abbott has won the short-story contest (a twenty-five dollar prize) that the Monthly holds every year. And she's a Sophomore! The contestants are mostly Seniors. When I saw my name posted, I couldn't quite believe it was true. Maybe I am going to be an author after all. I wish Mrs. Lippett hadn't given me such a silly name-it sounds like an author-ess, doesn't it?

Also I have been chosen for the spring dramatics-As You Like It out of doors. I am going to be Celia, own cousin to Rosalind.

And lastly: Julia and Sallie and I are going to New York next Friday to do some spring shopping and stay all night and go to the theatre the next day with 'Master Jervie.' He invited us. Julia is going to stay at home with her family, but Sallie and I are going to stop at the Martha Washington Hotel. Did you ever hear of anything so exciting? I've never been in a hotel in my life, nor in a theatre; except once when the Catholic Church had a festival and invited the orphans, but that wasn't a real play and it doesn't count.

And what do you think we're going to see? Hamlet. Think of that! We studied it for four weeks in Shakespeare class and I know it by heart.

I am so excited over all these prospects that I can scarcely sleep.

Goodbye, Daddy.

This is a very entertaining world.

Yours ever,
Judy

PS. I've just looked at the calendar. It's the 28th.

Another postscript.

I saw a street car conductor today with one brown eye and one blue.

Wouldn't he make a nice villain for a detective story?

7th April
Dear Daddy-Long-Legs,

Mercy! Isn't New York big? Worcester is nothing to it. Do you mean to tell me that you actually live in all that confusion? I don't believe that I shall recover for months from the bewildering effect of two days of it. I can't begin to tell you all the amazing things I've seen; I suppose you know, though, since you live there yourself.

But aren't the streets entertaining? And the people? And the shops? I never saw such lovely things as there are in the windows. It makes you want to devote your life to wearing clothes.

Sallie and Julia and I went shopping together Saturday morning. Julia went into the very most gorgeous place I ever saw, white and gold walls and blue carpets and blue silk curtains and gilt chairs. A perfectly beautiful lady with yellow hair and a long black silk trailing gown came to meet us with a welcoming smile. I thought we were paying a social call, and started to shake hands, but it seems we were only buying hats-at least Julia was. She sat down in front of a mirror and tried

on a dozen, each lovelier than the last, and bought the two
loveliest of all.

I can't imagine any joy in life greater than sitting down in
front of a mirror and buying any hat you choose without having
first to consider the price! There's no doubt about it, Daddy;
New York would rapidly undermine this fine stoical character
which the John Grier Home so patiently built up.

And after we'd finished our shopping, we met Master Jervie
at Sherry's. I suppose you've been in Sherry's? Picture that,
then picture the dining-room of the John Grier Home with its
oilcloth-covered tables, and white crockery that you CAN'T
break, and wooden-handled knives and forks; and fancy the
way I felt!

I ate my fish with the wrong fork, but the waiter very kindly
gave me another so that nobody noticed.

And after luncheon we went to the theatre-it was dazzling,
marvellous, unbelievable-I dream about it every night.

Isn't Shakespeare wonderful?

Hamlet is so much better on the stage than when we analyze
it in class; I appreciated it before, but now, dear me!

I think, if you don't mind, that I'd rather be an actress than
a writer. Wouldn't you like me to leave college and go into
a dramatic school? And then I'll send you a box for all my
performances, and smile at you across the footlights. Only wear
a red rose in your buttonhole, please, so I'll surely smile at the
right man. It would be an awfully embarrassing mistake if I
picked out the wrong one.

We came back Saturday night and had our dinner in the train, at little tables with pink lamps and negro waiters. I never heard of meals being served in trains before, and I inadvertently said so.

"Where on earth were you brought up?" said Julia to me.

"In a village," said I meekly, to Julia.

"But didn't you ever travel?" said she to me.

"Not till I came to college, and then it was only a hundred and sixty miles and we didn't eat," said I to her.

She's getting quite interested in me, because I say such funny things. I try hard not to, but they do pop out when I'm surprised-and I'm surprised most of the time. It's a dizzying experience, Daddy, to pass eighteen years in the John Grier Home, and then suddenly to be plunged into the WORLD.

But I'm getting acclimated. I don't make such awful mistakes as I did; and I don't feel uncomfortable any more with the other girls. I used to squirm whenever people looked at me. I felt as though they saw right through my sham new clothes to the checked ginghams underneath. But I'm not letting the ginghams bother me any more. Sufficient unto yesterday is the evil thereof.

I forgot to tell you about our flowers. Master Jervie gave us each a big bunch of violets and lilies-of-the-valley. Wasn't that sweet of him? I never used to care much for men-judging by Trustees-but I'm changing my mind.

Eleven pages-this is a letter! Have courage. I'm going to stop.

Yours always,

10th April
Dear Mr. Rich-Man,

Here's your cheque for fifty dollars. Thank you very much, but I do not feel that I can keep it. My allowance is sufficient to afford all of the hats that I need. I am sorry that I wrote all that silly stuff about the millinery shop; it's just that I had never seen anything like it before.

However, I wasn't begging! And I would rather not accept any more charity than I have to.

Sincerely yours,
Jerusha Abbott

11th April
Dearest Daddy,

Will you please forgive me for the letter I wrote you yesterday? After I posted it I was sorry, and tried to get it back, but that beastly mail clerk wouldn't give it back to me.

It's the middle of the night now; I've been awake for hours thinking what a Worm I am-what a Thousand-legged Worm-and that's the worst I can say! I've closed the door very softly into the study so as not to wake Julia and Sallie, and am sitting up in bed writing to you on paper torn out of my history note-book.

I just wanted to tell you that I am sorry I was so impolite about your cheque. I know you meant it kindly, and I think you're an old dear to take so much trouble for such a silly thing as a hat. I ought to have returned it very much more graciously.

But in any case, I had to return it. It's different with me than with other girls. They can take things naturally from people. They have fathers and brothers and aunts and uncles; but I can't be on any such relations with any one. I like to pretend that you belong to me, just to play with the idea, but of course I know you don't. I'm alone, really-with my back to the wall fighting the world-and I get sort of gaspy when I think about it. I put it out of my mind, and keep on pretending; but don't you see, Daddy? I can't accept any more money than I have to, because some day I shall be wanting to pay it back, and even as great an author as I intend to be won't be able to face a PERFECTLY TREMENDOUS debt.

I'd love pretty hats and things, but I mustn't mortgage the future to pay for them.

You'll forgive me, won't you, for being so rude? I have an awful habit of writing impulsively when I first think things, and then posting the letter beyond recall. But if I sometimes seem thoughtless and ungrateful, I never mean it. In my heart I thank you always for the life and freedom and independence that you have given me. My childhood was just a long, sullen stretch of revolt, and now I am so happy every moment of the day that I can't believe it's true. I feel like a made-up heroine in a story-book.

It's a quarter past two. I'm going to tiptoe out to post this off now. You'll receive it in the next mail after the other; so you won't have a very long time to think bad of me.

> *Good night, Daddy,*
> *I love you always,*
> *Judy*

4th May
Dear Daddy-Long-Legs,

Field Day last Saturday. It was a very spectacular occasion. First we had a parade of all the classes, with everybody dressed in white linen, the Seniors carrying blue and gold Japanese umbrellas, and the juniors white and yellow banners. Our class had crimson balloons-very fetching, especially as they were always getting loose and floating off-and the Freshmen wore green tissue-paper hats with long streamers. Also we had a band in blue uniforms hired from town. Also about a dozen funny people, like clowns in a circus, to keep the spectators entertained between events.

Julia was dressed as a fat country man with a linen duster and whiskers and baggy umbrella. Patsy Moriarty (Patrici really. Did you ever hear such a name? Mrs. Lippett couldn't have done better) who is tall and thin was Julia's wife in a absurd green bonnet over one ear. Waves of laughter followed them the whole length of the course. Julia played the part extremely well. I never dreamed that a Pendleton could display so much comedy spirit-begging Master Jervie's pardon; I don't consider him a true Pendleton though, any more than I consider you a true Trustee.

Sallie and I weren't in the parade because we were entered for the events. And what do you think? We both won! At least in something. We tried for the running broad jump and lost; but Sallie won the pole-vaulting (seven feet three inches) and I won the fifty-yard sprint (eight seconds).

I was pretty panting at the end, but it was great fun, with the whole class waving balloons and cheering and yelling:

What's the matter with Judy Abbott?
She's all right.
Who's all right?
Judy Ab-bott!

That, Daddy, is true fame. Then trotting back to the dressing tent and being rubbed down with alcohol and having a lemon to suck. You see we're very professional. It's a fine thing to win an event for your class, because the class that wins the most gets the athletic cup for the year. The Seniors won it this year, with seven events to their credit. The athletic association gave a dinner in the gymnasium to all of the winners. We had fried soft-shell crabs, and chocolate ice-cream moulded in the shape of basket balls.

I sat up half of last night reading Jane Eyre. Are you old enough, Daddy, to remember sixty years ago? And, if so, did people talk that way?

The haughty Lady Blanche says to the footman, "Stop your chattering, knave, and do my bidding." Mr. Rochester talks about the metal welkin when he means the sky; and as for the mad woman who laughs like a hyena and sets fire to bed curtains and tears up wedding veils and BITES-it's melodrama of the purest, but just the same, you read and read and read. I can't see how any girl could have written such a book, especially any girl who was brought up in a churchyard. There's something about those Brontes that fascinates me. Their books, their lives, their spirit. Where did they get it? When I was reading about little Jane's troubles in the charity school, I got so angry that I had to go out and take a walk. I understood exactly how she felt. Having known Mrs. Lippett, I could see Mr. Brocklehurst.

Don't be outraged, Daddy. I am not intimating that the John Grier Home was like the Lowood Institute. We had plenty to eat and plenty to wear, sufficient water to wash in, and a furnace in the cellar. But there was one deadly likeness. Our lives were absolutely monotonous and uneventful. Nothing nice ever happened, except ice-cream on Sundays, and even that was regular. In all the eighteen years I was there I only had one adventure-when the woodshed burned. We had to get up in the night and dress so as to be ready in case the house should catch. But it didn't catch and we went back to bed.

Everybody likes a few surprises; it's a perfectly natural human craving. But I never had one until Mrs. Lippett called me to the office to tell me that Mr. John Smith was going to send me to college. And then she broke the news so gradually that it just barely shocked me.

You know, Daddy, I think that the most necessary quality for any person to have is imagination. It makes people able to put themselves in other people's places. It makes them kind and sympathetic and understanding. It ought to be cultivated in children. But the John Grier Home instantly stamped out the slightest flicker that appeared. Duty was the one quality that was encouraged. I don't think children ought to know the meaning of the word; it's odious, detestable. They ought to do everything from love.

Wait until you see the orphan asylum that I am going to be the head of! It's my favourite play at night before I go to sleep. I plan it out to the littlest detail-the meals and clothes and study and amusements and punishments; for even my superior orphans are sometimes bad.

But anyway, they are going to be happy. I think that every one, no matter how many troubles he may have when he grows up, ought to have a happy childhood to look back upon. And if I ever have any children of my own, no matter how unhappy I may be, I am not going to let them have any cares until they grow up.

(There goes the chapel bell-I'll finish this letter sometime).

Thursday

When I came in from laboratory this afternoon, I found a squirrel sitting on the tea table helping himself to almonds. These are the kind of callers we entertain now that warm weather has come and the windows stay open?

Saturday morning

Perhaps you think, last night being Friday, with no classes today, that I passed a nice quiet, readable evening with the set of Stevenson that I bought with my prize money? But if so, you've never attended a girls' college, Daddy dear. Six friends dropped in to make fudge, and one of them dropped the fudge-while it was still liquid-right in the middle of our best rug. We shall never be able to clean up the mess.

I haven't mentioned any lessons of late; but we are still having them every day. It's sort of a relief though, to get away from them and discuss life in the large-rather one-sided discussions that you and I hold, but that's your own fault. You are welcome to answer back any time you choose.

I've been writing this letter off and on for three days, and I fear by now vous etes bien bored!

Goodbye, nice Mr. Man,
Judy

Mr. Daddy-Long-Legs Smith,

SIR: Having completed the study of argumentation and the science of dividing a thesis into heads, I have decided to adopt the following form for letter-writing. It contains all necessary facts, but no unnecessary verbiage.

I.   We had written examinations this week in:
    A. Chemistry.
    B. History.

II. A new dormitory is being built.
    A. Its material is:
        (a) red brick.
        (b) grey stone.
    B. Its capacity will be:
        (a) one dean, five instructors.
        (b) two hundred girls.
        (c) one housekeeper, three cooks, twenty
            waitresses,twenty chambermaids.

III. We had junket for dessert tonight.

IV. I am writing a special topic upon the Sources of
     Shakespeare's Plays.

V.   Lou McMahon slipped and fell this afternoon at
     basket ball, and she:

A. Dislocated her shoulder.

B. Bruised her knee.

VI. I have a new hat trimmed with:

A. Blue velvet ribbon.

B. Two blue quills.

C. Three red pompoms.

VII. It is half past nine.

VIII. Good night.

Judy

2nd June
Dear Daddy-Long-Legs,

You will never guess the nice thing that has happened.

The McBrides have asked me to spend the summer at their camp in the Adirondacks! They belong to a sort of club on a lovely little lake in the middle of the woods. The different members have houses made of logs dotted about among the trees, and they go canoeing on the lake, and take long walks through trails to other camps, and have dances once a week in the club house-Jimmie McBride is going to have a college friend visiting him part of the summer, so you see we shall have plenty of men to dance with.

Wasn't it sweet of Mrs. McBride to ask me? It appears that she liked me when I was there for Christmas.

Please excuse this being short. It isn't a real letter; it's just to let you know that I'm disposed of for the summer.

Yours,
In a VERY contented frame of mind,
Judy

5th June
Dear Daddy-Long-Legs,

Your secretary man has just written to me saying that Mr. Smith prefers that I should not accept Mrs. McBride's invitation, but should return to Lock Willow the same as last summer.

Why, why, WHY, Daddy?

You don't understand about it. Mrs. McBride does want me, really and truly. I'm not the least bit of trouble in the house. I'm a help. They don't take up many servants, and Sallie an I can do lots of useful things. It's a fine chance for me to learn housekeeping. Every woman ought to understand it, and I only know asylum-keeping.

There aren't any girls our age at the camp, and Mrs. McBride wants me for a companion for Sallie. We are planning to do a lot of reading together. We are going to read all of the books for next year's English and sociology. The Professor said it would be a great help if we would get our reading finished in the summer; and it's so much easier to remember it if we read together and talk it over.

Just to live in the same house with Sallie's mother is an education. She's the most interesting, entertaining, companionable, charming woman in the world; she knows everything. Think how many summers I've spent with Mrs. Lippett and how I'll appreciate the contrast. You needn't be afraid that I'll be crowding them, for their house is made of rubber. When they have a lot of company, they just sprinkle tents about in the woods and turn the boys outside. It's going to be such a nice, healthy summer exercising out of doors every minute. Jimmie McBride is going to teach me how to ride horseback and paddle a canoe, and how to shoot and-oh, lots of things I ought to know. It's the kind of nice, jolly, care-free time that I've never had; and I think every girl deserves it once in her life. Of course I'll do exactly as you say, but please, PLEASE let me go, Daddy. I've never wanted anything so much.

This isn't Jerusha Abbott, the future great author, writing to you.

It's just Judy-a girl.

9th June
Mr. John Smith,

SIR: Yours of the 7th inst. at hand. In compliance with the instructions received through your secretary, I leave on Friday next to spend the summer at Lock Willow Farm.

I hope always to remain,

(Miss) Jerusha Abbott

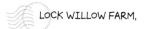

LOCK WILLOW FARM,

3rd August
Dear Daddy-Long-Legs,

It has been nearly two months since I wrote, which wasn't nice of me, I know, but I haven't loved you much this summer—you see I'm being frank!

You can't imagine how disappointed I was at having to give up the McBrides' camp. Of course I know that you're my guardian, and that I have to regard your wishes in all matters, but I couldn't see any REASON. It was so distinctly the best thing that could have happened to me. If I had been Daddy, and you had been Judy, I should have said, "Bless you my child, run along and have a good time; see lots of new people and learn lots of new things; live out of doors, and get strong and well and rested for a year of hard work."

But not at all! Just a curt line from your secretary ordering me to Lock Willow.

It's the impersonality of your commands that hurts my feelings. It seems as though, if you felt the tiniest little bit for me the way I feel for you, you'd sometimes send me a message that you'd written with your own hand, instead of those beastly typewritten secretary's notes. If there were the slightest hint that you cared, I'd do anything on earth to please you.

I know that I was to write nice, long, detailed letters without ever expecting any answer. You're living up to your side of the bargain-I'm being educated-and I suppose you're thinking I'm not living up to mine!

But, Daddy, it is a hard bargain. It is, really. I'm so awfully lonely. You are the only person I have to care for, and you are so shadowy. You're just an imaginary man that I've made up-and probably the real YOU isn't a bit like my imaginary YOU. But you did once, when I was ill in the infirmary, send me a message, and now, when I am feeling awfully forgotten, I get out your card and read it over.

I don't think I am telling you at all what I started to say, which was this:

Although my feelings are still hurt, for it is very humiliating to be picked up and moved about by an arbitrary, peremptory, unreasonable, omnipotent, invisible Providence, still, when a man has been as kind and generous and thoughtful as you have heretofore been towards me, I suppose he has a right to be an arbitrary, peremptory, unreasonable, invisible Providence if he chooses, and so-I'll forgive you and be cheerful again. But I still don't enjoy getting Sallie's letters about the good times they are having in camp!

However-we will draw a veil over that and begin again.

I've been writing and writing this summer; four short stories finished and sent to four different magazines. So you see I'm trying to be an author. I have a workroom fixed in a corner of the attic where Master Jervie used to have his rainy-day playroom. It's in a cool, breezy corner with two dormer windows, and shaded by a maple tree with a family of red squirrels living in a hole.

I'll write a nicer letter in a few days and tell you all the farm news.

We need rain.

Yours as ever,
Judy

10th August
Mr. Daddy-Long-Legs,

SIR: I address you from the second crotch in the willow tree by the pool in the pasture. There's a frog croaking underneath, a locust singing overhead and two little 'devil downheads' darting up and down the trunk. I've been here for an hour; it's a very comfortable crotch, especially after being upholstered with two sofa cushions. I came up with a pen and tablet hoping to write an immortal short story, but I've been having a dreadful time with my heroine-I CAN'T make her behave as I want her to behave; so I've abandoned her for the moment, and am writing to you. (Not much relief though, for I can't make you behave as I want you to, either.)

If you are in that dreadful New York, I wish I could send you some of this lovely, breezy, sunshiny outlook. The country is Heaven after a week of rain.

Speaking of Heaven-do you remember Mr. Kellogg that I told you about last summer?-the minister of the little white church at the Corners. Well, the poor old soul is dead-last winter of pneumonia. I went half a dozen times to hear him preach and got very well acquainted with his theology. He believed to the end exactly the same things he started with. It seems to me that a man who can think straight along for forty-seven years without changing a single idea ought to be kept in a cabinet as a curiosity. I hope he is enjoying his harp and golden crown; he was so perfectly sure of finding them! There's a new young man, very consequential, in his place. The congregation is pretty dubious, especially the faction led by Deacon Cummings. It looks as though there was going to be an awful split in the church. We don't care for innovations in religion in this neighbourhood.

During our week of rain I sat up in the attic and had an orgy of reading-Stevenson, mostly. He himself is more entertaining than any of the characters in his books; I dare say he made himself into the kind of hero that would look well in print. Don't you think it was perfect of him to spend all the ten thousand dollars his father left, for a yacht, and go sailing off to the South Seas? He lived up to his adventurous creed. If my father had left me ten thousand dollars, I'd do it, too. The thought of Vailima makes me wild. I want to see the tropics. I want to see the whole world. I am going to be a great author, or artist, or actress, or playwright-or whatever sort of a great person I turn out to be. I have a terrible wanderthirst; the very sight of a map makes me want to put on my hat and take an umbrella and start. "I shall see before I die the palms and temples of the South."

Thursday evening at twilight, sitting on the doorstep.

Very hard to get any news into this letter! Judy is becoming so philosophical of late, that she wishes to discourse largely of the world in general, instead of descending to the trivial details of daily life. But if you MUST have news, here it is:

Our nine young pigs waded across the brook and ran away last Tuesday, and only eight came back. We don't want to accuse anyone unjustly, but we suspect that Widow Dowd has one more than she ought to have.

Mr. Weaver has painted his barn and his two silos a bright pumpkin yellow-a very ugly colour, but he says it will wear.

The Brewers have company this week; Mrs. Brewer's sister and two nieces from Ohio.

One of our Rhode Island Reds only brought off three chicks out of fifteen eggs. We can't imagine what was the trouble. Rhode island Reds, in my opinion, are a very inferior breed. I prefer Buff Orpingtons.

The new clerk in the post office at Bonnyrigg Four Corners drank every drop of Jamaica ginger they had in stock-seven dollars' worth-before he was discovered.

Old Ira Hatch has rheumatism and can't work any more; he never saved his money when he was earning good wages, so now he has to live on the town.

There's to be an ice-cream social at the schoolhouse next Saturday evening. Come and bring your families.

I have a new hat that I bought for twenty-five cents at the post office. This is my latest portrait, on my way to rake the hay.

It's getting too dark to see; anyway, the news is all used up.

Good night,
Judy

Friday

Good morning! Here is some news! What do you think? You'd never, never, never guess who's coming to Lock Willow. A letter to Mrs. Semple from Mr. Pendleton. He's motoring through the Berkshires, and is tired and wants to rest on a nice quiet farm-if he climbs out at her doorstep some night will she have a room ready for him? Maybe he'll stay one week, or maybe two, or maybe three; he'll see how restful it is when he gets here.

Such a flutter as we are in! The whole house is being cleaned and all the curtains washed. I am driving to the Corners this morning to get some new oilcloth for the entry, and two cans of brown floor paint for the hall and back stairs. Mrs. Dowd is engaged to come tomorrow to wash the windows (in the exigency of the moment, we waive our suspicions in regard to the piglet). You might think, from this account of our activities, that the house was not already immaculate; but I assure you it was! Whatever Mrs. Semple's limitations, she is a HOUSEKEEPER.

But isn't it just like a man, Daddy? He doesn't give the remotest hint as to whether he will land on the doorstep today, or two weeks from today. We shall live in a perpetual breathlessness until he comes-and if he doesn't hurry, the cleaning may all have to be done over again.

There's Amasai waiting below with the buckboard and Grover. I drive alone-but if you could see old Grove, you wouldn't be worried as to my safety.

With my hand on my heart-farewell.
Judy

PS. Isn't that a nice ending? I got it out of Stevenson's letters.

Saturday

Good morning again! I didn't get this ENVELOPED yesterday before the postman came, so I'll add some more. We have one mail a day at twelve o'clock. Rural delivery is a blessing to the farmers! Our postman not only delivers letters, but he runs errands for us in town, at five cents an errand. Yesterday he brought me some shoe-strings and a jar of cold cream (I sunburned all the skin off my nose before I got my new hat) and a blue Windsor tie and a bottle of blacking all for ten cents. That was an unusual bargain, owing to the largeness of my order.

Also he tells us what is happening in the Great World. Several people on the route take daily papers, and he reads them as he jogs along, and repeats the news to the ones who don't subscribe. So in case a war breaks out between the United States and Japan, or the president is assassinated, or Mr. Rockefeller leaves a million dollars to the John Grier Home, you needn't bother to write; I'll hear it anyway.

No sign yet of Master Jervie. But you should see how clean our house is-and with what anxiety we wipe our feet before we step in!

I hope he'll come soon; I am longing for someone to talk to. Mrs. Semple, to tell you the truth, gets rather monotonous. She never lets ideas interrupt the easy flow of her conversation. It's a funny thing about the people here. Their world is just this single hilltop. They are not a bit universal, if you know what I mean. It's exactly the same as at the John Grier Home. Our ideas there were bounded by the four sides of the iron fence, only I didn't mind it so much because I was younger, and was so awfully busy. By the time I'd got all my beds made and my babies' faces washed and had gone to school and come home and had washed their faces again and darned their stockings and mended Freddie Perkins's trousers (he tore them every day of his life) and learned my lessons in between-I was ready to go to bed, and I didn't notice any lack of social intercourse. But after two years in a conversational college, I do miss it; and I shall be glad to see somebody who speaks my language.

I really believe I've finished, Daddy. Nothing else occurs to me at the moment-I'll try to write a longer letter next time.

Yours always,
Judy

PS. The lettuce hasn't done at all well this year. It was so dry early in the season.

25th August

Well, Daddy, Master Jervie's here. And such a nice time as we're having! At least I am, and I think he is, too-he has been here ten days and he doesn't show any signs of going. The way Mrs. Semple pampers that man is scandalous. If she indulged him as much when he was a baby, I don't know how he ever turned out so well.

He and I eat at a little table set on the side porch, or sometimes under the trees, or-when it rains or is cold-in the best parlour. He just picks out the spot he wants to eat in and Carrie trots after him with the table. Then if it has been an awful nuisance, and she has had to carry the dishes very far, she finds a dollar under the sugar bowl.

He is an awfully companionable sort of man, though you would never believe it to see him casually; he looks at first glance like a true Pendleton, but he isn't in the least. He is just as simple and unaffected and sweet as he can be-that seems a funny way to describe a man, but it's true. He's extremely nice with the farmers around here; he meets them in a sort of man-to-man fashion that disarms them immediately. They were very suspicious at first. They didn't care for his clothes! And I will say that his clothes are rather amazing. He wears knickerbockers and pleated jackets and white flannels and riding clothes with puffed trousers. Whenever he comes down in anything new, Mrs. Semple, beaming with pride, walks around and views him from every angle, and urges him to be careful where he sits down; she is so afraid he will pick up some dust. It bores him dreadfully. He's always saying to her:

"Run along, Lizzie, and tend to your work. You can't boss me any longer. I've grown up."

It's awfully funny to think of that great big, long-legged man (he's nearly as long-legged as you, Daddy) ever sitting in Mrs. Semple's lap and having his face washed. Particularly funny when you see her lap! She has two laps now, and three chins. But he says that once she was thin and wiry and spry and could run faster than he.

Such a lot of adventures we're having! We've explored the country for miles, and I've learned to fish with funny little flies made of feathers. Also to shoot with a rifle and a revolver. Also to ride horseback-there's an astonishing amount of life in old Grove. We fed him on oats for three days, and he shied at a calf and almost ran away with me.

Wednesday

We climbed Sky Hill Monday afternoon. That's a mountain near here; not an awfully high mountain, perhaps-no snow on the summit-but at least you are pretty breathless when you reach the top. The lower slopes are covered with woods, but the top is just piled rocks and open moor. We stayed up for the sunset and built a fire and cooked our supper. Master Jervie did the cooking; he said he knew how better than me and he did, too, because he's used to camping. Then we came down by moonlight, and, when we reached the wood trail where it was dark, by the light of an electric bulb that he had in his pocket. It was such fun! He laughed and joked all the way and talked about interesting things. He's read all the books I've ever read, and a lot of others besides. It's astonishing how many different things he knows.

We went for a long tramp this morning and got caught in a storm. Our clothes were drenched before we reached home but our spirits not even damp. You should have seen Mrs. Semple's face when we dripped into her kitchen.

"Oh, Master Jervie-Miss Judy! You are soaked through. Dear! Dear!

What shall I do? That nice new coat is perfectly ruined."

She was awfully funny; you would have thought that we were ten years old, and she a distracted mother. I was afraid for a while that we weren't going to get any jam for tea.

Saturday

I started this letter ages ago, but I haven't had a second to finish it.

Isn't this a nice thought from Stevenson?

The world is so full of a number of things,
I am sure we should all be as happy as kings.

It's true, you know. The world is full of happiness, and plenty to go round, if you are only willing to take the kind that comes your way. The whole secret is in being PLIABLE. In the country, especially, there are such a lot of entertaining things. I can walk over everybody's land, and look at everybody's view, and dabble in everybody's brook; and enjoy it just as much as though I owned the land-and with no taxes to pay!

It's Sunday night now, about eleven o'clock, and I am supposed to be getting some beauty sleep, but I had black coffee for dinner, so-no beauty sleep for me!

This morning, said Mrs. Semple to Mr. Pendleton, with a very determined accent:

"We have to leave here at a quarter past ten in order to get to church by eleven."

"Very well, Lizzie," said Master Jervie, "you have the buggy ready, and if I'm not dressed, just go on without waiting." "We'll wait," said she.

"As you please," said he, "only don't keep the horses standing too long."

Then while she was dressing, he told Carrie to pack up a lunch, and he told me to scramble into my walking clothes; and we slipped out the back way and went fishing.

It discommoded the household dreadfully, because Lock Willow of a Sunday dines at two. But he ordered dinner at seven-he orders meals whenever he chooses; you would think the place were a restaurant-and that kept Carrie and Amasai from going driving. But he said it was all the better because it wasn't proper for them to go driving without a chaperon; and anyway, he wanted the horses himself to take me driving. Did you ever hear anything so funny?

And poor Mrs. Semple believes that people who go fishing on Sundays go afterwards to a sizzling hot hell! She is awfully troubled to think that she didn't train him better when he was small and helpless and she had the chance. Besides-she wished to show him off in church.

Anyway, we had our fishing (he caught four little ones) and we cooked them on a camp-fire for lunch. They kept falling off our spiked sticks into the fire, so they tasted a little ashy, but we ate them. We got home at four and went driving at five and had dinner at seven, and at ten I was sent to bed and here I am, writing to you.

I am getting a little sleepy, though.

Good night.

Here is a picture of the one fish I caught.

Ship Ahoy, Cap'n Long-Legs!

Avast! Belay! Yo, ho, ho, and a bottle of rum. Guess what

I'm reading? Our conversation these past two days has been nautical and piratical. Isn't Treasure Island fun? Did you ever read it, or wasn't it written when you were a boy? Stevenson only got thirty pounds for the serial rights-I don't believe it pays to be a great author. Maybe I'll be a school-teacher.

Excuse me for filling my letters so full of Stevenson; my mind is very much engaged with him at present. He comprises Lock Willow's library.

I've been writing this letter for two weeks, and I think it's about long enough. Never say, Daddy, that I don't give details. I wish you were here, too; we'd all have such a jolly time together. I like my different friends to know each other. I wanted to ask Mr. Pendleton if he knew you in New York-I should think he might; you must move in about the same exalted social circles, and you are both interested in reforms and things-but I couldn't, for I don't know your real name.

It's the silliest thing I ever heard of, not to know your name. Mrs. Lippett warned me that you were eccentric. I should think so!

Affectionately,

Judy

PS. On reading this over, I find that it isn't all Stevenson. There are one or two glancing references to Master Jervie.

10th September
Dear Daddy,

He has gone, and we are missing him! When you get accustomed to people or places or ways of living, and then have them snatched away, it does leave an awfully empty, gnawing sort of sensation. I'm finding Mrs. Semple's conversation pretty unseasoned food.

College opens in two weeks and I shall be glad to begin work again. I have worked quite a lot this summer though-six short stories and seven poems. Those I sent to the magazines all came back with the most courteous promptitude. But I don't mind. It's good practice. Master Jervie read them-he brought in the post, so I couldn't help his knowing-and he said they were DREADFUL. They showed that I didn't have the slightest idea of what I was talking about. (Master Jervie doesn't let politeness interfere with truth.) But the last one I did-just a little sketch laid in college-he said wasn't bad; and he had it typewritten, and I sent it to a magazine. They've had it two weeks; maybe they're thinking it over.

You should see the sky! There's the queerest orange-coloured light over everything. We're going to have a storm.

It commenced just that moment with tremendously big drops and all the shutters banging. I had to run to close the windows, while Carrie flew to the attic with an armful of milk pans to put under the places where the roof leaks and then, just as I was resuming my pen, I remembered that I'd left a cushion and rug and hat and Matthew Arnold's poems under a tree in the orchard, so I dashed out to get them, all quite soaked. The red cover of the poems had run into the inside; Dover Beach in the future will be washed by pink waves.

A storm is awfully disturbing in the country. You are always having to think of so many things that are out of doors and getting spoiled.

Thursday

Daddy! Daddy! What do you think? The postman has just come with two letters.

1st. My story is accepted. $50.

ALORS! I'm an AUTHOR.

2nd. A letter from the college secretary. I'm to have a scholarship for two years that will cover board and tuition. It was founded for 'marked proficiency in English with general excellency in other lines.' And I've won it! I applied for it before I left, but I didn't have an idea I'd get it, on account of my Freshman bad work in maths and Latin. But it seems I've made it up. I am awfully glad, Daddy, because now I won't be such a burden to you. The monthly allowance will be all I'll need, and maybe I can earn that with writing or tutoring or something.

I'm LONGING to go back and begin work.

Yours ever,

Jerusha Abbott,

Author of When the Sophomores Wonthe Game. For sale at all

newsstands, price ten cents.

26th September
Dear Daddy-Long-Legs,

Back at college again and an upper classman. Our study is better than ever this year-faces the South with two huge windows and oh! so furnished. Julia, with an unlimited allowance, arrived two days early and was attacked with a fever for settling.

We have new wall paper and oriental rugs and mahogany chairs-not painted mahogany which made us sufficiently happy last year, but real. It's very gorgeous, but I don't feel as though I belonged in it; I'm nervous all the time for fear I'll get an ink spot in the wrong place.

And, Daddy, I found your letter waiting for me-pardon-I mean your secretary's.

Will you kindly convey to me a comprehensible reason why I should not accept that scholarship? I don't understand your objection in the least. But anyway, it won't do the slightest good for you to object, for I've already accepted it and I am not going to change! That sounds a little impertinent, but I don't mean it so.

I suppose you feel that when you set out to educate me, you'd like to finish the work, and put a neat period, in the shape of a diploma, at the end.

But look at it just a second from my point of view. I shall owe my education to you just as much as though I let you pay for the whole of it, but I won't be quite so much indebted. I know that you don't want me to return the money, but nevertheless, I am going to want to do it, if I possibly can; and winning this scholarship makes it so much easier. I was expecting to spend the rest of my life in paying my debts, but now I shall only have to spend one-half of the rest of it.

I hope you understand my position and won't be cross. The allowance I shall still most gratefully accept. It requires an allowance to live up to Julia and her furniture! I wish that she had been reared to simpler tastes, or else that she were not my room-mate.

This isn't much of a letter; I meant to have written a lot-but I've been hemming four window curtains and three portieres (I'm glad you can't see the length of the stitches), and polishing a brass desk set with tooth powder (very uphill work), and sawing off picture wire with manicure scissors, and unpacking four boxes of books, and putting away two trunkfuls of clothes (it doesn't seem believable that Jerusha Abbott owns two trunks full of clothes, but she does!) and welcoming back fifty dear friends in between.

Opening day is a joyous occasion!

Good night, Daddy dear, and don't be annoyed because your chick is wanting to scratch for herself. She's growing up into an awfully energetic little hen-with a very determined cluck and lots of beautiful feathers (all due to you).

30th September
Dear Daddy,

Are you still harping on that scholarship? I never knew a man so obstinate, and stubborn and unreasonable, and tenacious, and bull-doggish, and unable-to-see-other-people's-point-of-view, as you.

You prefer that I should not be accepting favours from strangers.

Strangers!-And what are you, pray?

Is there anyone in the world that I know less? I shouldn't recognize you if I met you in the street. Now, you see, if you had been a sane, sensible person and had written nice, cheering fatherly letters to your little Judy, and had come occasionally and patted her on the head, and had said you were glad she was such a good girl-Then, perhaps, she wouldn't have flouted you in your old age, but would have obeyed your slightest wish like the dutiful daughter she was meant to be.

Strangers indeed! You live in a glass house, Mr. Smith.

And besides, this isn't a favour; it's like a prize-I earned it by hard work. If nobody had been good enough in English, the committee wouldn't have awarded the scholarship; some years they don't. Also? But what's the use of arguing with a man? You belong, Mr. Smith, to a sex devoid of a sense of logic. To bring a man into line, there are just two methods: one must either coax or be disagreeable. I scorn to coax men for what I wish. Therefore, I must be disagreeable.

I refuse, sir, to give up the scholarship; and if you make any more fuss, I won't accept the monthly allowance either, but will wear myself into a nervous wreck tutoring stupid Freshmen.

That is my ultimatum!

And listen-I have a further thought. Since you are so afraid that by taking this scholarship I am depriving someone else of an education, I know a way out. You can apply the money that you would have spent for me towards educating some other little girl from the John Grier Home. Don't you think that's a nice idea? Only, Daddy, EDUCATE the new girl as much as you choose, but please don't LIKE her any better than me.

I trust that your secretary won't be hurt because I pay so little attention to the suggestions offered in his letter, but I can't help it if he is. He's a spoiled child, Daddy. I've meekly given in to his whims heretofore, but this time I intend to be FIRM.

> Yours,
> With a mind,
> Completely and Irrevocably and
> World-without-End Made-up,
> Jerusha Abbott

9th November
Dear Daddy-Long-Legs,

I started down town today to buy a bottle of shoe blacking and some collars and the material for a new blouse and a jar of violet cream and a cake of Castile soap-all very necessary; I couldn't be happy another day without them-and when I tried to pay the car fare, I found that I had left my purse in the pocket of my other coat. So I had to get out and take the next car, and was late for gymnasium.

It's a dreadful thing to have no memory and two coats!

Julia Pendleton has invited me to visit her for the Christmas holidays. How does that strike you, Mr. Smith? Fancy Jerusha Abbott, of the John Grier Home, sitting at the tables of the rich. I don't know why Julia wants me-she seems to be getting quite attached to me of late. I should, to tell the truth, very much prefer going to Sallie's, but Julia asked me first, so if I go anywhere it must be to New York instead of to Worcester. I'm rather awed at the prospect of meeting Pendletons EN MASSE, and also I'd have to get a lot of new clothes-so, Daddy dear, if you write that you would prefer having me remain quietly at college, I will bow to your wishes with my usual sweet docility.

I'm engaged at odd moments with the Life and Letters of Thomas Huxley-it makes nice, light reading to pick up between times. Do you know what an archaeopteryx is? It's a bird. And a stereognathus? I'm not sure myself, but I think it's a missing link, like a bird with teeth or a lizard with wings. No, it isn't either; I've just looked in the book. It's a mesozoic mammal.

I've elected economics this year-very illuminating subject. When I finish that I'm going to take Charity and Reform; then, Mr. Trustee, I'll know just how an orphan asylum ought to be run. Don't you think I'd make an admirable voter if I had my rights? I was twenty-one last week. This is an awfully wasteful country to throw away such an honest, educated, conscientious, intelligent citizen as I would be.

Yours always,
Judy

7th December
Dear Daddy-Long-Legs,

Thank you for permission to visit Julia-I take it that silence means consent.

Such a social whirl as we've been having! The Founder's dance came last week-this was the first year that any of us could attend; only upper classmen being allowed.

I invited Jimmie McBride, and Sallie invited his room-mate at Princeton, who visited them last summer at their camp-an awfully nice man with red hair-and Julia invited a man from New York, not very exciting, but socially irreproachable. He is connected with the De la Mater Chichesters. Perhaps that means something to you? It doesn't illuminate me to any extent.

However-our guests came Friday afternoon in time for tea in the senior corridor, and then dashed down to the hotel for dinner. The hotel was so full that they slept in rows on the billiard tables, they say. Jimmie McBride says that the next time he is bidden to a social event in this college, he is going to bring one of their Adirondack tents and pitch it on the campus.

At seven-thirty they came back for the President's reception and dance. Our functions commence early! We had the men's cards all made out ahead of time, and after every dance, we'd leave them in groups, under the letter that stood for their names, so that they could be readily found by their next partners. Jimmie McBride, for example, would stand patiently under 'M' until he was claimed. (At least, he ought to have stood patiently, but he kept wandering off and getting mixed with 'R's' and 'S's' and all sorts of letters.) I found him a very difficult guest; he was sulky because he had only three dances with me. He said he was bashful about dancing with girls he didn't know!

The next morning we had a glee club concert-and who do you think wrote the funny new song composed for the occasion? It's the truth. She did. Oh, I tell you, Daddy, your little foundling is getting to be quite a prominent person!

Anyway, our gay two days were great fun, and I think the men enjoyed it. Some of them were awfully perturbed at first at the prospect of facing one thousand girls; but they got acclimated very quickly. Our two Princeton men had a beautiful time-at least they politely said they had, and they've invited us to their dance next spring. We've accepted, so please don't object, Daddy dear.

Julia and Sallie and I all had new dresses. Do you want to

hear about them? Julia's was cream satin and gold embroidery and she wore purple orchids. It was a DREAM and came from Paris, and cost a million dollars.

Sallie's was pale blue trimmed with Persian embroidery, and went beautifully with red hair. It didn't cost quite a million, but was just as effective as Julia's.

Mine was pale pink crepe de chine trimmed with ecru lace and rose satin. And I carried crimson roses which J. McB. sent (Sallie having told him what colour to get). And we all had satin slippers and silk stockings and chiffon scarfs to match.

You must be deeply impressed by these millinery details.

One can't help thinking, Daddy, what a colourless life a man is forced to lead, when one reflects that chiffon and Venetian point and hand embroidery and Irish crochet are to him mere empty words. Whereas a woman-whether she is interested in babies or microbes or husbands or poetry or servants or parallelograms or gardens or Plato or bridge-is fundamentally and always interested in clothes.

It's the one touch of nature that makes the whole world kin. (That isn't original. I got it out of one of Shakespeare's plays).

However, to resume. Do you want me to tell you a secret that I've lately discovered? And will you promise not to think me vain? Then listen:

I'm pretty.

I am, really. I'd be an awful idiot not to know it with three looking-glasses in the room.

A Friend

PS. This is one of those wicked anonymous letters you read about in novels.

20th December
Dear Daddy-Long-Legs,

I've just a moment, because I must attend two classes, pack a trunk and a suit-case, and catch the four-o'clock train-but I couldn't go without sending a word to let you know how much I appreciate my Christmas box.

I love the furs and the necklace and the Liberty scarf and the gloves and handkerchiefs and books and purse-and most of all I love you! But Daddy, you have no business to spoil me this way. I'm only human-and a girl at that. How can I keep my mind sternly fixed on a studious career, when you deflect me with such worldly frivolities?

I have strong suspicions now as to which one of the John Grier Trustees used to give the Christmas tree and the Sunday ice-cream. He was nameless, but by his works I know him! You deserve to be happy for all the good things you do.

Goodbye, and a very merry Christmas.

Yours always,
Judy

PS. I am sending a slight token, too. Do you think you would like her if you knew her?

11th January

I meant to write to you from the city, Daddy, but New York is an engrossing place.

I had an interesting-and illuminating-time, but I'm glad I don't belong to such a family! I should truly rather have the John Grier Home for a background. Whatever the drawbacks of my bringing up, there was at least no pretence about it. I know now what people mean when they say they are weighed down by Things. The material atmosphere of that house was crushing; I didn't draw a deep breath until I was on an express train coming back. All the furniture was carved and upholstered and gorgeous; the people I met were beautifully dressed and low-voiced and well-bred, but it's the truth, Daddy, I never heard one word of real talk from the time we arrived until we left. I don't think an idea ever entered the front door.

Mrs. Pendleton never thinks of anything but jewels and dressmakers and social engagements. She did seem a different kind of mother from Mrs. McBride! If I ever marry and have a family, I'm going to make them as exactly like the McBrides as I can. Not for all the money in the world would I ever let any children of mine develop into Pendletons. Maybe it isn't polite to criticize people you've been visiting? If it isn't, please excuse. This is very confidential, between you and me.

I only saw Master Jervie once when he called at tea time, and then I didn't have a chance to speak to him alone. It was really disappointing after our nice time last summer. I don't think he cares much for his relatives-and I am sure they don't care much for him! Julia's mother says he's unbalanced. He's a Socialist—except, thank Heaven, he doesn't let his hair grow and wear red ties. She can't imagine where he picked up his queer ideas; the family have been Church of England for generations. He throws away his money on every sort of crazy reform, instead of spending it on such sensible things as yachts and automobiles and polo ponies. He does buy candy with it though! He sent Julia and me each a box for Christmas.

You know, I think I'll be a Socialist, too. You wouldn't mind, would you, Daddy? They're quite different from Anarchists; they don't believe in blowing people up. Probably I am one by rights; I belong to the proletariat. I haven't determined yet just which kind I am going to be. I will look into the subject over Sunday, and declare my principles in my next.

I've seen loads of theatres and hotels and beautiful houses. My mind is a confused jumble of onyx and gilding and mosaic floors and palms. I'm still pretty breathless but I am glad to get back to college and my books—I believe that I really am a student; this atmosphere of academic calm I find more bracing than New York. College is a very satisfying sort of life; the books and study and regular classes keep you alive mentally, and then when your mind gets tired, you have the gymnasium and outdoor athletics, and always plenty of congenial friends who are thinking about the same things you are. We spend a whole evening in nothing but talk-talk-talk—and go to bed with a very uplifted feeling, as though we had settled permanently some pressing world problems. And filling in every crevice, there is always such a lot of nonsense—just silly jokes about the little things that come up but very satisfying. We do appreciate our own witticisms!

It isn't the great big pleasures that count the most; it's making a great deal out of the little ones—I've discovered the true secret of happiness, Daddy, and that is to live in the now. Not to be for ever regretting the past, or anticipating the future; but to get the most that you can out of this very instant. It's like farming. You can have extensive farming and intensive farming; well, I am going to have intensive living after this. I'm going to enjoy every second, and I'm going to KNOW I'm enjoying it while I'm enjoying it. Most people don't live; they just race. They are trying to reach some goal far away on the horizon, and in the heat of the going they get so breathless and panting that they lose all sight of the beautiful, tranquil country they are passing through; and then the first thing they know, they are old and worn out, and it doesn't make any difference whether they've reached the goal or not. I've decided to sit down by the way and pile up a lot of little happinesses, even if I never become a Great Author. Did you ever know such a philosopheress as I am developing into?

Yours ever,
Judy

PS. It's raining cats and dogs tonight. Two puppies and a kitten have just landed on the window-sill.

Dear Comrade,

Hooray! I'm a Fabian.

That's a Socialist who's willing to wait. We don't want the social revolution to come tomorrow morning; it would be too upsetting. We want it to come very gradually in the distant future, when we shall all be prepared and able to sustain the shock.

In the meantime, we must be getting ready, by instituting industrial, educational and orphan asylum reforms.

Yours, with fraternal love,
Judy

Monday, 3rd hour
11th February Dear D.-L.-L.,

Don't be insulted because this is so short. It isn't a letter; it's just a LINE to say that I'm going to write a letter pretty soon when examinations are over. It is not only necessary that I pass, but pass WELL. I have a scholarship to live up to.

Yours, studying hard,
J. A.

5th March
Dear Daddy-Long-Legs,

President Cuyler made a speech this evening about the modern generation being flippant and superficial. He says that we are losing the old ideals of earnest endeavour and true scholarship; and particularly is this falling-off noticeable in our disrespectful attitude towards organized authority. We no longer pay a seemly deference to our superiors.

I came away from chapel very sober.

Am I too familiar, Daddy? Ought I to treat you with more dignity and aloofness?-Yes, I'm sure I ought. I'll begin again.

My Dear Mr. Smith,

You will be pleased to hear that I passed successfully my mid-year examinations, and am now commencing work in the new semester. I am leaving chemistry-having completed the course in qualitative analysis-and am entering upon the study of biology. I approach this subject with some hesitation, as I understand that we dissect angleworms and frogs.

An extremely interesting and valuable lecture was given in the chapel last week upon Roman Remains in Southern France. I have never listened to a more illuminating exposition of the subject.

We are reading Wordsworth's Tintern Abbey in connection with our course in English Literature. What an exquisite work it is, and how adequately it embodies his conceptions of

Pantheism! The Romantic movement of the early part of the last century, exemplified in the works of such poets as Shelley, Byron, Keats, and Wordsworth, appeals to me very much more than the Classical period that preceded it. Speaking of poetry, have you ever read that charming little thing of Tennyson's called Locksley Hall?

I am attending gymnasium very regularly of late. A proctor system has been devised, and failure to comply with the rules causes a great deal of inconvenience. The gymnasium is equipped with a very beautiful swimming tank of cement and marble, the gift of a former graduate. My room-mate, Miss McBride, has given me her bathing-suit (it shrank so that she can no longer wear it) and I am about to begin swimming lessons.

We had delicious pink ice-cream for dessert last night. Only vegetable dyes are used in colouring the food. The college is very much opposed, both from aesthetic and hygienic motives, to the use of aniline dyes.

The weather of late has been ideal-bright sunshine and clouds interspersed with a few welcome snow-storms. I and my companions have enjoyed our walks to and from classes-particularly from.

Trusting, my dear Mr. Smith, that this will find you in your usual good health,

I remain,
Most cordially yours,
Jerusha Abbott

24th April
Dear Daddy,

Spring has come again! You should see how lovely the campus is. I think you might come and look at it for yourself. Master Jervie dropped in again last Friday-but he chose a most unpropitious time, for Sallie and Julia and I were just running to catch a train. And where do you think we were going? To Princeton, to attend a dance and a ball game, if you please! I didn't ask you if I might go, because I had a feeling that your secretary would say no. But it was entirely regular; we had leave-of-absence from college, and Mrs. McBride chaperoned us. We had a charming time-but I shall have to omit details; they are too many and complicated.

Saturday

Up before dawn! The night watchman called us-six of us-and we made coffee in a chafing dish (you never saw so many grounds!) and walked two miles to the top of One Tree Hill to see the sun rise. We had to scramble up the last slope! The sun almost beat us! And perhaps you think we didn't bring back appetites to breakfast!

Dear me, Daddy, I seem to have a very ejaculatory style today; this page is peppered with exclamations.

I meant to have written a lot about the budding trees and

the new cinder path in the athletic field, and the awful lesson we have in biology for tomorrow, and the new canoes on the lake, and Catherine Prentiss who has pneumonia, and Prexy's Angora kitten that strayed from home and has been boarding in Fergussen Hall for two weeks until a chambermaid reported it, and about my three new dresses-white and pink and blue polka dots with a hat to match-but I am too sleepy. I am always making this an excuse, am I not? But a girls' college is a busy place and we do get tired by the end of the day! Particularly when the day begins at dawn.

Affectionately,
Judy

15th May
Dear Daddy-Long-Legs,

Is it good manners when you get into a car just to stare straight ahead and not see anybody else?

A very beautiful lady in a very beautiful velvet dress got into the car today, and without the slightest expression sat for fifteen minutes and looked at a sign advertising suspenders. It doesn't seem polite to ignore everybody else as though you were the only important person present. Anyway, you miss a lot. While she was absorbing that silly sign, I was studying a whole car full of interesting human beings.

The accompanying illustration is hereby reproduced for the

first time. It looks like a spider on the end of a string, but it isn't at all; it's a picture of me learning to swim in the tank in the gymnasium.

The instructor hooks a rope into a ring in the back of my belt, and runs it through a pulley in the ceiling. It would be a beautiful system if one had perfect confidence in the probity of one's instructor. I'm always afraid, though, that she will let the rope get slack, so I keep one anxious eye on her and swim with the other, and with this divided interest I do not make the progress that I otherwise might.

Very miscellaneous weather we're having of late. It was raining when I commenced and now the sun is shining. Sallie and I are going out to play tennis-thereby gaining exemption from Gym.

A week later

I should have finished this letter long ago, but I didn't. You don't mind, do you, Daddy, if I'm not very regular? I really do love to write to you; it gives me such a respectable feeling of having some family. Would you like me to tell you something? You are not the only man to whom I write letters. There are two others! I have been receiving beautiful long letters this winter from Master Jervie (with typewritten envelopes so Julia won't recognize the writing). Did you ever hear anything so shocking? And every week or so a very scrawly epistle, usually on yellow tablet paper, arrives from Princeton. All of which I answer with business-like promptness. So you see–I am not so different from other girls–I get letters, too.

Did I tell you that I have been elected a member of the Senior Dramatic Club? Very recherche organization. Only seventy-five members out of one thousand. Do you think as a consistent Socialist that I ought to belong?

What do you suppose is at present engaging my attention in sociology?

I am writing (figurez vous!) a paper on the Care of Dependent Children.

The Professor shuffled up his subjects and dealt them out promiscuously, and that fell to me. C'est drole ca n'est pas?

There goes the gong for dinner. I'll post this as I pass the box.

Affectionately,

J.

4th June
Dear Daddy,

Very busy time?commencement in ten days, examinations tomorrow; lots of studying, lots of packing, and the outdoor world so lovely that it hurts you to stay inside.

But never mind, vacation's coming. Julia is going abroad this summer-it makes the fourth time. No doubt about it, Daddy, goods are not distributed evenly. Sallie, as usual, goes to the Adirondacks. And what do you think I am going to do? You may have three guesses. Lock Willow? Wrong. The Adirondacks with Sallie? Wrong. (I'll never attempt that again; I was discouraged last year.) Can't you guess anything else? You're not very inventive. I'll tell you, Daddy, if you'll promise not to make a lot of objections. I warn your secretary in advance that my mind is made up.

I am going to spend the summer at the seaside with a Mrs. Charles Paterson and tutor her daughter who is to enter college in the autumn. I met her through the McBrides, and she is a very charming woman. I am to give lessons in English and Latin to the younger daughter, too, but I shall have a little time to myself, and I shall be earning fifty dollars a month! Doesn't that impress you as a perfectly exorbitant amount? She offered it; I should have blushed to ask for more than twenty-five.

I finish at Magnolia (that's where she lives) the first of September, and shall probably spend the remaining three weeks at Lock Willow-I should like to see the Semples again and all the friendly animals.

How does my programme strike you, Daddy? I am getting quite independent, you see. You have put me on my feet and I think I can almost walk alone by now.

Princeton commencement and our examinations exactly coincide-which is an awful blow. Sallie and I did so want to get away in time for it, but of course that is utterly impossible.

Goodbye, Daddy. Have a nice summer and come back in the

autumn rested and ready for another year of work. (That's what you ought to be writing to me!) I haven't any idea what you do in the summer, or how you amuse yourself. I can't visualize your surroundings. Do you play golf or hunt or ride horseback or just sit in the sun and meditate?

Anyway, whatever it is, have a good time and don't forget Judy.

10th June
Dear Daddy,

This is the hardest letter I ever wrote, but I have decided what I must do, and there isn't going to be any turning back. It is very sweet and generous and dear of you to wish to send me to Europe this summer—for the moment I was intoxicated by the idea; but sober second thoughts said no. It would be rather illogical of me to refuse to take your money for college, and then use it instead just for amusement! You mustn't get me used to too many luxuries. One doesn't miss what one has never had; but it's awfully hard going without things after one has commenced thinking they are his-hers (English language needs another pronoun) by natural right. Living with Sallie and Julia is an awful strain on my stoical philosophy. They have both had things from the time they were babies; they accept happiness as a matter of course. The World, they think, owes them everything they want. Maybe the World does—in any case, it seems to acknowledge the debt and pay up. But as for me, it owes me nothing, and distinctly told me so in the beginning. I have no right to borrow on credit, for there will come a time when the World will repudiate my claim.

I seem to be floundering in a sea of metaphor-but I hope you grasp my meaning? Anyway, I have a very strong feeling that the only honest thing for me to do is to teach this summer and begin to support myself.

MAGNOLIA,

Four days later

I'd got just that much written, when-what do you think happened? The maid arrived with Master Jervie's card. He is going abroad too this summer; not with Julia and her family, but entirely by himself I told him that you had invited me to go with a lady who is chaperoning a party of girls. He knows about you, Daddy. That is, he knows that my father and mother are dead, and that a kind gentleman is sending me to college; I simply didn't have the courage to tell him about the John Grier Home and all the rest. He thinks that you are my guardian and a perfectly legitimate old family friend. I have never told him that I didn't know you-that would seem too queer!

Anyway, he insisted on my going to Europe. He said that it was a necessary part of my education and that I mustn't think of refusing. Also, that he would be in Paris at the same time, and that we would run away from the chaperon occasionally and have dinner together at nice, funny, foreign restaurants.

Well, Daddy, it did appeal to me! I almost weakened; if he hadn't been so dictatorial, maybe I should have entirely weakened. I can be enticed step by step, but I WON'T be forced. He said I was a silly, foolish, irrational, quixotic, idiotic, stubborn child (those are a few of his abusive adjectives; the rest escape me), and that I didn't know what was good for me; I ought to let older people judge. We almost quarrelled-I am not sure but that we entirely did!

In any case, I packed my trunk fast and came up here. I thought I'd better see my bridges in flames behind me before I finished writing to you. They are entirely reduced to ashes now. Here I am at Cliff Top (the name of Mrs. Paterson's cottage) with my trunk unpacked and Florence (the little one) already struggling with first declension nouns. And it bids fair to be a struggle! She is a most uncommonly spoiled child; I shall have to teach her first how to study-she has never in her life concentrated on anything more difficult than ice-cream soda water.

We use a quiet corner of the cliffs for a schoolroom-Mrs. Paterson wishes me to keep them out of doors-and I will say that I find it difficult to concentrate with the blue sea before me and ships a-sailing by! And when I think I might be on one, sailing off to foreign lands-but I WON'T let myself think of anything but Latin Grammar.

The prepositions a or ab, absque, coram, cum, de e or ex, prae, pro, sine, tenus, in, subter, sub and super govern the ablative.

So you see, Daddy, I am already plunged into work with my eyes persistently set against temptation. Don't be cross with me, please, and don't think that I do not appreciate your kindness, for I do-always-always. The only way I can ever repay you is by turning out a Very Useful Citizen (Are women citizens? I don't suppose they are.) Anyway, a Very Useful Person. And when you look at me you can say, "I gave that Very Useful Person to the world."

That sounds well, doesn't it, Daddy? But I don't wish to mislead you. The feeling often comes over me that I am not at all remarkable; it is fun to plan a career, but in all probability I shan't turn out a bit different from any other ordinary person. I may end by marrying an undertaker and being an inspiration to him in his work.

> *Yours ever,*
> *Judy*

19th August
Dear Daddy-Long-Legs,

My window looks out on the loveliest landscape-ocean-scape, rather-nothing but water and rocks.

The summer goes. I spend the morning with Latin and English and algebra and my two stupid girls. I don't know how

Marion is ever going to get into college, or stay in after she gets there. And as for Florence, she is hopeless-but oh! such a little beauty. I don't suppose it matters in the least whether they are stupid or not so long as they are pretty? One can't help thinking, though, how their conversation will bore their husbands, unless they are fortunate enough to obtain stupid husbands. I suppose that's quite possible; the world seems to be filled with stupid men; I've met a number this summer.

In the afternoon we take a walk on the cliffs, or swim, if the tide is right. I can swim in salt water with the utmost ease you see my education is already being put to use!

A letter comes from Mr. Jervis Pendleton in Paris, rather a short concise letter; I'm not quite forgiven yet for refusing to follow his advice. However, if he gets back in time, he will see me for a few days at Lock Willow before college opens, and if I am very nice and sweet and docile, I shall (I am led to infer) be received into favour again.

Also a letter from Sallie. She wants me to come to their camp for two weeks in September. Must I ask your permission, or haven't I yet arrived at the place where I can do as I please? Yes, I am sure I have-I'm a Senior, you know. Having worked all summer, I feel like taking a little healthful recreation; I want to see the Adirondacks; I want to see Sallie; I want to see Sallie's brother-he's going to teach me to canoe-and (we come to my chief motive, which is mean) I want Master Jervie to arrive at Lock Willow and find me not there.

I MUST show him that he can't dictate to me. No one can dictate to me but you, Daddy-and you can't always! I'm off for the woods.

Judy

CAMP MCBRIDE,

6th September
Dear Daddy,

Your letter didn't come in time (I am pleased to say). If you wish your instructions to be obeyed, you must have your secretary transmit them in less than two weeks. As you observe, I am here, and have been for five days.

The woods are fine, and so is the camp, and so is the weather, and so are the McBrides, and so is the whole world. I'm very happy!

There's Jimmie calling for me to come canoeing. Goodbye-sorry to have disobeyed, but why are you so persistent about not wanting me to play a little? When I've worked all the summer I deserve two weeks. You are awfully dog-in-the-mangerish.

However-I love you still, Daddy, in spite of all your faults.

Judy

3rd October
Dear Daddy-Long-Legs,

Back at college and a Senior-also editor of the Monthly. It doesn't seem possible, does it, that so sophisticated a person, just four years ago, was an inmate of the John Grier Home? We do arrive fast in America!

What do you think of this? A note from Master Jervie directed to Lock Willow and forwarded here. He's sorry, but he finds that he can't get up there this autumn; he has accepted an invitation to go yachting with some friends. Hopes I've had a nice summer and am enjoying the country.

And he knew all the time that I was with the McBrides, for Julia told him so! You men ought to leave intrigue to women; you haven't a light enough touch.

Julia has a trunkful of the most ravishing new clothes-an evening gown of rainbow Liberty crepe that would be fitting raiment for the angels in Paradise. And I thought that my own clothes this year were unprecedentedly (is there such a word?) beautiful. I copied Mrs. Paterson's wardrobe with the aid of a cheap dressmaker, and though the gowns didn't turn out quite twins of the originals, I was entirely happy until Julia unpacked. But now-I live to see Paris!

Dear Daddy, aren't you glad you're not a girl? I suppose you think that the fuss we make over clothes is too absolutely silly? It is. No doubt about it. But it's entirely your fault.

Did you ever hear about the learned Herr Professor who regarded unnecessary adornment with contempt and favoured sensible, utilitarian clothes for women? His wife, who was an obliging creature, adopted 'dress reform.' And what do you think he did? He eloped with a chorus girl.

Yours ever,
Judy

PS. The chamber-maid in our corridor wears blue checked gingham aprons. I am going to get her some brown ones instead, and sink the blue ones in the bottom of the lake. I have a reminiscent chill every time I look at them.

17th November
Dear Daddy-Long-Legs,

Such a blight has fallen over my literary career. I don't know whether to tell you or not, but I would like some sympathy-silent sympathy, please; don't re-open the wound by referring to it in your next letter.

I've been writing a book, all last winter in the evenings, and all the summer when I wasn't teaching Latin to my two stupid children. I just finished it before college opened and sent it to a publisher. He kept it two months, and I was certain he was going to take it; but yesterday morning an express parcel came (thirty cents due) and there it was back again with a letter from the publisher, a very nice, fatherly letter-but frank! He said he saw from the address that I was still at college, and if

I would accept some advice, he would suggest that I put all of my energy into my lessons and wait until I graduated before beginning to write. He enclosed his reader's opinion. Here it is:

'Plot highly improbable. Characterization exaggerated. Conversation unnatural. A good deal of humour but not always in the best of taste. Tell her to keep on trying, and in time she may produce a real book.'

Not on the whole flattering, is it, Daddy? And I thought I was making a notable addition to American literature. I did truly. I was planning to surprise you by writing a great novel before I graduated. I collected the material for it while I was at Julia's last Christmas. But I dare say the editor is right. Probably two weeks was not enough in which to observe the manners and customs of a great city.

I took it walking with me yesterday afternoon, and when I came to the gas house, I went in and asked the engineer if I might borrow his furnace. He politely opened the door, and with my own hands I chucked it in. I felt as though I had cremated my only child!

I went to bed last night utterly dejected; I thought I was never going to amount to anything, and that you had thrown away your money for nothing. But what do you think? I woke up this morning with a beautiful new plot in my head, and I've been going about all day planning my characters, just as happy as I could be. No one can ever accuse me of being a pessimist! If I had a husband and twelve children swallowed by an earthquake one day, I'd bob up smilingly the next morning and commence to look for another set.

Affectionately,

Judy

14th December
Dear Daddy-Long-Legs,

I dreamed the funniest dream last night. I thought I went into a book store and the clerk brought me a new book named The Life and Letters of Judy Abbott. I could see it perfectly plainly- red cloth binding with a picture of the John Grier Home on the cover, and my portrait for a frontispiece with, 'Very truly yours, Judy Abbott,' written below. But just as I was turning to the end to read the inscription on my tombstone, I woke up. It was very annoying! I almost found out whom I'm going to marry and when I'm going to die.

Don't you think it would be interesting if you really could read the story of your life-written perfectly truthfully by an omniscient author? And suppose you could only read it on this condition: that you would never forget it, but would have to go through life knowing ahead of time exactly how everything you did would turn out, and foreseeing to the exact hour the time when you would die. How many people do you suppose would have the courage to read it then? or how many could suppress their curiosity sufficiently to escape from reading it, even at the price of having to live without hope and without surprises?

Life is monotonous enough at best; you have to eat and sleep about so often. But imagine how DEADLY monotonous it would be if nothing unexpected could happen between meals. Mercy! Daddy, there's a blot, but I'm on the third page and I can't begin a new sheet.

I'm going on with biology again this year-very interesting subject; we're studying the alimentary system at present. You should see how sweet a cross-section of the duodenum of a cat is under the microscope.

Also we've arrived at philosophy-interesting but evanescent. I prefer biology where you can pin the subject under discussion to a board. There's another! And another! This pen is weeping copiously. Please excuse its tears.

Do you believe in free will? I do-unreservedly. I don't agree at all with the philosophers who think that every action is the absolutely inevitable and automatic resultant of an aggregation of remote causes. That's the most immoral doctrine I ever heard-nobody would be to blame for anything. If a man believed in fatalism, he would naturally just sit down and say, "The Lord's will be done," and continue to sit until he fell over dead.

I believe absolutely in my own free will and my own power to accomplish-and that is the belief that moves mountains. You watch me become a great author! I have four chapters of my new book finished and five more drafted.

This is a very abstruse letter-does your head ache, Daddy? I think we'll stop now and make some fudge. I'm sorry I can't send you a piece; it will be unusually good, for we're going to make it with real cream and three butter balls.

Yours affectionately,

Judy

PS. We're having fancy dancing in gymnasium class. You can see by the accompanying picture how much we look like a real ballet. The one at the end accomplishing a graceful pirouette is me-I mean I.

25th December
My Dear, Dear, Daddy,

Haven't you any sense? Don't you KNOW that you mustn't give one girl seventeen Christmas presents? I'm a Socialist, please remember; do you wish to turn me into a Plutocrat?

Think how embarrassing it would be if we should ever quarrel! I should have to engage a moving-van to return your gifts.

I am sorry that the necktie I sent was so wobbly; I knit it with my own hands (as you doubtless discovered from internal evidence). You will have to wear it on cold days and keep your coat buttoned up tight.

Thank you, Daddy, a thousand times. I think you're the sweetest man that ever lived-and the foolishest!

Judy

Here's a four-leaf clover from Camp McBride to bring you good luck for the New Year.

9th January

Do you wish to do something, Daddy, that will ensure your eternal salvation? There is a family here who are in awfully desperate straits. A mother and father and four visible children—the two older boys have disappeared into the world to make their fortune and have not sent any of it back. The father worked in a glass factory and got consumption—it's awfully unhealthy work—and now has been sent away to a hospital. That took all their savings, and the support of the family falls upon the oldest daughter, who is twenty-four. She dressmakes for $1.50 a day (when she can get it) and embroiders centrepieces in the evening. The mother isn't very strong and is extremely ineffectual and pious. She sits with her hands folded, a picture of patient resignation, while the daughter kills herself with overwork and responsibility and worry; she doesn't see how they are going to get through the rest of the winter—and I don't either. One hundred dollars would buy some coal and some shoes for three children so that they could go to school, and give a little margin so that she needn't worry herself to death when a few days pass and she doesn't get work.

You are the richest man I know. Don't you suppose you could spare one hundred dollars? That girl deserves help a lot more than I ever did. I wouldn't ask it except for the girl; I don't care much what happens to the mother-she is such a jelly-fish.

The way people are for ever rolling their eyes to heaven and saying, 'Perhaps it's all for the best,' when they are perfectly dead sure it's not, makes me enraged. Humility or resignation or whatever you choose to call it, is simply impotent inertia. I'm for a more militant religion!

We are getting the most dreadful lessons in philosophy-all of Schopenhauer for tomorrow. The professor doesn't seem to realize that we are taking any other subject. He's a queer old duck; he goes about with his head in the clouds and blinks dazedly when occasionally he strikes solid earth. He tries to lighten his lectures with an occasional witticism-and we do our best to smile, but I assure you his jokes are no laughing matter. He spends his entire time between classes in trying to figure out whether matter really exists or whether he only thinks it exists.

I'm sure my sewing girl hasn't any doubt but that it exists!

Where do you think my new novel is? In the waste-basket. I can see myself that it's no good on earth, and when a loving author realizes that, what WOULD be the judgment of a critical public?

Later

I address you, Daddy, from a bed of pain. For two days I've been laid up with swollen tonsils; I can just swallow hot milk, and that is all. "What were your parents thinking of not to have those tonsils out when you were a baby?" the doctor wished to know. I'm sure I haven't an idea, but I doubt if they were thinking much about me.

Yours,

J. A.

Next morning

I just read this over before sealing it. I don't know WHY I cast such a misty atmosphere over life. I hasten to assure you that I am young and happy and exuberant; and I trust you are the same. Youth has nothing to do with birthdays, only with ALIVEDNESS of spirit, so even if your hair is grey, Daddy, you can still be a boy.

Affectionately,

Judy

12th Jan.
Dear Mr. Philanthropist,

Your cheque for my family came yesterday. Thank you so much! I cut gymnasium and took it down to them right after luncheon, and you should have seen the girl's face! She was so surprised and happy and relieved that she looked almost young; and she's only twenty-four. Isn't it pitiful?

Anyway, she feels now as though all the good things were coming together. She has steady work ahead for two months?someone's getting married, and there's a trousseau to make.

"Thank the good Lord!" cried the mother, when she grasped the fact that that small piece of paper was one hundred dollars.

"It wasn't the good Lord at all,' said I, 'it was Daddy-Long-Legs." (Mr. Smith, I called you.)

"But it was the good Lord who put it in his mind," said she.

"Not at all! I put it in his mind myself," said I.

But anyway, Daddy, I trust the good Lord will reward you suitably. You deserve ten thousand years out of purgatory.

Yours most gratefully,
Judy Abbott

15th Feb.

May it please Your Most Excellent Majesty:

This morning I did eat my breakfast upon a cold turkey pie and a goose, and I did send for a cup of tee (a china drink) of which I had never drank before.

Don't be nervous, Daddy-I haven't lost my mind; I'm merely quoting Sam'l Pepys. We're reading him in connection with English History, original sources. Sallie and Julia and I converse now in the language of 1660. Listen to this:

"I went to Charing Cross to see Major Harrison hanged, drawn and quartered: he looking as cheerful as any man could do in that condition.' And this: 'Dined with my lady who is in handsome mourning for her brother who died yesterday of spotted fever."

Seems a little early to commence entertaining, doesn't it? A friend of Pepys devised a very cunning manner whereby the king might pay his debts out of the sale to poor people of old decayed provisions. What do you, a reformer, think of that? I don't believe we're so bad today as the newspapers make out.

Samuel was as excited about his clothes as any girl; he spent five times as much on dress as his wife-that appears to have been the Golden Age of husbands. Isn't this a touching entry? You see he really was honest. 'Today came home my fine Camlett cloak with gold buttons, which cost me much money, and I pray God to make me able to pay for it.'

Excuse me for being so full of Pepys; I'm writing a special topic on him.

What do you think, Daddy? The Self-Government Association has abolished the ten o'clock rule. We can keep our lights all night if we choose, the only requirement being that we do not disturb others-we are not supposed to entertain on a large scale. The result is a beautiful commentary on human nature. Now that we may stay up as long as we choose, we no longer choose. Our heads begin to nod at nine o'clock, and by nine-thirty the pen drops from our nerveless grasp. It's nine-thirty now. Good night.

Sunday

Just back from church-preacher from Georgia. We must take care, he says, not to develop our intellects at the expense of our emotional natures-but methought it was a poor, dry sermon (Pepys again). It doesn't matter what part of the United States or Canada they come from, or what denomination they are, we always get the same sermon. Why on earth don't they go to men's colleges and urge the students not to allow their manly natures to be crushed out by too much mental application-

It's a beautiful day-frozen and icy and clear. As soon as dinner is over, Sallie and Julia and Marty Keene and Eleanor Pratt (friends of mine, but you don't know them) and I are going to put on short skirts and walk 'cross country to Crystal Spring Farm and have a fried chicken and waffle supper, and then have Mr. Crystal Spring drive us home in his buckboard. We are supposed to be inside the campus at seven, but we are going to stretch a point tonight and make it eight.

Farewell, kind Sir.

I have the honour of subscribing myself,

Your most loyall, dutifull, faithfull and obedient servant,
J. Abbott

March Fifth
Dear Mr. Trustee,

Tomorrow is the first Wednesday in the month-a weary day for the John Grier Home. How relieved they'll be when five o'clock comes and you pat them on the head and take yourselves off! Did you (individually) ever pat me on the head, Daddy? I don't believe so-my memory seems to be concerned only with fat Trustees.

Give the Home my love, please-my TRULY love. I have quite a feeling of tenderness for it as I look back through a haze of four years. When I first came to college I felt quite resentful because I'd been robbed of the normal kind of childhood that the other girls had had; but now, I don't feel that way in the least. I regard it as a very unusual adventure. It gives me a sort of vantage point from which to stand aside and look at life. Emerging full grown, I get a perspective on the world, that other people who have been brought up in the thick of things entirely lack.

I know lots of girls (Julia, for instance) who never know that they are happy. They are so accustomed to the feeling that their senses are deadened to it; but as for me-I am perfectly sure every moment of my life that I am happy. And I'm going to keep on being, no matter what unpleasant things turn up. I'm going to regard them (even toothaches) as interesting experiences, and be glad to know what they feel like. "Whatever sky's above me, I've a heart for any fate."

However, Daddy, don't take this new affection for the J.G.H. too literally. If I have five children, like Rousseau, I shan't leave them on the steps of a foundling asylum in order to insure their being brought up simply.

Give my kindest regards to Mrs. Lippett (that, I think, is truthful; love would be a little strong) and don't forget to tell her what a beautiful nature I've developed.

Affectionately,

Judy

LOCK WILLOW,

4th April
Dear Daddy,

Do you observe the postmark? Sallie and I are embellishing Lock Willow with our presence during the Easter Vacation. We decided that the best thing we could do with our ten days was to come where it is quiet. Our nerves had got to the point where they wouldn't stand another meal in Fergussen. Dining in a room with four hundred girls is an ordeal when you are tired. There is so much noise that you can't hear the girls across the table speak unless they make their hands into a megaphone and shout. That is the truth.

We are tramping over the hills and reading and writing, and having a nice, restful time. We climbed to the top of 'Sky Hill' this morning where Master Jervie and I once cooked supper-it doesn't seem possible that it was nearly two years ago. I could still see the place where the smoke of our fire blackened the rock. It is funny how certain places get connected with certain people, and you never go back without thinking of them. I was quite lonely without him-for two minutes.

What do you think is my latest activity, Daddy? You will begin to believe that I am incorrigible-I am writing a book. I started it three weeks ago and am eating it up in chunks. I've caught the secret. Master Jervie and that editor man were right; you are most convincing when you write about the things you know. And this time it is about something that I do know-exhaustively. Guess where it's laid? In the John Grier Home! And it's good, Daddy, I actually believe it is-just about the tiny little things that happened every day. I'm a realist now. I've abandoned romanticism; I shall go back to it later though, when my own adventurous future begins.

This new book is going to get itself finished-and published! You see if it doesn't. If you just want a thing hard enough and keep on trying, you do get it in the end. I've been trying for four years to get a letter from you-and I haven't given up hope yet.

Goodbye, Daddy dear,

(I like to call you Daddy dear; it's so alliterative.)

Affectionately,
Judy

PS. I forgot to tell you the farm news, but it's very distressing. Skip this postscript if you don't want your sensibilities all wrought up.

Poor old Grove is dead. He got so that he couldn't chew and they had to shoot him.

Nine chickens were killed by a weasel or a skunk or a rat last week.

One of the cows is sick, and we had to have the veterinary surgeon out from Bonnyrigg Four Corners. Amasai stayed up all night to give her linseed oil and whisky. But we have an awful suspicion that the poor sick cow got nothing but linseed oil.

Sentimental Tommy (the tortoise-shell cat) has disappeared; we are afraid he has been caught in a trap.

There are lots of troubles in the world!

17th May
Dear Daddy-Long-Legs,

This is going to be extremely short because my shoulder aches at the sight of a pen. Lecture notes all day, immortal novel all evening, make too much writing.

Commencement three weeks from next Wednesday. I think you might come and make my acquaintance-I shall hate you if you don't! Julia's inviting Master Jervie, he being her family, and Sallie's inviting Jimmie McB., he being her family, but who is there for me to invite? Just you and Lippett, and I don't want her. Please come.

Yours, with love and writer's cramp,

Judy

LOCK WILLOW,

19th June
Dear Daddy-Long-Legs,

I'm educated! My diploma is in the bottom bureau drawer with my two best dresses. Commencement was as usual, with a few showers at vital moments. Thank you for your rosebuds. They were lovely. Master Jervie and Master Jimmie both gave me roses, too, but I left theirs in the bath tub and carried yours in the class procession.

Here I am at Lock Willow for the summer-for ever maybe. The board is cheap; the surroundings quiet and conducive to a literary life. What more does a struggling author wish? I am mad about my book. I think of it every waking moment, and dream of it at night. All I want is peace and quiet and lots of time to work (interspersed with nourishing meals).

Master Jervie is coming up for a week or so in August, and Jimmie McBride is going to drop in sometime through the summer. He's connected with a bond house now, and goes about the country selling bonds to banks. He's going to combine the 'Farmers' National' at the Corners and me on the same trip.

You see that Lock Willow isn't entirely lacking in society. I'd be expecting to have you come motoring through-only I know now that that is hopeless. When you wouldn't come to my commencement, I tore you from my heart and buried you for ever.

Judy Abbott, A.B.

24th July
Dearest Daddy-Long-Legs,

Isn't it fun to work-or don't you ever do it? It's especially fun when your kind of work is the thing you'd rather do more than anything else in the world. I've been writing as fast as my pen would go every day this summer, and my only quarrel with life is that the days aren't long enough to write all the beautiful and valuable and entertaining thoughts I'm thinking.

I've finished the second draft of my book and am going to begin the third tomorrow morning at half-past seven. It's the sweetest book you ever saw-it is, truly. I think of nothing else. I can barely wait in the morning to dress and eat before beginning; then I write and write and write till suddenly I'm so tired that I'm limp all over. Then I go out with Colin (the new sheep dog) and romp through the fields and get a fresh supply of ideas for the next day. It's the most beautiful book you ever saw-Oh, pardon-I said that before.

You don't think me conceited, do you, Daddy dear?

I'm not, really, only just now I'm in the enthusiastic stage.

Maybe later on I'll get cold and critical and sniffy. No, I'm sure I won't! This time I've written a real book. Just wait till you see it.

I'll try for a minute to talk about something else. I never told you, did I, that Amasai and Carrie got married last May? They are still working here, but so far as I can see it has spoiled them both. She used to laugh when he tramped in mud or dropped ashes on the floor, but now-you should hear her scold! And she doesn't curl her hair any longer. Amasai, who used to be so obliging about beating rugs and carrying wood, grumbles if you suggest such a thing. Also his neckties are quite dingy-black and brown, where they used to be scarlet and purple. I've determined never to marry. It's a deteriorating process, evidently.

There isn't much of any farm news. The animals are all in the best of health. The pigs are unusually fat, the cows seem contented and the hens are laying well. Are you interested in poultry? If so, let me recommend that invaluable little work, 200 Eggs per Hen per Year. I am thinking of starting an incubator next spring and raising broilers. You see I'm settled at Lock Willow permanently. I have decided to stay until I've written 114 novels like Anthony Trollope's mother. Then I shall have completed my life work and can retire and travel.

Mr. James McBride spent last Sunday with us. Fried chicken and ice-cream for dinner, both of which he appeared to appreciate. I was awfully glad to see him; he brought a momentary reminder that the world at large exists. Poor Jimmie is having a hard time peddling his bonds. The 'Farmers' National' at the Corners wouldn't have anything to do with them in spite of the fact that they pay six per cent. interest and sometimes seven. I think he'll end up by going home to Worcester and taking a job in his father's factory. He's too open and confiding and kind-hearted ever to make a successful financier. But to be the manager of a flourishing overall factory is a very desirable position, don't you think? Just now he turns up his nose at overalls, but he'll come to them.

I hope you appreciate the fact that this is a long letter from a person with writer's cramp. But I still love you, Daddy dear, and I'm very happy. With beautiful scenery all about, and lots to eat and a comfortable four-post bed and a ream of blank paper and a pint of ink-what more does one want in the world?

Yours as always,
Judy

PS. The postman arrives with some more news. We are to expect Master Jervie on Friday next to spend a week. That's a very pleasant prospect-only I am afraid my poor book will suffer. Master Jervie is very demanding.

27th August
Dear Daddy-Long-Legs,

Where are you, I wonder?

I never know what part of the world you are in, but I hope you're not in New York during this awful weather. I hope you're on a mountain peak (but not in Switzerland; somewhere nearer) looking at the snow and thinking about me. Please be thinking about me. I'm quite lonely and I want to be thought about. Oh, Daddy, I wish I knew you! Then when we were unhappy we could cheer each other up.

I don't think I can stand much more of Lock Willow. I'm thinking of moving. Sallie is going to do settlement work in Boston next winter. Don't you think it would be nice for me to go with her, then we could have a studio together? I would write while she SETTLED and we could be together in the evenings. Evenings are very long when there's no one but the Semples and Carrie and Amasai to talk to. I know in advance that you won't like my studio idea. I can read your secretary's letter now:

'Miss Jerusha Abbott.
'DEAR MADAM,

'Mr. Smith prefers that you remain at Lock Willow.
'Yours truly,
'ELMER H. GRIGGS.'

I hate your secretary. I am certain that a man named Elmer H. Griggs must be horrid. But truly, Daddy, I think I shall have to go to Boston. I can't stay here. If something doesn't happen soon, I shall throw myself into the silo pit out of sheer desperation.

Mercy! but it's hot. All the grass is burnt up and the brooks are dry and the roads are dusty. It hasn't rained for weeks and weeks.

This letter sounds as though I had hydrophobia, but I haven't. I just want some family.

Goodbye, my dearest Daddy.

I wish I knew you.
Judy

 LOCK WILLOW,

19th September
Dear Daddy,

Something has happened and I need advice. I need it from you, and from nobody else in the world. Wouldn't it be possible for me to see you? It's so much easier to talk than to write; and I'm afraid your secretary might open the letter.

Judy

PS. I'm very unhappy.

LOCK WILLOW,

3rd October

Dear Daddy-Long-Legs,

Your note written in your own hand-and a pretty wobbly hand!-came this morning. I am so sorry that you have been ill; I wouldn't have bothered you with my affairs if I had known. Yes, I will tell you the trouble, but it's sort of complicated to write, and VERY PRIVATE. Please don't keep this letter, but burn it.

Before I begin-here's a cheque for one thousand dollars. It seems funny, doesn't it, for me to be sending a cheque to you? Where do you think I got it?

I've sold my story, Daddy. It's going to be published serially in seven parts, and then in a book! You might think I'd be wild with joy, but I'm not. I'm entirely apathetic. Of course I'm glad to begin paying you-I owe you over two thousand more. It's coming in instalments. Now don't be horrid, please, about taking it, because it makes me happy to return it. I owe you a great deal more than the mere money, and the rest I will continue to pay all my life in gratitude and affection.

And now, Daddy, about the other thing; please give me your most worldly advice, whether you think I'll like it or not.

You know that I've always had a very special feeling towards you; you sort of represented my whole family; but you won't mind, will you, if I tell you that I have a very much more special feeling for another man? You can probably guess without much trouble who he is. I suspect that my letters have been very full of Master Jervie for a very long time.

I wish I could make you understand what he is like and how entirely companionable we are. We think the same about everything-I am afraid I have a tendency to make over my ideas to match his! But he is almost always right; he ought to be, you know, for he has fourteen years' start of me. In other ways, though, he's just an overgrown boy, and he does need looking after-he hasn't any sense about wearing rubbers when it rains. He and I always think the same things are funny, and that is such a lot; it's dreadful when two people's senses of humour are antagonistic. I don't believe there's any bridging that gulf!

And he is-Oh, well! He is just himself, and I miss him, and miss him, and miss him. The whole world seems empty and aching. I hate the moonlight because it's beautiful and he isn't here to see it with me. But maybe you've loved somebody, too, and you know? If you have, I don't need to explain; if you haven't, I can't explain.

Anyway, that's the way I feel-and I've refused to marry him.

I didn't tell him why; I was just dumb and miserable. I couldn't think of anything to say. And now he has gone away imagining that I want to marry Jimmie McBride-I don't in the least, I wouldn't think of marrying Jimmie; he isn't grown up enough. But Master Jervie and I got into a dreadful muddle of misunderstanding and we both hurt each other's feelings. The reason I sent him away was not because I didn't care for him, but because I cared for him so much. I was afraid he would regret it in the future-and I couldn't stand that! It didn't seem right for a person of my lack of antecedents to marry into any such family as his. I never told him about the orphan asylum, and I hated to explain that I didn't know who I was. I may be DREADFUL, you know. And his family are proud-and I'm proud, too!

Also, I felt sort of bound to you. After having been educated to be a writer, I must at least try to be one; it would scarcely be fair to accept your education and then go off and not use it. But now that I am going to be able to pay back the money, I feel that I have partially discharged that debt-besides, I suppose I could keep on being a writer even if I did marry. The two professions are not necessarily exclusive.

I've been thinking very hard about it. Of course he is a Socialist, and he has unconventional ideas; maybe he wouldn't mind marrying into the proletariat so much as some men might. Perhaps when two people are exactly in accord, and always happy when together and lonely when apart, they ought not to let anything in the world stand between them. Of course I WANT to believe that! But I'd like to get your unemotional opinion. You probably belong to a Family also, and will look at it from a worldly point of view and not just a sympathetic, human point of view-so you see how brave I am to lay it before you.

Suppose I go to him and explain that the trouble isn't Jimmie, but is the John Grier Home-would that be a dreadful thing for me to do? It would take a great deal of courage. I'd almost rather be miserable for the rest of my life.

This happened nearly two months ago; I haven't heard a

word from him since he was here. I was just getting sort of acclimated to the feeling of a broken heart, when a letter came from Julia that stirred me all up again. She said–very casually–that 'Uncle Jervis' had been caught out all night in a storm when he was hunting in Canada, and had been ill ever since with pneumonia. And I never knew it. I was feeling hurt because he had just disappeared into blankness without a word. I think he's pretty unhappy, and I know I am!

What seems to you the right thing for me to do?

Judy

6th October
Dearest Daddy-Long-Legs,

Yes, certainly I'll come–at half-past four next Wednesday afternoon. Of COURSE I can find the way. I've been in New York three times and am not quite a baby. I can't believe that I am really going to see you–I've been just THINKING you so long that it hardly seems as though you are a tangible flesh-and-blood person.

You are awfully good, Daddy, to bother yourself with me, when you're not strong. Take care and don't catch cold. These fall rains are very damp.

Affectionately,
Judy

PS. I've just had an awful thought. Have you a butler? I'm afraid of butlers, and if one opens the door I shall faint upon the step. What can I say to him? You didn't tell me your name. Shall I ask for Mr. Smith?

Thursday Morning
My Very Dearest Master-Jervie-Daddy-Long-Legs
Pendleton-Smith,

Did you sleep last night? I didn't. Not a single wink. I was too amazed and excited and bewildered and happy. I don't believe I ever shall sleep again-or eat either. But I hope you slept; you must, you know, because then you will get well faster and can come to me.

Dear Man, I can't bear to think how ill you've been-and all the time I never knew it. When the doctor came down yesterday to put me in the cab, he told me that for three days they gave you up. Oh, dearest, if that had happened, the light would have gone out of the world for me. I suppose that some day in the far future-one of us must leave the other; but at least we shall have had our happiness and there will be memories to live with.

I meant to cheer you up-and instead I have to cheer myself. For in spite of being happier than I ever dreamed I could be, I'm also soberer. The fear that something may happen rests like a shadow on my heart. Always before I could be frivolous and care-free and unconcerned, because I had nothing precious to lose. But now-I shall have a Great Big Worry all the rest of my life. Whenever you are away from me I shall be thinking of all the automobiles that can run over you, or the sign-boards that can fall on your head, or the dreadful, squirmy germs that you may be swallowing. My peace of mind is gone for ever-but anyway, I never cared much for just plain peace.

Please get well-fast-fast-fast. I want to have you close by where I can touch you and make sure you are tangible. Such a little half hour we had together! I'm afraid maybe I dreamed it. If I were only a member of your family (a very distant fourth cousin) then I could come and visit you every day, and read aloud and plump up your pillow and smooth out those two little wrinkles in your forehead and make the corners of your mouth turn up in a nice cheerful smile. But you are cheerful again, aren't you? You were yesterday before I left. The doctor said I must be a good nurse, that you looked ten years younger. I hope that being in love doesn't make every one ten years younger. Will you still care for me, darling, if I turn out to be only eleven?

Yesterday was the most wonderful day that could ever happen. If I live to be ninety-nine I shall never forget the tiniest detail. The girl that left Lock Willow at dawn was a very different person from the one who came back at night. Mrs. Semple called me at half-past four. I started wide awake in the darkness and the first thought that popped into my head was, 'I am going to see Daddy-Long-Legs!' I ate breakfast in the kitchen by candle-light, and then drove the five miles to the station through the most glorious October colouring. The sun came up on the way, and the swamp maples and dogwood glowed crimson and orange and the stone walls and cornfields sparkled with hoar frost; the air was keen and clear and full of promise. I knew something was going to happen. All the way in the train the rails kept singing, "You're going to see Daddy-Long-Legs." It made me feel secure. I had such faith in Daddy's ability to set things right. And I knew that somewhere another man—dearer than Daddy—was wanting to see me, and somehow I had a feeling that before the journey ended I should meet him, too. And you see!

When I came to the house on Madison Avenue it looked so big and brown and forbidding that I didn't dare go in, so I walked around the block to get up my courage. But I needn't have been a bit afraid; your butler is such a nice, fatherly old man that he made me feel at home at once. "Is this Miss Abbott?" he said to me, and I said, "Yes," so I didn't have to ask for Mr. Smith after all. He told me to wait in the drawing-room. It was a very sombre, magnificent, man's sort of room. I sat down on the edge of a big upholstered chair and kept saying to myself:

"I'm going to see Daddy-Long-Legs! I'm going to see Daddy-Long-Legs!"

Then presently the man came back and asked me please to step up to the library. I was so excited that really and truly my feet would hardly take me up. Outside the door he turned and whispered, 'He's been very ill, Miss. This is the first day he's been allowed to sit up. You'll not stay long enough to excite him?' I knew from the way he said it that he loved you—and I think he's an old dear!

Then he knocked and said, "Miss Abbott," and I went in and the door closed behind me.

It was so dim coming in from the brightly lighted hall that for a moment I could scarcely make out anything; then I saw a big easy chair before the fire and a shining tea table with a smaller chair beside it. And I realized that a man was sitting in the big chair propped up by pillows with a rug over his knees. Before I could stop him he rose-rather shakily-and steadied himself by the back of the chair and just looked at me without a word. And then-and then-I saw it was you! But even with that I didn't understand. I thought Daddy had had you come there to meet me or a surprise.

Then you laughed and held out your hand and said, "Dear little Judy, couldn't you guess that I was Daddy-Long-Legs?"

In an instant it flashed over me. Oh, but I have been stupid! A hundred little things might have told me, if I had had any wits. I wouldn't make a very good detective, would I, Daddy? Jervie? What must I call you? Just plain Jervie sounds disrespectful, and I can't be disrespectful to you!

It was a very sweet half hour before your doctor came and sent me away. I was so dazed when I got to the station that I almost took a train for St Louis. And you were pretty dazed, too. You forgot to give me any tea. But we're both very, very happy, aren't we? I drove back to Lock Willow in the dark but oh, how the stars were shining! And this morning I've been out with Colin visiting all the places that you and I went to together, and remembering what you said and how you looked. The woods today are burnished bronze and the air is full of frost. It's CLIMBING weather. I wish you were here to climb the hills with me. I am missing you dreadfully, Jervie dear, but it's a happy kind of missing; we'll be together soon. We belong to each other now really and truly, no make-believe. Doesn't it seem queer for me to belong to someone at last? It seems very, very sweet.

And I shall never let you be sorry for a single instant.

Yours, for ever and ever,
Judy

PS. This is the first love-letter I ever wrote. Isn't it funny that I know how?

젊은 베르테르의 슬픔

요한 볼프강 폰 괴테 지음 | 김설아 옮김 | 김효영 그림 | 값 13,000원

영혼을 울리는 사랑의 문장! 괴테가 스물다섯 살 때 쓴 첫 작품으로, 법학도인 베르테르는 약혼자가 있는 로테라는 아름다운 여인을 사랑한다. 그러나 그의 사랑은 거절당하고, 베르테르는 그녀가 다른 사람을 사랑한다는 사실에 좌절하고 고통스러워하다가 결국 자살에 이른다….

샤를 페로 고전동화집

샤를 페로 지음 | 김설아 옮김 | 값 12,500원

'어린이 문학의 아버지'가 들려주는 삶의 지혜! 입에서 입으로 사람에게서 사람으로, 수백 년 동안 사랑받아온 샤를 페로의 동화 초판본. 너무도 잘 알려진 페로의 대표작 「잠자는 숲 속의 공주」, 「푸른 수염」, 「신데렐라」 등 총 10편의 동화를 영문본과 함께 실었다.

이솝 우화

이솝 지음 | 김설아 옮김 | 값 12,000원

성서 다음으로 많이 읽힌 이솝우화 113편을 한데 엮었다. 짧은 글 속에 특유의 재치로 사회 및 인간관계 등에 대한 실질적인 교훈을 준다. 진실과 거짓, 노력과 게으름, 욕심과 나눔 등 삶의 문제를 함축해 생각의 깊이를 더한다.

어린 왕자☆별

생텍쥐페리·알퐁스 도데 지음 | 김설아 옮김 | 값 12,800원

프랑스의 비행조종사 출신 작가인 생텍쥐페리가 쓴 『어린 왕자』와 프랑스 서정 문학을 대표하는 작가 알퐁스 도데의 『별』이 수록되었다. 시와 철학, 삶에 있어서 무엇이 가장 소중한지를 생각하게 하는 어린 왕자 이야기와, 섬세하고 서정적인 문체로 풋풋한 사랑과 인생의 아름다움을 그려낸 도데의 작품을 만나볼 수 있다.

피터 래빗 이야기

베아트릭스 포터 지음 | 김나현 옮김 | 값 13,000원

영국이 낳은 20세기 최고의 작가, 거장을 넘어 살아 있는 신화가 된 베아트릭스 포터의 작품을 모아 엮은 책이다. 재미있고 감동적인 '제미마 퍼들 덕 이야기' 등 11편의 아름답고 따뜻한 이야기를 만나볼 수 있다.

피터 래빗의 친구들

베아트릭스 포터 지음 | 김나현 옮김 | 값 13,500원

다람쥐, 부엉이, 쥐, 두꺼비 등 독특한 개성과 사랑스러움으로 무장한 동물 캐릭터들이 등장해 전작 『피터 래빗 이야기』를 능가하는 재미와 매력을 선사한다. 베아트릭스 포터의 작품에 관심 있는 독자라면, 그리고 『피터 래빗 이야기』를 이미 읽은 독자라면 놓치지 말길 바란다.

미니 피터 래빗의 친구들2

베아트릭스 포터 지음 | 김나현 옮김 | 값 5,000원

베아트릭스 포터의 두 번째 동요집 미니 북 사이즈. 아름다운 농장에서 손님 대접을 즐기는 토끼 세슬리 파슬리, 피터 래빗의 사촌동생 플롭시의 어린 토끼들, 예민한 여우 토드 씨, 예리하고 반짝이는 눈을 가진 생쥐 애플리 대플리의 모험담과 멜로디가 음표처럼 담겨 있다.

미니 피터 래빗 이야기 세트 (전3권)

베아트릭스 포터 지음 | 김나현 옮김 | 값 17,000원

『미니 피터 래빗 이야기』, 『미니 피터 래빗의 친구들』, 『미니 피터 래빗의 친구들2』 총 세 권의 피터 래빗 시리즈 미니 북을 세트로 구성했다. 작가 베아트릭스 포터와 피터 래빗 시리즈를 사랑하는 독자에게 선물 같은 따뜻함을 선사해줄 것이다.

이상한 나라의 앨리스

루이스 캐럴 지음 | 류지원 옮김 | 임진아 그림 | 값 13,000원

**150년 동안 전 세계 어린이와 어른들에게
사랑받아온 이야기!**

언니와 강둑에 앉아 놀던 앨리스는 조끼 주머니에서
회중시계를 꺼내 보며 헐레벌떡 달려가는 분홍 눈의
하얀 토끼를 발견한다. 호기심이 발동한 앨리스는
토끼 뒤를 쫓아 굴속으로 뛰어든다. 끝도 없이 땅속
세계로 아주 오랫동안 추락한 끝에 '이상한 나라'에
도착한 앨리스 앞에 기기묘묘한 일이 펼쳐지기 시작
하는데….

거울 나라의 앨리스

루이스 캐럴 지음 | 류지원 옮김 | 임진아 그림 | 값 13,500원

**토끼를 쫓아 이상한 나라에 빠져들었던 앨리스,
이번에는 모든 것이 거꾸로인 '거울 나라'로의 모험!**

전 편에서 분홍 눈의 하얀 토끼와 함께 토끼 굴속
'이상한 나라'로 떨어져 신기한 모험을 했던 우리의
주인공 앨리스가 또다시 신기하고 흥미진진한 모험
을 떠난다. 이번에는 거울을 통해 들어간 거울 반대
편 세상, '모든 것이 거꾸로인 거울 나라'다! 전편을
능가하는 신기하고 매력적인 캐릭터들과 함께 앨리
스는 예기치 못한 사건 속으로 휘말려드는데….